KB071118

데미안

옮긴이 **이상희**

중앙대학교 문예창작학과를 졸업하고 독일로 건너가 본대학교에서 번역학을 전공했다. 이후 출판사 편집팀장을 지내며 다양한 글을 기획하고 옮겨왔으며, 현재 번역에이전시 엔터스코리아에서 출판기획 및 전문번역가로 활동 중이다.
옮긴 책으로는 『꼬마 거미의 질문여행』『나는 아빠가 좋아요』『낙서하고 오리고 마음대로 그림 그리기』 등이 있다.

데미안

—

개정판 1쇄 2017년 9월 20일
개정판 2쇄 2018년 4월 10일
지은이 헤르만 헤세
옮긴이 이상희
펴낸이 김영재
펴낸곳 책만드는집

—

주소 서울 마포구 양화로3길 99, 4층 (04022)
전화 3142-1585·6
팩스 336-8908
전자우편 chaekjip@naver.com
출판등록 1994년 1월 13일 제10-927호

—

* 잘못 만들어진 책은 구입하신 서점에서 바꾸어 드립니다.

—

ISBN 978-89-7944-626-5 (04800)
ISBN 978-89-7944-591-6 (세트)

데미안

헤르만 헤세 지음 ┃ 이상희 옮김

책만드는집

|차례|

난 나의 내면이 원하는 대로 살아가려 했을 뿐이다.

그것은 왜 그토록 어려웠던 것일까?

내 이야기를 하기 위해서는 아주 오래전 이야기부터 시작해야 한다. 아마 내 유년기가 시작되던 때, 어쩌면 그보다 더 먼 원초적이고 태생적인 과거로 거슬러 올라가야 할지도 모르겠다.

소설가는 소설을 쓸 때 마치 자신이 신이 된 듯 어떤 한 인간의 이야기를 세세하게 내려다보고 이해하려고 하며, 마치 신이 직접 이야기를 하듯 모든 비밀의 베일이 벗겨져 어디에서나 볼 수 있는 그런 이야기를 한다. 난 소설가처럼 그렇게 이야기할 수는 없다. 하지만 나의 이야기는 그 어떤 소설가의 이야기보다 내게 소중하다. 왜냐하면 이것은 나 자신만의 이야기이자 바로 한 인간, 즉 누군가가 생각해낸 있을 법하거나 상상 속에 있는 존재, 실제로는 존재하지 않는 인간의 이야기가 아니라, 실제로 살아 숨 쉬는 유일무이한 한 인간의 이야기이기 때문이다. 오늘날의 사람들은 예전 사람들보다 이 사실을 더 알지 못하고 있다. 그러한 사실은 사람들이 대량 학살을 위해 자신과 동일한 가치를 지닌 자연의 산물인 인간들에게 총부리를 겨누고 있다는 점에서 확인된다. 만약 우리가 유일무이한 존재인 인간이 아니고 우리 모두가 실제로 총알을 맞고 세계에서 영원히 사라질 수 있다면, 더 이상 이야기를 하는 것이 의미가 없을 것이다. 하지만 모든 인간 개개인은 자기 자신이자, 오직 한 번만 일어날 뿐 다시는 반복되지 않는 세계의 현상들이 교차하는 곳에 존재하는 유일무이하고 특별한, 그 어떠한 경우에도 소중하고 주목받아야 하는 존재들인 것이다. 그렇기 때문에 인간 개개인의 이야기는 중요하고 영원하고 신성하며, 그렇기 때문에 모든 인간은 그 어떤 누구라도 살아서 자연의 의미를 실현하는 한, 그는 놀라운 존재이고 주목받을 만한 가치가 있다. 모든 인간의 모습에는 정신의 형상과 고통받는 피조물과 십자가에 못 박힌 그리스도의 모습이 있다.

오늘날 인간의 존재가 무엇인지를 알고 있는 자는 많지 않다. 대부분의 사람은 인간이 무엇인가를 단지 느낌으로 짐작할 뿐이며, 그렇기 때문에 보다 편안하게 죽는다. 나 역시 이 이야기를 다 쓰고 나면 그들처럼 편안하게 죽을 것이다.

나 또한 나 자신을 깨달은 자라고 말할 자격은 없다. 나는 끊임없이 길을 찾는 중일 뿐이다. 하지만 그 길을 더 이상 운명이나 책 속에서 찾으려 하지 않는다. 대신 내 피가 끌어당기는 교훈에 귀를 기울이고 있다. 내 이야기는 흥미롭지도 않고 가공된 이야기처럼 감미롭거나 조화롭지도 않다. 내 이야기는 더 이상 스스로를 속이지 않으려는 모든 인간의 삶처럼 무의미와 혼란, 광기와 몽상의 냄새를 풍길 것이다.

모든 인간의 삶은 자기 자신에게로 가는 길이다. 또한 그러한 길을 찾으려는 노력이나 작은 길로 들어섰다는 암시를 의미한다. 지금까지 완전히 자기 자신이었던 사람은 없다. 그럼에도 불구하고 사람은 완전해지기 위해 명확하건 불명확하건 자신이 할 수 있는 만큼 최선을 다한다. 우리는 태어날 때 태초부터 전해 내려온 잔여물인 점액이나 껍질을 일생이 끝나는 날까지 가지고 있다. 어떤 것들은 끝내 인간이 되지 못한 채 개구리나 도마뱀 또는 개미로 남는다. 어떤 것은 반은 사람 반은 물고기인 생명체로 남기도 한다. 하지만 모든 생명체의 뿌리는 인류를 향하고 있다. 우리 모두의 태생은 동일하고, 같은 어머니로부터 나왔다. 하지만 우리 모두는 심연으로부터 나오기 위해, 자신만의 목표를 위해 최선을 다한다. 그래서 우리는 서로를 이해할 수 있는 것이다. 하지만 나 자신을 정확하게 알 수 있는 것은 오직 나뿐일 것이다.

두 개의 세계

나는 작은 도시의 라틴어 학교에 다니던 열 살 시절부터 내 이야기를 시작하려고 한다.

이 시절과 마주하면 많은 추억이 떠오르고, 나의 내면은 아픔과 아늑한 떨림으로 흔들린다. 어두운 골목과 밝은 집, 탑, 시계 소리와 사람들의 표정, 편안함과 따뜻한 느낌으로 가득한 방, 비밀스러움과 무시무시한 공포로 가득한 방. 거기에 따뜻한 작은 집, 집토끼, 하녀, 상비약, 말린 과일의 냄새도 생생히 기억난다. 이 기억 속에는 두 개의 세계가 뒤섞여 있었고, 그 두 개의 극으로부터 낮과 밤이 시작되었다.

그중 하나의 세계는 아버지의 집이었다. 하지만 그 세계는 아주 좁아 오직 부모님만을 위한 것이었다. 그 세계의 대부분은 내게 친숙했는데, 그것은 어머니와 아버지, 사랑과 엄격함, 모범과 가르침으로 불리었다. 그 세계에는 부드러운 빛, 밝음과 청렴함도 있었고, 부드럽고 정겨운 이야기와 깨끗한 손과 옷, 그리고 좋은 예절도 들어 있었다.

이 세계의 사람들은 아침을 찬양했고 크리스마스를 즐거워했다. 이 세계에는 미래로 향하는 선과 길이 있었으며, 의무와 죄, 나쁜 생각과 고해, 용서와 선의, 사랑과 존경, 성경과 지혜도 있었다. 삶을 올바르고 정결하고 아름답고 질서 있게 살기 위해서는 이러한 세계에 멈춰 있어야 했다.

하지만 그사이에 우리 집에서도 다른 세계가 시작되었다. 그것은 완전히 다른 세계였으며, 다른 냄새가 나고, 다른 말투를 쓰고, 다른 약속을 하고, 다른 것을 요구하였다. 이 두 번째 세계에는 하녀, 직공, 유령 이야기와 불길한 소문이 있었다. 그리고 거기에는 도살장과 감옥, 술주정뱅이와 욕하는 여자, 새끼를 낳는 암소와 쓰러진 말, 그리고 강도 침입, 살인과 자살에 관한 이야기같이 무시무시하고 섬뜩하고 미스터리한 일들이 홍수처럼 넘쳐났다. 이 모든 아름답고 끔찍하고 야만적인 일들이 우리와 가까운 골목 안 이웃에서 일어났다. 경찰과 부랑자가 주변에서 쫓고 쫓기고 있었고, 술주정뱅이는 자신의 부인을 때렸으며, 소녀 직조공들이 저녁에 공장에서 쏟아져 나왔다. 노파는 마법을 부려 사람을 병들게 할 수 있었고, 도둑들은 숲에 살았고, 방화범들은 시골 경찰관들에게 잡혔다. 이 두 번째 세계, 강렬한 이 세계는 어디에서나 생겨났고, 어디에서나 냄새가 났다. 오직 어머니와 아버지가 계셨던 우리 집만은 예외였다. 그리고 나는 그 사실이 매우 좋았다. 우리 집에 평화와 질서, 휴식이 있고, 의무와 선한 양심, 용서와 사랑이 있다는 사실이 놀라웠다. 또한 이것들과는 아주 다른, 소음과 날카로운 음성, 암흑과 폭력이 존재하고 있음에도 한걸음에 어머니에게로 도망칠 수 있다는 사실 역시 놀라웠다. 무엇보다 내가 기이하게 생각했던 것은 이 두 개의 세계가 어떻게 경계 짓고 있는지, 얼마나 서로 가까이 붙어 있는지였다. 예를 들어 우리 집 하녀 리나가 저녁에 거실에 앉아서 기도할 때, 정결한 손을 매끄럽게 다린 앞치마 위에 올리고 맑은 음성으로 노래를 따라 부르는데, 그럴 때 그녀는 완전히 아버지와 어머니의 세계에 속해 있었다. 바로 우리의 밝고 옳은 세계에 말이다. 그러나 그 뒤에 부엌이나 마구간에서 내게 머리 없는 남자에 대해 이야기할 때, 작은 정육점에서 이웃과 언쟁을 벌일 때, 그녀는 전혀 다른 사람이 되고, 다른 세계에 속하게 되고, 비밀에 휩싸이게 된다. 이러한 일은 모든 것에서 일어났고 무엇보다 나 자신에게 가장 잘 일어났다. 당시 나는 확실하게 밝고 옳은 세계에 속해 있는, 우리 부모님의 어린아이였다. 하지만 내 눈과 귀가 가리키는 곳에는 항상 무언가 다른 것이 있었다. 그것은 종종 낯설고 끔찍하기까지 해 그곳에서 정기적으로 죄책감과 불안감을 얻었음에도 불구하고 나는 그곳에 살았다. 심지어 나는 금지된 세계에 사는 것을 가장 좋아하기도 했으며, 가끔 밝은 곳으로 돌아오는 일을—꼭 필요한 일이고 좋은 일인지 모르지만—대부분 아름답지 못하고, 좀 더 지루하고, 좀 더 황량한 곳으로 돌아오는 일처럼 느꼈다. 이따금 난 이렇게 생각했다. 내 인생의 목표는 나의 아버지와 어머니가 그랬던 것처럼 아주 밝고 깨끗하고 굉장히 뛰어나며 정돈된 것이었지만, 그것에 이르는 길은 매우 멀었으며 그곳에 이르기 위해서 학교에 다녀야 하고 공부를 해야 하고 시험을 치러야 했다. 그러나 그 길은 항상 다르고 어두운 세계 곁을 지나가야 했는데 그곳을 통과하다 그곳에 머물거나 잠기는 일도 아주 불가능한 것은 아니라고 말이다. 나는 이러한 길을 갔던 탕아들의 이야기를 열정적으로 읽었다. 이러한 책에는 항상 아버지와 선으로 돌아가는 것이 구원받는 훌륭한 일이라고 되어 있었다. 그래서 나도 이러한 것만이 좋은 것, 선한 것, 그리고 원할 만한 가치가 있는 것이라고 느꼈다. 하지만 그럼에도 불구하고 악한 자와 탕아들이 나오는 이야기 부분이 더욱 흥미로웠고, 솔직히 말해 어떨 때는 탕아가 속죄하고 다시 구원받는 이야기가 마음에 들지 않기도 했다. 하지만 사람들은 그런 사실을 말하지 않았고 생각하지도 않았다. 그것은 단지 어떤 식으로든 존재하는 것, 즉 감정의 가장 밑바닥에 있는 예감과 가능성에 불과했다. 하지만 나는 악마를 상상할 때 그가 변장을 했든 안 했든 간에 길 위나 시장, 음식점에 있는 것으로 생각될 뿐 절대로 우리 집에 있다고는 생각할 수 없었다.

나의 누이들 역시 나와 마찬가지로 밝은 세계에 속해 있었다. 누이들은 종종 내게 보이는 것처럼 아버지와 어머니의 세계에 나보다 더 가까이 있는 존재 같았다. 그들은 나보다 더 착하고, 예의 바르고, 실수도 적었다. 물론 누이들도 나름대로 결점이 있고 버릇없이 굴 때도 있었지만 내게는 그것이 심각해 보이지 않았고, 나의 경우와는 아주 달라 보였다. 나는 종종 악한 자들과의 접촉 때문에 마음이 무겁고 고통스러웠는데, 그럴 때마다 어두운 세계에 훨씬 더 가까이 있었다. 누이들은 부모님처럼 내게 존경받을 만했다. 만약 누군가가 누이들과 다툼을 한다면 그 사악한 공격자는 마땅히 자신의 양심 앞에서 용서를 빌어야만 할 것이다. 그들은 누이들을 통해 우리의 부모님과 선함, 그리고 율법을 모욕한 것이기 때문이다. 그러나 나에게는 나의 누이들이 아니라 이 비난받는 거리의 아이들과 나눌 수 있는 비밀이 있었다. 햇살이 빛나고 양심에 거리낌이 없는 좋은 날에는 나 역시 종종 누이들과 놀면서 선량하고 얌전한 아이로 돌아갔다. 정직하고 고귀한 빛을 보는 것은 즐거웠다. 만약 누군가가 천사라면 그래야 했다. 그것은 우리가 알고 있었던 최고의 것이었고 우리는 크리스마스나 행복과 같은 밝은 소리와 향기에 둘러싸여 천사가 되는 것은 달콤하고 아주 멋진 일이라고 생각했다. 오, 이러한 날들은 얼마나 드물게 찾아오던가! 가끔 나는 선하고 악의가 없는, 어른들로부터 허락된 놀이를 할 때 누이들에게 과할 정도로 열정적이고 과격해졌고, 누이들을 싸움과 불행으로 이끌기도 했다. 그러다 분노가 치밀어 오르면 나는 끔찍해져서 사악한 것을 말하고 행동했다. 그렇게 말하고 행동하는 동안

14

에도 깊은 곳에서 화끈거림을 느꼈다. 그러고 나면 후회와 회한의 역겹고 어두운 시간이 온다. 그 후에는 용서를 빌어야 하는 고통의 순간이, 그 뒤에는 밝은 빛이 있고 분열이 없는 고요하고 고마운 행운이 가득 찬 순간이 찾아왔다.

나는 라틴어 학교에 다녔는데 시장과 산림관의 아들과 같은 반이어서 가끔 함께 어울렸다. 그들은 거친 소년들이었지만 선하고 허락된 세계에 속해 있었다. 그럼에도 불구하고 나는 우리가 경멸했던 아이들과 더 친밀한 관계를 맺고 있었다. 그들 중 한 명으로 내 이야기를 시작하려고 한다.

어느 날 오후에—아마 내가 열 번째 생일을 맞은 지 얼마 지나지 않은 때였을 것이다—나는 친한 두 소년과 함께 이곳저곳을 쏘다니고 있었다. 그때, 우리보다 더 크고 더 힘세고 더 거친 열세 살짜리 양복점 아들이 우리에게 다가왔다. 그의 아버지는 술주정뱅이였고 그의 가족 모두가 평판이 좋지 않았다. 나는 프란츠 크로머라는 이 아이를 잘 알고 있었는데, 그가 두려웠기 때문에 그와 마주쳤을 때 기분이 좋지 않았다. 그는 벌써 어른인 것처럼 행동했고, 젊은 직공의 걸음과 말투를 따라 했다. 우리는 그가 시키는 대로 개울가 다리 옆으로 내려가 첫 번째 다리 기둥 뒤에 숨었다. 아치형의 다리 벽과 완만히 흐르는 개울 물 사이에는 각종 쓰레기들, 유리 조각, 잡동사니, 뒤엉킨 철사 뭉치, 그리고 온갖 오물들이 있었다. 그래도 그중에 가끔 쓸 만한 것이 있어서 우리는 프란츠 크로머의 지휘에 따라 그곳을 샅샅이 뒤져 발견한 것을 그에게 보

15

여야 했다. 그러면 그는 물건을 살펴 자신이 가지거나 개울로 다시 던져버렸다. 그는 우리에게 납, 놋쇠, 아연으로 만들어진 물건이 있는지 주의해서 보라고 했다. 그는 또 뿔로 된 낡은 빗도 가져갔다. 나는 그의 무리에 끼는 것이 정말 꺼림칙했다. 아버지가 아시면 이 만남을 금지하리라는 사실이 아니더라도 우선 나 자신부터가 프란츠에게 공포를 느끼고 있었기 때문이다. 하지만 그가 나를 무리에 끼워주고 다른 아이들과 똑같이 취급해준다는 것이 기쁘기도 했다. 내가 그와 함께한 것은 처음이었음에도 그는 우리에게 마치 오래된 관습인 양 명령했고 우리는 그것에 복종했다.

우리는 한참을 뒤지다가 결국 바닥에 주저앉았다. 프란츠는 강물에 침을 뱉었는데 그 모습이 마치 어른처럼 보였다. 그는 이 사이로 침을 뱉어 자신이 원하는 곳에 맞혔다. 대화가 시작되자 소년들은 학생 특유의 나쁜 행동들을 마치 영광스럽고 위대한 일인 것처럼 이야기하기 시작했다. 나는 아무 말도 하지 않았는데 그런 나의 침묵이 눈에 띄어 크로머가 나에게 분노하지 않을까 두려웠다. 두 친구는 처음부터 나에게 등을 돌리고 크로머에게 친한 척을 했다. 나는 이방인이었고 그들에게 나의 옷과 행동은 도전적이라는 느낌을 주는 것이 분명했다. 라틴어 학교에 다니는 귀족 집 아들인 나를 프란츠가 좋아할 리 없었고, 다른 두 아이도 조만간 상황에 맞춰 나를 속이고 나만 버려둔 채 떠나리라는 것을 알고 있었다.

결국 불안에 떠밀려 나 역시 이야기를 하기 시작했다. 나는 그럴싸한 도둑질 이야기를 꾸며내고 나를 그 이야기의 주인 공으로 만들었다. 나는 도시 외곽 방앗간 옆에 있는 과수원에 서 반 아이들과 함께 밤에 사과 한 자루를 훔쳤다고 말했다. 그것도 평범한 사과가 아니라 최상의 품종인 레네테와 골든 페어메인을 말이다. 나는 위험한 순간에서 이야기 속으로 도 망치는 데 성공했다. 다행히 이야기를 지어내는 것도, 말하는 것도 무척 순조로웠다. 나는 이야기가 금방 끝나지 않게 하려 고 더 나쁜 상황을 꾸며내 나의 완벽한 이야기를 더욱 빛나게 만들었다. 다른 아이들이 나무 위에서 사과를 떨어뜨리는 동 안 우리 중 한 명은 계속해서 망을 봐야 했으며, 사과 자루가 너무 무거워서 자루를 열어 반쯤 덜어놓았다가 삼십 분 후에 다시 돌아와 나머지를 가져갔다고 말했다.

이야기를 마친 나는 박수갈채를 기대했다. 마지막에는 상 기되어 나 자신이 이야기꾼이 된 것 같은 기분이었다. 두 아 이는 기대에 가득 찬 채 침묵하고 있었다. 그러나 프란츠 크 로머는 음흉한 눈으로 나를 뚫어지게 쳐다보더니 위협적인 목소리로 물었다.

"그게 사실이야?"

"당연하지."

내가 말했다.

"그러니까 진짜란 말이지?"

"그래, 사실이야."

난 속으로는 공포에 질식해버릴 것 같았지만 고집스럽게

단언했다.

"맹세할 수 있어?"

난 정말 겁났지만 즉시 그렇다고 대답했다.

"그럼 '하느님 앞에 맹세합니다'라고 말해."

나는 말했다.

"하느님 앞에 맹세합니다."

"좋아."

그리고 그는 고개를 돌렸다.

나는 이것으로 모든 것이 잘되었다고 생각했다. 그가 집으로 돌아가려고 자리에서 일어나자 나는 기뻤다. 우리가 다시 다리 위로 올라갔을 때, 나는 이제 집으로 돌아가야 한다고 머뭇거리며 말했다.

"그렇게 서두르지 않아도 되잖아. 우리는 집으로 가는 길이 같으니 말이야."

프란츠가 웃으며 말했다.

그는 계속 어슬렁거리며 천천히 걸었고 나는 감히 도망칠 수가 없었다. 그는 정말 우리 집 쪽으로 걷고 있었다. 드디어 우리 집 앞에 도착했을 때 나는 집과 두꺼운 놋쇠 손잡이, 어머니 방 창문에 비친 태양과 커튼을 보고 깊은 한숨을 내쉬었다. 아, 집에 왔구나. 아, 선하고 축복받은 집으로, 밝음과 자유로 돌아왔구나.

재빨리 문을 열고 들어가려는 내 뒤를 프란츠 크로머가 잽싸게 따라 들어왔다. 마당의 빛이 유일하게 비치지 않는 차갑고 어두운 복도에서 그는 내 팔을 붙잡고 작은 목소리로 말했다.

"야, 그렇게 서두를 것 없잖아!"

나는 놀라 그를 쳐다보았다. 내 팔을 잡고 있는 그의 손은 쇠처럼 단단했다. 나는 그가 나를 괴롭히려는 것은 아닌가 하는 생각이 들어 겁이 났다. 만약 지금 큰 소리로 고함을 지른다면 누군가가 위층에서 재빨리 내려와 나를 이 위협으로부터 구할 수 있을까? 나는 그런 생각을 하다가 곧 그만두었다.

"왜? 원하는 게 뭐야?"

내가 물었다.

"아무것도 아니야. 그냥 좀 물어볼 게 있어. 다른 애들이 그걸 알 필요는 없어서 말이야."

"그래? 알았어. 무슨 이야기가 더 하고 싶은 건데? 너도 알다시피 난 올라가 봐야 해."

"너 방앗간 과수원이 누구네 것인지 알지?"

프란츠가 나지막이 말했다.

"아니, 난 몰라. 방앗간 주인의 것이겠지."

크로머가 팔로 나를 잡아 자신 쪽으로 확 끌어당겼기 때문에 그의 얼굴이 아주 가까이에서 보였다. 그의 눈은 악의로 가득 차 있었고 미소는 사악했다. 그의 얼굴은 온통 잔인함과 강렬한 힘으로 충만해 있었다.

"좋아, 내가 그게 누구네 것인지 가르쳐주지. 난 벌써 오래 전부터 사과를 도둑맞았다는 이야기를 알고 있었거든. 그리고 누가 사과를 훔쳐 갔는지 말해주는 사람에게는 주인이 2마르크를 준다고 말한 것도 알고 있어."

"뭐라고! 설마 그걸 말하지는 않겠지?"

내가 소리쳤다.

난 그의 양심에 호소하는 것이 소용없는 일이라는 걸 느꼈다. 그는 다른 세계의 사람이며 그에게 배반은 죄가 아니었다. 나는 그 사실을 정확하게 깨달았다.

이런 경우 '다른' 세계의 사람들은 우리와 같지 않았다.

"말하지 않는다고?"

크로머가 웃었다.

"야, 넌 내가 화폐 위조범이라도 돼서 2마르크짜리 지폐를 만들 수 있다고 생각하는 거냐? 난 가난한 놈이야. 너처럼 부자인 아버지도 없고. 내게 2마르크를 벌 수 있는 방법이 있다면 난 그걸 벌어야 해. 어쩌면 주인이 더 많이 줄지도 모르지."

그는 갑자기 나를 풀어주었다. 우리 집 현관은 더 이상 평화와 안정감의 향기를 풍기지 않았고, 내 주변의 세계는 무너졌다. 그는 나를 고발할 것이고, 사람들은 그것을 아버지에게 말할 것이다. 어쩌면 경찰까지 올지도 모른다. 무질서의 소용돌이가 나를 위협하고, 악한 것들과 위험한 것들이 모두 나에게 몰려들었다. 내가 절대 도둑질을 하지 않았다는 사실은 문제가 되지 않았다. 게다가 나는 하느님 앞에 맹세까지 했다. 세상에! 세상에!

눈물이 흘러내렸다. 나는 대가를 치르지 않으면 안 될 것이

라는 생각이 들자 절망감에 사로잡혀 주머니를 뒤지기 시작
했다. 사과도, 주머니칼도, 거기엔 아무것도 없었다. 바로 그
때 나는 내 시계를 떠올렸다. 그것은 할머니에게 물려받은 낡
은 은시계로, 시간은 가지 않았지만 나는 그것을 '그냥' 가지
고 다니고 있었다. 나는 재빨리 그것을 꺼냈다.

"크로머, 부탁이야. 내 이름을 말하지 말아줘. 그런다고 네
게 좋을 게 또 뭐가 있겠어. 내 시계를 줄게. 미안하지만 이것
밖에 없어. 이걸 가져. 은으로 된 거야. 고급이고. 고장이 좀
나긴 했지만 고치면 돼."

내가 말했다.

그는 피식 웃으며 커다란 손으로 시계를 받았다. 나는 그
손을 보면서 그것이 내게 얼마나 난폭하고 적의에 차 있는지,
얼마나 내 삶과 평화를 휘어잡을 것인지 생각하며 두려움을
느꼈다.

"은으로 된 거야……."

내가 떨면서 말했다.

"낡아빠진 은시계 따윈 관심 없어! 너나 고쳐 써!"

그가 아주 경멸에 찬 목소리로 말했다.

"하지만 프란츠……." 나는 그가 떠나버릴까 봐 불안해하며
말했다. "잠깐만 기다려봐. 제발 이 시계를 받아줘! 정말 은으
로 된 거야. 진짜야. 내가 그거밖에 가진 게 없어서 그래."

그는 멸시하는 듯한 눈빛으로 차갑게 나를 바라보았다.

"물론 너도 내가 누구에게 갈 건지는 알겠지. 아니면 경찰

에게 말할 수도 있어. 잘 아는 경찰이 있거든."

그는 가려고 몸을 돌렸다. 나는 뒤에서 그의 소매를 잡았다. 그가 가게 내버려 두어서는 안 된다. 그가 떠난 뒤에 일어날 일들을 겪느니 차라리 죽는 게 훨씬 나았다.

"프란츠…… 어리석은 일은 하지 말아줘. 제발! 장난이지?"

난 흥분해서 쉰 목소리로 말했다.

"물론 장난이지. 하지만 너는 비싼 값을 치러야 할걸."

"제발 프란츠, 내가 뭘 해야 하는지 말해줘! 뭐든지 할게!"

그는 사악한 눈으로 나를 바라보며 다시 웃었다.

"어리석게 굴지 마!"

그는 마음 쓰는 척하며 말했다.

"너도 나만큼이나 잘 알 거야. 난 2마르크를 벌 수 있어. 그리고 너도 알다시피 군이 그걸 마다할 만큼 부자도 아니란 말이지. 하지만 넌 부자야. 이런 시계도 있잖아. 네가 나에게 2마르크만 주면 돼. 그럼 아무 일도 없을 거야."

나는 그의 말을 이해했다. 하지만 2마르크라니! 그 돈은 나에게 10마르크, 100마르크, 아니 1,000마르크만큼 큰돈이었다. 나는 돈이 없었다. 어머니 방에 작은 저금통이 하나 있긴 했지만 거기에는 가끔 손님이 오셨을 때 같은 날에 받은 10페니히나 50페니히짜리 동전이 몇 개 들어 있을 뿐이었다. 그것 말고는 나는 아무것도 없었다. 그때 난 아직 어려서 용돈을 받지도 못했다.

"나는 돈이 없어." 내가 슬프게 말했다. "정말 하나도 없어. 그렇지만 다른 건 모두 줄게. 인디언 책, 장난감 병사들, 그리고 나침반도 있어. 그것들을 네게 다 줄게."

크로머는 건방지고 사악한 입을 삐쭉거리면서 바닥에 침을 뱉었다.

"쓸데없는 말 좀 그만해!"

그가 명령하듯 말했다.

"그런 쓰레기 같은 건 너나 가져. 나침반이라고? 날 화나게 하지 마. 알아들었어? 돈을 가져오란 말이야!"

"하지만 돈은 한 푼도 없는걸. 난 돈을 구할 수도 없어. 내가 할 수 있는 게 아무것도 없다고!"

"내일 2마르크를 가져와. 방과 후에 아래 시장에서 기다리겠어. 알겠지? 얘기 다 된 거다. 네가 돈을 가져오지 않으면 어떻게 되는지는 알지?"

"알았어, 알았어. 하지만 돈을 어디서 구하지? 만약 내가 돈을 구하지 못하면……."

"너희 집엔 돈이 많잖아. 다른 건 네 사정이니까 알아서 해. 그럼 내일 방과 후에 보자. 그리고 한 번 더 말해두지만, 만약 안 가져오면……."

그는 무시무시한 시선으로 나를 쳐다보고는 다시 한 번 침을 뱉고 그림자처럼 사라졌다.

나는 2층으로 올라갈 수 없었다. 내 인생은 파괴되었다. 난 도망을 가서 다시는 나타나지 않거나 물에 빠져 죽을 것을 생각했다. 하지만 생각은 뚜렷한 모습을 만들어내지는 못했다. 나는 어둠에 잠긴 가장 아래 계단에 앉아 몸을 웅크리고 불행 속에 나를 내맡겼다. 때마침 장작을 가져오기 위해 바구니를 들고 내려오던 리나가 울고 있는 나를 발견했다.

나는 리나에게 아무에게도 말하지 말라고 부탁하고 집으로 올라갔다. 유리문 오른쪽에는 아버지의 모자와 어머니의 양산이 걸려 있었는데, 순간 이 모든 것이 내게 안락감과 친밀감으로 다가왔다. 내 가슴은 마치 탕아가 오랫동안 그리던 고향의 모습과 향기를 대했을 때처럼 그것들을 간절하고 감사한 마음으로 맞이했다. 하지만 이 모든 것은 이제 나에게 속한 것이 아니라 빛나는 아버지와 어머니의 세계에 속한 것이었다. 나는 낯선 물결 속으로 깊이, 그리고 아주 죄스럽게 가라앉았으며, 모험과 범죄에 연루되었고, 적으로부터 위협을 받았다. 위험, 공포, 치욕스러움이 나를 기다리고 있었다. 모자와 양산, 오래된 양질의 사암 바닥, 현관 옷장 위의 커다란 그림, 거실에서 들려오는 누이들의 목소리, 이 모든 것들이 어느 때보다 사랑스럽고 부드럽고 즐겁게 느껴졌지만, 더 이상 내게는 위로도 확실한 자산도 아니었다. 그것은 그저 비난일 뿐이었다. 이 모든 것들은 이제 나의 것이 아니었고 나는 밝음과 고요함에 관여할 수가 없었다. 나는 매트에 닦을 수 없는 더러움을 발에 묻혀 왔고 우리 집의 세계로 모르는 그림자를 데리고 들어온 것이다. 그동안 느껴왔던 공포나 불안 따위는 오늘 내가 이곳에 가져온 것에 비하면 그저 놀이나 유희에 지나지 않았다. 운명이 나에게 다가왔고, 정체가 무엇인지도 알 수 없는 손들이 나를 향해 뻗쳤다. 어머니조차 나를 보호할 수 없었다. 지금 나의 죄가 도둑질이건 거짓말이건(하물며 나는 하느님께 거짓 맹세도 하지 않았던가?) 마찬가지였다. 나의 죄는 이것도 저것도 아닌, 내가 악마에게 손을 내밀었다는 사실 자체에 있었다. 왜 나는 그들과 함께 갔던가? 왜 나는 아버지보다 크로머에게 더 복종했던가? 왜 나는 도둑질 이야기를 자랑했던가? 왜 그것이 영웅적 행동인 것처럼 과시했던가? 이제 악마가 내 손을 잡고, 원수가 내 뒤를 따라오고 있다.

그 순간 나는 이 공포가 내일로 끝나지 않으리라는 무시무시한 확신을 느꼈다. 이제 계속해서 아래로 추락해 어둠에 이르는 길밖에 남지 않았노라고 말이다. 나는 내 잘못에 새로운 잘못이 이어질 수밖에 없을 것이고, 누이들 앞에 내가 나타나는 것과 부모님에게 인사와 키스를 하는 것이 거짓이라는 것, 그리고 내면에 감추어진 내 운명과 비밀이 나를 따른다는 것을 분명하게 감지했다.

아버지의 모자를 뚫어지게 보고 있을 때, 순간 신뢰와 희망이 번뜩였다. 아버지에게 모든 것을 이야기한 뒤 아버지의 판단과 처벌에 나를 맡기고 아버지를 나의 편으로, 나의 구원자로 만드는 것이다. 하지만 그것은 내가 종종 행했던 참회에 지나지 않을 것이다. 힘겹고 쓰라린 시간, 용서를 구하는 후회로 가득한 시간일 뿐인 것이다.

이런 생각은 얼마나 달콤하게 들렸던가! 그것은 얼마나 아름답게 나를 유혹했던가! 하지만 그런 것들은 전혀 소용이 없었다. 나는 내가 그런 일을 할 수 없으리란 사실을 잘 알고 있었다. 나는 지금 비밀을 하나 갖고 있으며, 나 혼자서 그리고 스스로 견뎌야 하는 죄 하나를 갖고 있다는 것을 알고 있었다. 아마도 나는 지금 선택의 기로에 서 있는 것이리라. 이 시간부터 점점 더 악의 세계에 속하게 될 것이고, 악한 자들과 비밀을 공유하고, 그들에게 조종당하며, 그들에게 복종하고, 그들과 똑같아져야 할지도 모른다. 나는 항상 어른이나 영웅인 것처럼 행동했는데 이제 그 대가를 짊어져야만 했다.

내가 방 안에 들어섰을 때 아버지가 나의 신발이 젖은 것을 보고 나무라신 것은 차라리 다행스러운 일이었다. 젖은 신발에 관심이 쏠린 덕분에 아버지가 나에게 일어난 일을 알아채지 못하신 것이다. 나는 내가 비밀스럽게 간직하게 된 다른 일에 대한 비난으로 견뎌야만 했다. 그런데 이때 나에게 어떤 특별하고 새로운 감정이 떠올랐다. 그것은 마치 갈고리처럼 악하고 날카로운 감정이었다. 나는 내가 아버지보다 우월하다는 느낌이 들었다! 나는 아버지가 아무것도 모르신다는 사실에 대해 어느 정도의 경멸을 느꼈고, 젖은 신발에 대한 꾸중 따위는 아주 사소한 일로 느껴졌다. '만약 아버지가 아시게 된다면!'이라는 생각을 하자 나는 마치 살인을 저질렀음에도 훔친 빵 때문에 심문을 받는 범죄자 같은 마음이 들었다. 그것은 아주 추하고 불쾌한 감정이었다. 하지만 강렬한 데다 깊은 매력이 있었고 비밀과 죄에 대한 다른 어떤 생각들보다도 나를 강하게 묶어두었다. 어쩌면 크로머는 벌써 경찰에 나를 고발했을지도 모른다. 하지만 우리 집에서는 아직도 나를 어린아이로 취급하고 있다. 천둥이 내 머리 위로 몰아치고 있었다.

지금까지 이야기한 모든 경험들 중 이 순간이 가장 중요한 순간으로 내 기억 속에 남아 있다. 이것은 성스러운 아버지의 세계에 생긴 최초의 흠집이었으며 내 어린 시절을 떠받쳤던 기둥에 생긴 최초의 균열이었다. 자기 자신이 되려는 모든 인간은 그 기둥을 파괴해야만 한다. 아무도 보지 못하는 이러한 경험을 통해 우리 운명에는 내면적이고 본질적인 선이 생성되는 것이다. 그러한 흠집과 균열은 점점 커지고 또다시 아물고 잊힌다. 하지만 가장 비밀스러운 방에 남아 계속해서 피를 흘린다.

나는 바로 이 새로운 감정에서 잔인함을 느꼈고, 아버지에게 곧장 달려가 엎드려 발에 입을 맞추고 용서를 빌고 싶었다. 하지만 본질적인 것은 아무것도 용서할 수가 없다. 이는 학식이 깊은 학자가 아니더라도 세 살 먹은 어린아이도 알 수 있는 사실이었다.

나는 내 문제에 대해 깊이 생각하고 내일을 위해 해결책을 궁리할 필요성을 느꼈다. 하지만 딱히 어떤 방법도 떠오르지 않았다. 그날 저녁 내내 내가 유일하게 할 수 있는 일은 오직 낯설게 변해버린 우리 집 거실 공기에 익숙해지도록 나를 내맡기는 것뿐이었다. 벽시계와 책상, 성경과 거울, 책꽂이와 벽에 걸린 그림이 나에게 이별을 고했고, 나는 얼어붙은 심정으로 나의 세계와 나의 선하고 행복했던 삶이 어떻게 과거로 변해가는지, 어떻게 나로부터 떨어져 나가는지를 지켜보아야만 했다. 또 어떻게 내가 어둠과 낯섦을 빨아들이는 뿌리를 새롭게 내리고 고정시키는지를 느껴야만 했다. 처음으로 나는 죽음을 맛보았다. 죽음이라는 것에서는 쓴맛이 났다. 죽음은 탄생이자 끔찍한 새 생명에 대한 공포이고 근심이기 때문이었다.

마침내 잠자리에 누웠을 때 나는 비로소 기쁨을 느꼈다. 잠자리에 들기 전에 한 저녁 기도는 마치 마지막 불꽃처럼 내 위에 쏟아졌고 우리 가족은 내가 가장 좋아하는 노래를 한 곡 불렀다. 아, 나는 그것을 따라 부를 수가 없었다. 모든 음성은 내게 담즙이고 독이었다.

아버지가 축도하시며 마지막에 "우리 모두와 함께하시옵소서!"라고 말씀하셨을 때, 나는 같이 기도할 수 없었다. 마음에 동요가 일어 기도를 하고 있는 사람들로부터 나를 고립시켰기 때문이다. 신의 은총이 가족들 모두와 함께 있었으나 나와는 더 이상 함께하지 않았다. 차갑고 깊은 피로를 느끼며 나는 밖으로 나왔다.

침대에 잠시 누워 있는 동안 따뜻함과 안정감이 나를 사랑스럽게 감싸주었다. 하지만 나는 곧 불안감에 휩싸였다. 나는 오늘 있었던 일을 다시 떠올렸다. 어머니는 항상 그랬듯이 잘 자라는 인사를 하고 나가셨다. 어머니의 발소리가 방 안에서 울렸고, 촛불이 문틈으로 비쳤다. 그때 나는 어머니가 다시 한 번 방 안으로 들어올 것 같다는 생각을 했다. 어머니는 모든 일을 알고 내게 입을 맞추며 오늘 무슨 일이 있었는지를 다정하게 물으실 것이다. 아주 따뜻한 말투로 말이다. 나는 어머니의 목에 매달려 마구 울면서 사실을 털어놓을 것이고 이내 모든 것이 해결되어 구원받게 되리라. 문틈이 어두워질 때까지 나는 귀를 기울였고 제발 그런 일이 일어나기만을 바랐다.

나는 다시 오늘 일로 돌아와 내 원수의 눈을 들여다보았다. 나는 그를 분명하고 또렷하게 떠올릴 수 있었다. 그는 눈을 사악하게 뜨고 있었고 입술은 야만적으로 보였다. 내가 그를 보면서 피할 수 없는 일을 곱씹고 있는 동안 그는 점점 더 거대해지고 사악해졌으며, 그의 나쁜 눈은 악마처럼 빛났다. 그는 내가 잠이 들 때까지 내 옆에 꼭 달라붙어 있었다. 하지만 나는 그가 아니라 보트와 부모님과 누이들이 나오는 꿈을 꾸었다. 꿈에서 나는 방학의 자유와 찬란함에 둘러싸여 있었다. 한밤중에 나는 잠에서 깼는데, 여전히 축복의 기운을 느끼며 누이들의 하얀색 원피스가 햇빛 속에서 빛나는 것을 보고 있었다. 하지만 낙원에서 다시 현실로 돌아오자 여전히 내 앞에는 원수가 사악한 눈빛으로 맞은편에 서 있었다.

아침에 어머니가 왜 이렇게 늦은 시간까지 침대에 누워 있느냐고 꾸중하러 오셨을 때 내 상태는 그다지 좋지 않았다. 결국 어머니가 어디가 아프냐고 물으셨을 때 나는 그만 토하고 말았다.

하지만 그 덕분에 얻은 것도 있었다. 나는 약간 아픈 것이 정말 좋았다. 아침나절 내내 약초 차를 마시며 누워 있을 수 있었고, 어머니가 옆방에서 청소하시는 소리와 리나가 현관에서 고기 장수를 맞이하는 소리를 들을 수 있었다. 학교에 가지 않는 오전은 어딘가 매혹적이고 동화 같은 것이 있었다. 햇빛이 방 안으로 스며들었는데, 학교에서 녹색 커튼으로 가린 그런 빛이 아니었다. 하지만 그것 또한 오늘은 향기가 나지 않았고 오로지 거짓된 소리만이 울려 퍼질 뿐이었다.

그래, 내가 만약 죽어버린다면! 하지만 종종 그렇듯 나는 단지 몸이 조금 불편할 뿐이었다. 그리고 그것만으로는 아무것도 할 수 없었다. 비록 아픈 몸은 학교로부터 나를 보호해주었지만 11시에 시장에서 나를 기다릴 크로머로부터는 보호해주지 못할 것이다. 그렇게 생각하자 어머니의 다정함도 이번에는 위로가 되지 않았다. 오히려 나의 마음을 더욱 짐스럽고 고통스럽게 할 뿐이었다. 나는 다시 잠을 청하면서 해결책을 궁리했지만 어떤 대안도 떠오르지 않았다. 나는 11시에 시장에 가야만 했다. 결국 나는 10시쯤 자리에서 조용히 일어나 몸이 괜찮아졌다고 말했다. 이런 경우 어머니는 보통 다시 침대에 눕거나 오후에 학교에 가라고 하신다. 나는 학교에 가고 싶다고 말했다. 계획을 세웠다.

돈 없이 크로머에게 갈 수는 없었다. 나는 먼저 내 소유의 그 작은 저금통을 손에 넣어야만 했다. 저금통 안에는 충분한 돈이 들어 있지 않다는 것을 나는 알고 있었다. 하지만 아무 것도 없는 것보다는 나았다. 적어도 크로머를 어떻게든 달래 야만 한다는 것을 나는 직감하고 있었다.

양말을 신은 채 어머니의 방으로 슬그머니 들어가 어머니 의 책상에서 내 저금통을 가지고 나왔을 때 나는 기분이 좋지 않았다. 하지만 어제만큼 나쁘지는 않았다. 쿵쾅거리는 심장 소리가 나를 죄어오는 것 같았다. 계단 아래로 내려가 저금통 을 살펴보니 저금통은 잠겨 있었다. 저금통을 여는 방법은 아 주 쉬웠다. 얇은 양철 격자를 찢으면 그만이었다. 간단한 일 이었지만 그것을 찢는 것은 마치 도둑질을 하는 것과 같이 고 통스러웠다. 그때까지 나는 단지 사탕이나 과일을 훔쳐본 것 이 전부였다. 비록 이것이 내 돈이긴 하지만 난 돈을 훔친 것 이다. 나는 내가 크로머와 그의 세계에 다시 다가가고 있음을 감지했다. 그리고 그 세계가 너무나도 차근차근 다가오는 것 을 깨닫고는 반항했다. 하지만 악마가 나를 데려간다 해도 이 제 더 이상 되돌아갈 길이 없었다. 나는 불안하게 돈을 세어 보았다. 저금통은 동전으로 가득 찬 소리가 났지만 지금 내 손에는 비참할 정도로 적은 돈이 있을 뿐이었다. 고작 65페 니히밖에 없었다. 나는 저금통을 아래층 현관에 숨기고 돈을 손에 꼭 쥔 채 밖으로 나갔다. 기분이 평소 이 문을 통해 나갈 때와는 아주 달랐다. 마치 위층에서 누군가가 나를 부르는 것 같아 나는 걸음을 재촉했다.

아직 시간이 있었다. 나는 변해버린 도시의 길을 멀리 돌아

낮게 깔린 안개 속에 나를 숨기고 나를 바라보는 집들과 나를 의심하는 사람들을 지나쳐 갔다. 언젠가 반 친구가 시장에서 1탈러를 주웠다고 말했던 일이 떠올랐다. 신이 기적을 만들어 나에게도 그런 일이 일어나게 해달라고 빌고 싶었다. 하지만 난 기도할 자격도 없었다. 그리고 그런 일이 일어난다 한들 저금통이 예전처럼 다시 완전해질 수는 없을 것이다.

프란츠 크로머는 멀리서 나를 보았지만 아주 천천히 내 쪽으로 다가왔다. 그는 나를 크게 신경 쓰고 있는 것 같지 않았다. 그는 가까이 다가와 자신을 따라오라는 듯 명령하는 눈짓을 보내고는 한 번도 돌아보지 않고 걸어갔다. 크로머는 지푸라기가 쌓인 길을 조용히 내려가 골목 마지막에 있는 공사 중인 집 앞에서 멈추었다. 그곳에는 일하고 있는 사람이 아무도 없었다. 집은 아직 문과 창문이 없이 벽들만 세워져 있는 상태였다. 크로머는 주변을 살피더니 안으로 들어갔고, 나는 그를 따라 들어갔다. 그는 벽 뒤로 걸어가 나에게 눈짓을 하고 손을 내밀었다.

"가져왔지?"

그가 차갑게 물었다.

나는 주머니에서 꽉 쥔 손을 꺼내 쫙 펼친 그의 손에 돈을 떨어뜨렸다. 그는 마지막 5페니히가 소리를 내기도 전에 셈을 마쳤다.

"이건 65페니히잖아."

그가 말하며 나를 쳐다봤다.

"맞아. 이게 내가 가진 전부야. 너무 적다는 건 나도 잘 알아. 하지만 이게 다야. 더는 없어."

나는 망설이며 말했다.

"난 네가 좀 더 똑똑하게 처신하길 바랐는데."

그는 부드러운 목소리로 타일렀다.

"신사들 사이에는 질서가 있어야 해. 내가 너에게 부당하게 돈을 받으려 하는 게 아니라는 걸 너도 알잖아. 이런 니켈 따윈 집어치워! 아마 다른 사람은 줄 돈을 깎으려고 하지 않을 거야. 그 사람이 누군지는 너도 알지? 그 사람은 돈을 전부 다 줄 거야."

"제발. 난 더 이상 가진 게 없어! 이게 내 전 재산이야."

"그건 네 사정이지. 하지만 사정이 딱하니 봐줄게. 너는 나에게 1마르크 35페니히를 빚진 거야. 언제 다 갚을 거야?"

"꼭 다 갚을게. 진짜야, 크로머. 정확하게는 말 못 하지만 아마 곧 돈을 구할 수 있을 거야. 내일이나 아니면 모레쯤. 제발 내가 아버지에게 말할 수 없다는 것만 이해해줘."

"그것도 나와는 상관이 없는 일이야. 그렇다고 너에게 피해를 줄 생각은 없어. 내 돈을 오전에 받을 수 있다면 좋겠는데. 너도 알지? 난 가난하다고. 넌 좋은 옷을 입었고 점심에 나보다 더 좋은 음식을 먹을 수 있잖아. 더 말하고 싶지 않다. 어쨌든 조금 더 기다려주겠어. 모레 오후에 내가 휘파람을 불면 그때 가져오도록 해. 너 내 휘파람 소리 알지?"

그가 내게 휘파람을 불었다. 나는 전에도 그 소리를 종종 들은 적이 있었다.

"그래, 알았어."

나는 말했다.

그는 마치 내가 더 이상 보이지도 않는 것처럼 걸어가 버렸다. 그것은 우리 사이에 있었던 거래일 뿐이었다. 그 이상도 그 이하도 아니었다.

지금도 만약 크로머의 휘파람 소리를 다시 듣게 된다면 나는 아마 깜짝 놀랄 거라고 생각한다. 나는 종종 그 소리를 들었고, 계속해서 그 소리가 들리는 듯했다. 이 휘파람 소리가 따라다니지 않는 장소는 없었다. 놀이나 일, 심지어 내 생각의 영역에도 마찬가지였다. 나는 거기에 얽매이다 결국은 그것을 운명으로 받아들였다. 부드럽고 화려한 가을 오후에 나는 가끔 내가 좋아했던 우리 집 작은 꽃밭에 나와 있었다. 그리고 문득 예전 소년 시절의 놀이를 다시 해보고 싶다는 이상한 충동에 사로잡히곤 했다. 그럴 때면 나는 나보다 어느 정도 더 어리고 착하고 자유로운, 죄가 없고 순진무구한 소년이 되었다. 하지만 그러는 동안 갑자기 어딘가로부터 엄청나게 충동적이고 놀라운 크로머의 휘파람 소리가 들려와 생각의 끈을 끊어버리고, 상상을 엉망으로 만들어버렸다. 휘파람 소리가 들리면 나는 나가야 했다. 그 추악한 자의 뒤를 따라 나쁘고 불쾌한 장소로 가야 했다. 나는 그에게 빚진 돈을 독촉당하고 변명을 늘어놓아야 했다. 그러한 일이 아마 몇 주 정도 계속된 것 같다. 나에게는 그 몇 주가 마치 몇 년, 아니 영원과도 같게 느껴졌다. 나는 리나가 장을 보고 시장바구니를 식탁에 올려놓으면 거기에서 5페니히나 1그로셴씩을 훔쳐서 돈을 구했다. 그럴 때마다 크로머는 나를 비난하며 경멸했다. 그에게 있어 나는 그를 속이고 그에게서 이득이 되는 권리를 빼앗는 존재이자, 그에게서 돈을 훔쳐 그를 불행하게 만드는 존재였다. 내 인생에서 이런 곤경에 빠진 적은 한 번도 없었다. 결코 단 한 번도 이렇게 희망을 잃어보거나 얽매인 감정을 느껴본 적이 없었다.

나는 저금통을 장난감 지폐로 채워서 다시 제자리에 두었고 아무도 그것에 대해 묻지 않았다. 하지만 언젠가 나에게 물어올 것이다. 물론 저금통에 대해 물어보려는 것은 아니었음에도 나는 어머니가 내게 조용히 다가오시는 것이 크로머의 휘파람 소리보다 더 두려웠다.

내가 점점 한 푼도 없이 악마 앞에 나타나는 일이 잦아졌기 때문에, 그는 다른 방법으로 나를 괴롭히고 이용하기 시작했다. 나는 그를 위해 일을 해야 했다. 그가 아버지의 심부름을 가야 할 때도 크로머 대신 내가 갔다. 또 그는 나에게 온갖 짓궂은 일을 시키기도 했다. 10분간 한 발로만 뛰어간다든지, 길을 지나가는 사람들의 옷에 종이를 붙이는 일 같은 것 말이다. 나는 며칠 동안 계속해서 꿈속에서까지 시달림을 당했고 가위에 눌려 온몸이 땀에 젖기도 했다.

한동안 나는 아팠다. 자주 토했고 한기를 느꼈고 밤에는 땀과 열에 시달렸다. 어머니는 무언가 잘못되었다고 생각하며 내게 더 많은 관심을 보이셨지만 내가 그것에 신뢰로 보답할 수 없다는 사실이 나를 더욱 괴롭혔다.

어느 날 밤 어머니는 내가 잠자리에 들었을 때 초콜릿 한 상자를 가지고 오셨다. 어렸을 때부터 어머니는 자주 그러곤 하셨다. 내가 하루 종일 얌전하게 행동하면 잠자리에 들었을 때 상으로 과자나 초콜릿을 주고는 하셨던 것이다. 어머니는 침대에 서서 내게 초콜릿 상자를 내미셨다. 나는 마음이 너무 아파 단지 머리를 흔들 수밖에 없었다. 어머니는 어디가 좋지 않으냐고 물으시며 머리카락을 쓰다듬으셨다. 난 이렇게 소리칠 수밖에 없었다.

"싫어요! 싫어! 아무것도 먹고 싶지 않아요."

어머니는 초콜릿을 책상에 올려놓고 나가셨다. 다음 날 어머니가 그 일에 대해 물으려고 하셨을 때도 나는 아무것도 모르는 듯이 행동했다. 어느 날 어머니가 의사를 불러오셨는데, 그는 나를 진찰하고는 아침마다 차가운 물로 씻으라고 했다.

당시 내 상태는 일종의 정신착란이었다. 나는 우리 집의 정돈된 평화로움 속에서 마치 유령처럼 겁먹고 고통스럽게 지냈으며, 다른 가족들과 어울리지 못했고, 잠시라도 나 자신을 잊지 못했다. 나는 나에게 자주 화를 내시는 아버지에게 마음을 닫고 냉랭하게 대했다.

카인

내 고민의 구원은 전혀 예상치 못했던 곳에서 왔다. 동시에 그것은 내 삶에 어떤 새로운 것을 가져와 지금까지도 영향을 미치고 있다.

내가 다니는 라틴어 학교에 그 얼마 전 전학생이 한 명 왔다. 우리 동네로 이사 온 부유한 미망인의 아들로, 소매에 상장喪章을 두르고 있었다. 그는 나보다 높은 학년이었으며 나이도 나보다 많았다. 그는 곧 나를 비롯한 다른 아이들의 마음을 사로잡았다. 그는 다른 이들의 눈에 띄는 사람이었다. 보기보다 나이가 많지 않았지만 그 누구에게도 소년 같은 인상을 주지는 않았다. 그는 우리 어린 소년들 사이에서 어른처럼, 아니 그보다는 신사처럼 낯설고 성숙하게 행동했다. 사실 그는 호감 가게 행동하지는 않았다. 놀이에 끼지도 않았으며,

격렬한 싸움에 가담하지도 않았다. 단지 선생님을 대할 때의 그 자신감에 찬 확고한 목소리가 다른 아이들의 마음에 들 뿐이었다. 그의 이름은 막스 데미안이었다.

우리 학교에서는 종종 다른 반과 함께 큰 교실에서 수업을 진행하곤 했다. 정확한 이유는 모르지만 나 역시 어느 날 다른 반과 함께 수업을 받게 되었다. 그 반은 데미안의 반이었다.

우리 하급반은 성경을, 상급반은 작문을 공부해야 했다. 우리 반이 카인과 아벨 이야기에 관한 수업을 받는 동안 나는 데미안 쪽을 계속 쳐다보았다. 그의 얼굴은 이상하게 나를 매혹시켰다. 그는 총명하고 밝고 범상치 않은 얼굴로 자신의 수업에 주의를 기울이며 온 정신을 집중하고 있었다. 그런 그의 모습은 마치 과제를 하는 학생이 아니라 자신의 문제를 탐구하는 연구자 같았다. 처음부터 그가 내 마음에 든 것은 아니었다. 처음에 나는 그에게 호감이 가기는커녕 오히려 어떤 거부감 같은 것이 들었다. 그는 나보다 뛰어나고 냉정했으며, 그의 존재는 내게 도전적이었다. 그의 눈은 성인 같은 인상을 주었으며—아이들은 그런 것을 좋아하지 않는다—그 안에는 냉소를 머금은 슬픈 표정이 담겨 있었다. 하지만 나는 줄곧 그를 지켜보았다. 그는 나를 좋아하는 것 같기도 하고 싫어하는 것 같기도 했다. 그가 어쩌다 내 쪽을 한번 쳐다보았을 때, 나는 놀라서 시선을 돌렸다. 그가 당시 학생으로서 어떻게 보였는지 이제 와 곰곰이 생각해본다면 난 이렇게 표현할 수 있다. 그는 모든 점에서 다른 아이들과 달랐고, 철저하게 개인적이었으며, 그렇기 때문에 다른 아이들에게 주목을 받았다. 하지만 동시에 그는 눈에 띄지 않으려고 애썼다. 그는 마치 농부들 사이에서 그들과 똑같이 보이기 위해 온갖 노력을 다하는 변장한 왕자처럼 행동했다.

학교에서 집으로 돌아오는 길에 그가 내 뒤를 따라왔다. 다른 아이들이 사방으로 흩어지자 그가 내게 다가와 인사를 했다. 비록 우리 학교에 다니는 아이들의 인사를 따라 한 것임에도 불구하고 그의 인사는 너무나 어른스럽고 공손했다.

"같이 갈래?"

그가 친하게 물었다.

그 말에 기뻐서 나는 고개를 끄덕였다. 그러고는 내가 사는 곳을 알려주었다.

"아 거기?" 그가 웃었다. "그 집 알아. 집 문 위에 이상한 게 붙어 있던데, 그게 참 재밌더라고."

처음에 나는 그가 뭘 말하는지 금방 알아채지 못했다. 그리고 그가 우리 집을 나보다 더 잘 아는 것 같아 놀랐다. 데미안이 말한 것은 문의 아치형 홍예머리로 일종의 문장 같은 것이었는데 세월이 흐르면서 비바람에 깎여 평평해져 있었다. 종종 페인트를 덧칠하기는 했지만 내가 아는 한 그것은 우리 집이나 우리 가족과는 아무 상관이 없는 것이었다.

"그것에 대해서 나는 아는 게 없어." 나는 머뭇거리며 말했다. "그건 아마 새를 조각한 걸 거야. 아님 그 비슷한 거나. 아주 오래됐을걸. 우리 집은 예전에 수도원의 일부분이었다고 들었어."

"그럴 수 있겠다." 그가 고개를 끄덕였다. "너도 한번 잘 살펴봐. 그런 건 아주 재미있거든. 내 생각에 그건 매인 것 같았어."

우리는 계속 걸어갔고, 나는 정말 당황했다. 갑자기 무언가 재미있는 일이 생각난 듯이 데미안이 웃었다.

"아, 아까 너희 수업 시간에 나도 같이 있었지." 그가 생기 있게 말했다. "표식을 이마에 새기고 다니는 카인의 이야기였지? 어땠어? 마음에 들었어?"

아니, 내 마음에는 들지 않았다. 우리가 배워야 하는 것들 중 그 어떤 것도 내 마음에 드는 것은 없었다. 하지만 나는 어른과 이야기하는 것 같아 있는 그대로 말하는 것을 주저할 수밖에 없었다. 그래서 나는 그 이야기가 아주 마음에 들었다고 말했다.

데미안이 내 어깨를 쳤다.

"야, 일부러 거짓말할 필요는 없어. 하지만 그 이야기를 잘 살펴볼 필요는 있지. 수업 시간에 배우는 다른 이야기보다 훨씬 더. 선생님은 물론 그것에 대해 많이 설명해주지 않았어. 그냥 하느님과 죄 등에 대한 일반적인 이야기를 했을 뿐이지. 하지만 내 생각엔 말이야……." 그는 말을 멈추고 웃으며 물었다. "그런데 너 이런 이야기에 관심이 있니?"

그는 말을 이어나갔다.

"그래, 나는 이렇게 생각해. 우리는 이 카인의 이야기를 아

40

주 다르게 볼 수도 있어. 우리가 배우는 대부분의 내용은 물론 어느 정도 진실되고 옳지만 우리는 선생님이 설명한 내용을 아주 다르게 해석해볼 수도 있다는 말이야. 그러면 대부분 더 나은 의미를 갖게 될걸. 예를 들어, 카인의 이마에 새겨진 표식에 대해서 선생님의 설명만으로 우리가 이해할 수 있을까? 너도 그렇게 생각하니? 싸우다가 자신의 동생을 때려죽이는 일은 일어날 수 있는 일이야. 그 이후에 그가 공포심에 휩싸여 소심해지는 것도 물론 가능한 일이지. 하지만 그가 비겁함의 대가로 그를 보호하고 다른 사람들에게 공포심을 주는 표식을 받았다는 것은 어딘가 좀 이상해."

"그건 그래."

나는 흥미가 생겼다. 그 이야기가 나를 사로잡은 것이다.

"하지만 어떻게 그 이야기를 다르게 설명할 수 있어?"

그가 내 어깨를 두드렸다.

"아주 간단해! 이미 알고 있듯이 이야기의 시작은 바로 그 표식이야. 한 남자가 있는데, 그의 얼굴에는 다른 사람들에게 불안감을 주는 무언가가 있어. 사람들은 감히 그를 건드리지 못해. 그는 그만큼 사람들에게 강렬한 인상을 주었어. 그것은 그의 아이들도 마찬가지야. 아마도, 아니야, 확실히 이마 위의 표식은 우편 소인처럼 실제의 것이 아니었을 수도 있어. 그리고 삶에서도 잘 나타나지 않았을 거야. 오히려 잘 알아볼 수 없는 섬뜩함이 있었겠지. 그의 눈빛 속에는 사람들이 알고 있는 것보다 좀 더 강한 정신과 대담함이 담겨 있었던 거야. 이 남자는 힘이 있었고, 이 남자 앞에서 사람들은 두려워했어. 그는 '표식'을 갖고 있었던 거지. 사람들은 이것을 원하는 대로 설명할 수 있었어. '인간'은 항상 자신이 편한 대로 그리고 옳다고 느끼는 대로 생각하려 하잖아. 그게 바로 사람들이 '표식'을 지닌 카인의 후예들을 두려워한 이유야. 다시 말해 '표식'은 실제 있었던 어떤 징표가 아니라 그 반대였던 거지. 사람들은 이러한 표식을 가진 놈들은 끔찍하다고 말했는데 아마 실제로도 그랬을 거야. 용기와 개성을 지닌 사람들은 다른 사람들에게 항상 큰 두려움을 주거든. 흉악하지는 않지만 두려움을 모르는 자와 그 후예들이 주변을 돌아다닌다는 것은 아주 불편한 일이지. 그래서 사람들은 그들에게 복수하기 위해, 그리고 자신들이 견뎌낸 공포에 대해 조금의 보상이라도 받으려고 카인과 그 후예들에게 하나의 별명과 지어낸 이야기를 덧붙여준 거야. 이해할 수 있겠어?"

"아, 그러니까 카인은 결코 악한 사람이 아니라는 거구나. 그럼 성경 속의 이야기도 원래 사실이 아니라는 거야?"

"그럴 수도 있고 아닐 수도 있어. 아주 오래된 이야기일수록 더 진실이라고 할 수 있지. 하지만 그 이야기가 항상 올바르게 기록되거나 옳게 해석되는 것은 아니야. 내 생각에 카인은 훌륭한 사람이었을 거야. 그에게 이러한 이야기가 덧붙여진 건 오로지 사람들이 그에게 두려움을 느꼈기 때문이지. 이 이야기는 단순히 하나의 소문에 불과해. 사람들이 돌아다니며 떠들어대는 그런 말들 말이야. 하지만 카인과 그의 후예들이 실제로 일종의 '표식'을 지니고 다녔고 대부분의 사람들과는 달랐다는 점에서 이 이야기는 진실이라고도 할 수 있어."

나는 정말 놀랐다.

"그럼 너는 카인이 동생을 때려죽였다는 것도 믿어?"

내가 충격에 휩싸여 말했다.

"오, 물론이지! 그건 확실히 사실이야. 강자가 약자를 때려죽였어. 하지만 그게 실제로 자신의 형제였는지 아닌지는 의심해볼 필요가 있어. 그건 중요한 게 아니야. 결국 우리 인간들은 모두 형제인걸. 그러니까 강자가 약자를 때려죽인 걸로 보면 돼. 그건 영웅적 행동이었을 수도 있고 아니었을 수도 있어. 다만 확실한 건 약자들은 굉장한 공포를 느꼈고, 크게 탄식했다는 거야. 그리고 누군가가 '왜 너희는 그를 때려죽이지 않는가?'라고 묻는다면, 그들은 '왜냐하면 우리는 비겁하기 때문입니다'라고 말하는 대신 '그렇게 할 수 없습니다. 그는 표식을 지니고 있습니다. 하느님이 그에게 표시한 것입니다'라고 대답하는 거지. 이렇게 속임수가 만들어진 거야." 그는 잠시 말을 멈추었다. "아, 근데 너를 너무 오래 길에 세워놨구나. 가봐야겠다. 그럼 안녕!"

그는 알트 거리로 꺾어 들어갔고 나는 혼자 남았다. 그가 사라지자 나는 지금까지 느꼈던 것보다 더 이상한 기분이 들었다. 그가 말한 모든 것이 내게는 전혀 믿을 수 없는 얘기였다. 카인이 고귀한 사람이었고, 아벨이 겁쟁이였다니! 카인의 표식이 하나의 특성이라니. 그것은 불합리하고, 신을 모독하는 사악한 짓이다. 그렇다면 도대체 하느님은 어디에 계셨던 거지? 아벨의 제물을 받지 않으셨던가? 아벨을 사랑하지 않으셨단 말인가? 아니다. 정말 말도 안 되는 일이다. 데미안이 나를 조롱하고 함정에 빠뜨리려 한 거다. 나는 그렇게 생각을 정리했다. 기분 나쁘게 똑똑한 친구이긴 하다. 게다가 말도 잘하고. 그래도 그건 아니다.

나는 여태까지 단 한 번도 성경 속의 어떤 이야기나 다른 이야기에 대해 그렇게 깊게 생각해본 적이 없었다. 그리고 프란츠 크로머를 몇 시간 동안, 아니 저녁 시간 내내 그렇게 완전하게 잊어본 적도 없었다. 나는 집에 와 다시 한 번 성경에 쓰인 그 이야기를 꼼꼼히 읽어보았다. 이야기는 짧고 분명했다. 그 안에서 특별하고 내밀한 의미를 찾아내는 것은 정말 미친 짓이었다. 그렇다면 사람을 때려죽인 모든 이들을 신의 사랑을 받는 사람이라고 설명할 수 있단 말인가! 아니, 말도 안 되는 소리다. 하지만 데미안은 그런 이야기를 얼마나 쉽고 멋들어지게, 그리고 당연하다는 듯이 말했던가. 이야기할 때 그의 눈을 본다면!

물론 나는 아직 스스로 질서가 잡혀 있지 않은, 아니 사실 매우 무질서한 상태였다. 나는 밝고 깨끗한 세계에 살고 있었으며 일종의 아벨과 같은 존재였다. 하지만 지금은 '다른' 세계 속에 아주 깊게 떨어져 가라앉았다. 그리고 근본적으로 거기에 찬성할 수 없다. 그럼 이제 어떻게 되는 거지? 갑자기 나에게 하나의 기억이 떠올랐다. 그것은 아주 잠깐이었지만 거의 숨을 멈추게 할 것 같았다. 지금의 나의 비참함이 시작되었던 그 저주스러운 밤에 나는 아버지와 함께 있었고, 순간 아버지와 아버지의 밝은 세계와 지혜를 모두 들여다보고 경멸했다! 카인이 되어 표식을 단 나 자신을 수치스럽게 느끼기보다는 오히려 하나의 표창장을 받은 것처럼 내 사악함이나 불행을 통해 내가 아버지보다, 혹은 선한 사람들이나 경건한 사람들보다 훨씬 우월한 사람이라고 인식했던 것이다.

그 당시 내가 경험했던 것은 이처럼 분명한 생각의 형태는 아니었으나 이 모든 것이 그 속에 들어 있었다. 그것은 단지 나를 고통스럽게 하고 또 나를 자부심으로 가득 채웠던 감정 혹은 이상한 자극의 불타오름에 불과했다.

다시 생각해보면 데미안은 두려움 없는 자와 비겁한 사람들에 대해 얼마나 이상하게 말했던가! 카인의 이마에 있는 표식을 얼마나 기이하게 해석했던가! 그의 눈, 그의 어른스러운 특별한 눈이 얼마나 놀랍게 빛났던가! 그 자신이, 데미안이 혹시 카인이 아닐까? 그 자신이 카인과 비슷하다고 느끼지 않는다면 왜 그를 옹호한 걸까? 왜 그는 이러한 힘을 보았을까? 왜 그는 '다른 이들', 즉 원래는 경건하고 신이 사랑하는 사람들이었던 두려워하는 사람들을 그렇게 모욕적으로 표현했을까? 갑자기 이런 생각이 내 머릿속을 불투명하게 스쳐갔다.

이러한 생각은 끝없이 이어졌다. 그것은 분수 위에 떨어진 돌이었으며, 그 분수는 내 어린 영혼이었다. 그리고 오랫동안,

아주 오랫동안 카인, 살인, 그리고 표적에 관한 이 문제는 내가 인식, 회의, 비판에 대한 탐구를 시작하는 기점이 되었다.

나는 다른 학생들 역시 데미안에게 관심을 보인다는 것을 알고 있었다. 카인에 대한 이야기를 나는 누구에게도 하지 않았다. 하지만 그는 다른 아이들에게도 흥미로운 존재처럼 보였다. 이 '전학생'에 관해 많은 소문이 떠돌았다. 만약 내가 그 소문을 전부 알았다면 그에 관한 모든 것이 밝혀지고, 모든 것이 분명해졌을 것이다. 나는 단지 데미안의 어머니가 아주 부자라는 사실만 처음에 들어서 알고 있을 뿐이었다. 또 그의 어머니도 그렇지만 데미안도 교회에 가지 않는다는 이야기를 들었다. 그래서 누군가는 그들이 유대인이라고 말하기도 했다. 비밀스러운 모하메드교 신자일지도 모른다는 소문도 돌았다. 막스 데미안의 체력에 관한 소문도 있었다. 확실한 것은, 데미안의 반에서 가장 힘이 센 놈이 데미안에게 싸움을 걸었는데도 그가 거절하자 데미안을 겁쟁이라고 놀렸고, 데미안이 그를 굴복시켰다는 것이었다. 그 자리에 있었던 아이들의 말로는 데미안이 그를 단지 한 손으로 잡아서 강하게 누르자 그는 바로 창백해져 도망을 갔으며, 하루 종일 팔을 움직이지 못했다고 했다. 심지어 어느 날 저녁에는 그 아이가 죽었다는 소문도 있었다. 한동안 온갖 소문이 쏟아졌는데, 모두들 자극적이고 놀라운 소문을 믿었다. 당분간은 그것으로 충분했다. 하지만 얼마 후에 다시 새로운 소문이 돌기 시작했다. 데미안이 어느 소녀와 친하게 지내고 있으며 '모든 것을 안다'는 것이었다.

그러는 동안에도 나와 프란츠 크로머와의 강제적인 관계는 계속해서 이어지고 있었다. 나는 그에게서 벗어날 수가 없었다. 설사 그가 며칠 동안 나를 가만히 내버려 둔다 해도 내가 그에게 종속되어 있었기 때문이다. 꿈속에서도 그는 마치 그림자처럼 나를 따라다녔고, 나의 환상은 그가 현실에서 나에게 시키지 않은 일까지도 꿈에서 일어나게 만들었다. 꿈에서 나는 아주 완벽한 노예가 되어야 했다. 나는 현실에서보다— 난 항상 강렬한 꿈을 꾸는 사람이다—꿈에서 더 많이 살았고, 힘과 인생을 이 그림자에게 빼앗겼다. 다른 꿈에서도 종종 크로머는 나를 학대했다. 그는 나에게 침을 뱉고, 나를 무릎 꿇렸다. 더 나빴던 것은 그가 나를 무거운 범죄를 저지르도록 꾀었다는 것이다. 꾀었다기보다 강제로 그렇게 하도록 했다. 내가 너무 무서워 반쯤 미친 상태로 깨어났던 꿈은 바로 내 아버지를 살해하는 꿈이었다. 크로머가 칼을 하나 갈아서 나에게 주었고, 우리는 큰 거리의 가로수 뒤에 숨어서 누군가를 기다리고 있었다. 나는 그 사람이 누군지 알지 못했다. 하지만 누군가가 다가오자 크로머는 나의 팔을 누르며 내가 죽여야 할 사람이 바로 저 사람이라고 말했다. 그는 나의 아버지였다. 아버지를 알아본 순간 나는 꿈에서 깨어났다.

그 일 때문에 나는 카인과 아벨의 이야기를 더 생각하게 되었다. 하지만 데미안에 대해서는 생각하지 않았다. 그가 나에게 다시 가까이 다가왔을 때, 그것은 기이하게도 다시 꿈속에 서였다.

나는 학대와 폭력에 관한 꿈을 꾸며 고통을 느끼고 있었다. 하지만 나를 학대하는 사람은 크로머가 아니었다. 이번에는 데미안이 나를 학대하고 있었다. 그것은 새로운 사실이었고 내게 깊은 인상을 주었다. 내가 크로머로부터 겪었던 고통과 반항, 이 모든 것을 데미안에게서 불안감과 같은 극도의 희열을 포함한 감정으로 다시 겪었던 것이다. 이러한 꿈을 두 번 꾸고 나서 다시 크로머에게 돌아왔다.

이 같은 꿈에서 경험했던 것과 현실에서 경험했던 것을 나는 오랫동안 정확하게 구분할 수 없었다. 물론 크로머와의 좋지 않은 관계는 계속되었다. 내가 작은 도둑질로 마침내 빚진 돈 모두를 갚은 뒤에도 이러한 관계는 끝나지 않았다. 그는 내가 도둑질했다는 것을 알고 있었다. 그는 항상 돈을 어디서 구했느냐고 물었던 것이다. 나는 다른 때보다 더욱 그의 손아귀에 꽉 잡혀 있었다. 그는 아버지에게 모든 것을 말하겠다며 자주 나를 위협했다. 그럴 때마다 나의 불안감은 너무 커져 처음부터 이런 일을 하지 않았더라면, 하는 깊은 후회가 뼈에 사무쳤다. 나는 너무나 비참했다. 하지만 모든 것을 후회하지는 않았고, 적어도 항상 그러지는 않았다. 나는 모든 일이 일어날 수밖에 없었던 거라고 생각했다. 지나간 일은 내 위에 있었고 그것을 깨부수려 하는 것은 소용없는 짓이었다.

아마도 부모님은 이러한 상황 때문에 적지 않은 고통을 겪으셨을 것이다. 낯선 영혼이 나에게 다가오면서 나는 너무나 친밀했던 우리 집안에 더 이상 어울리지 않는 사람이 되었다. 가족의 일원이었던 시절에 대한 그리움은 내게 종종 잃어버린 낙원에 대한 향수로 엄습해 왔다. 어머니는 나를 말썽쟁이보다는 환자로 취급했다. 실제로 나의 상태는 두 누이의 행동에서 가장 잘 알 수 있었다. 세심하게 나를 돌보면서도 끝없이 나를 슬프게 만들었던 이 행동은 내가 일종의 마귀에 홀렸다는 사실을 분명하게 해주는 것이자, 이런 상태의 나에게는 비난보다는 달래는 것이 더 중요하지만 분명히 나의 내면에 악이 자리 잡고 있다는 것을 보여주는 것이기도 했다. 나는 모두가 나를 위해 기도하는 것을 느꼈지만 이러한 기도가 소용이 없다는 것 또한 느끼고 있었다. 가벼워지고 싶은 소망과 진실된 마음으로 고해하고 싶은 열망을 나는 자주 불타오르듯 느꼈다. 하지만 아버지나 어머니에게도 모든 것을 사실대로 말하고 설명할 수 없다는 것 역시 나는 잘 알고 있었다. 모두 친절하게 그것을 받아들이고 나를 잘 보살펴 주고 정말 딱하다고 생각하지만, 나를 완전히 이해할 수 없다는 것도 나는 알고 있었다. 그리고 이 모든 것은 일종의 탈선으로 여겨질 것이다. 운명임에도 불구하고 말이다.

나는 대부분의 사람이 이제 열한 살도 되지 않은 아이가 이런 생각을 하고 있다는 사실을 믿지 않으리라는 것도 알았다. 이런 사람들에게 내 이야기를 하려는 것이 아니다. 나는 인간을 좀 더 잘 아는 사람들에게 이야기하려 한다.

자신의 감정의 일부를 생각으로 전환하는 법을 아는 어른은 이러한 생각이 어린아이에게는 없으며 또한 그런 경험도 없으리라고 생각할 것이다. 하지만 나는 내 인생에서 그때처럼 깊게 체험하고 괴로워했던 적이 없었다.

비 오는 어느 날, 나에게 고통을 주는 그놈으로부터 광장으로 나오라는 명령을 받았다. 나는 광장에 나가 서서 그를 기다리며 젖은 밤나무 잎을 발로 비비고 있었다. 검은 잎이 무성한 나무에서 낙엽이 줄곧 떨어졌다. 돈이 없었지만 나는 두 조각의 과자를 가져왔다. 크로머에게 적어도 무언가를 주기 위해서였다. 나는 오랫동안 모퉁이 어딘가에 서서 그를 기다리는 일에 이미 익숙해져 있었다. 나는 자주 오래 기다려야 했던 것이다. 나는 인간들이 어쩔 수 없는 일을 감당하듯이 그것을 받아들였다.

마침내 크로머가 왔다. 그는 나를 오래 상대하지는 않았다. 그는 내 갈비뼈를 주먹으로 몇 번 치더니, 과자를 빼앗았다. 그리고 담배 한 대를 내밀었지만 나는 그것을 받지 않았다. 크로머는 평소보다 친절했다.

"아, 네가 잊을까 봐 이야기하는데, 너 다음번에는 네 누나랑 같이 와라. 큰누나 말이야. 이름이 뭐랬지?"

그가 가면서 말했다.

나는 전혀 이해할 수가 없었다. 그래서 대답하지 않았다. 나는 그를 놀란 듯이 쳐다볼 뿐이었다.

"내 말 못 알아듣겠냐? 네 누나를 데리고 오라고!"

"알아, 크로머. 근데 그건 안 돼. 난 그렇게 할 수 없어. 누나도 절대 따라오지 않을걸."

나는 그것이 다시 하나의 술책이자 핑계가 되리라는 것을 알았다. 그는 자주 그렇게 했다. 어떤 불가능한 일을 요구하며 나를 수렁에 빠지게 만들었고, 나의 자존심을 상하게 해서 결국 내가 그것을 하게끔 유도했다. 그러면 나는 돈을 약간 주거나 다른 것으로 대가를 지불해야만 했다.

하지만 이번에는 그의 태도가 아주 달랐다. 내 거절에도 그는 전혀 화를 내지 않았다.

"그래 좋아." 그는 얼버무리며 말했다. "잘 생각해봐. 나는 네 누나와 사귀고 싶어. 언젠가 잘되겠지. 네가 그냥 누나와 함께 산책 나오면 거기로 갈게. 내일 내가 휘파람을 불면 다시 한 번 그것에 대해 생각해보자."

그가 간 뒤에 나는 문득 그가 원하는 것의 의미가 무엇인지 어렴풋이 깨달았다. 나는 아직 어렸지만 소년과 소녀가 나이가 들면 어떤 비밀스러운 것을 공유하고, 추하고 금지된 것을 서로 한다는 것을 소문으로 들어 알고 있었다. 그리고 지금 그것이 얼마나 엄청난 일인지가 갑자기 아주 분명해진 것이다. 그런 일을 절대 하지 않으리라는 나의 결심은 곧 확고해졌다. 하지만 그다음에 무슨 일이 일어날지, 그리고 크로머가 나에게 어떻게 복수할지 감히 생각할 수도 없었다. 새로운 고민이 시작되었고 그것은 아직 다가 아니었다.

손을 주머니에 넣고 나는 절망적으로 텅 빈 광장을 걸었다. 새로운 고통, 새로운 노예 짓이라니!

그때 신선하고 깊은 목소리가 나를 불렀다. 나는 놀라서 뛰기 시작했다. 누군가가 나를 따라오며 뒤에서 내 손을 부드럽게 잡았다. 막스 데미안이었다.

나는 그가 내 손을 잡도록 내버려 두었다.

"너였니?" 내가 불안하게 말했다. "넌 항상 나를 놀라게 하는구나!"

그는 나를 쳐다보았다. 어른, 우월한 자, 그리고 철저하게 꿰뚫어 보는 자의 시선이었다. 오랫동안 우리는 서로 한마디도 하지 않았다.

"미안하다." 그는 다정하지만 분명하게 말했다. "놀라게 하려던 건 아니야."

"알아, 그래도 놀랐어."

"그럴 수 있지. 하지만 봐봐. 네게 아무 일도 하지 않는 사람 앞에서 네가 그렇게 위축된다면, 그 누군가는 곰곰이 생각하기 시작할 거야. 그에게도 놀라운 일이고, 호기심을 자극하는 일일 거야. 그 누군가는 네가 유달리 잘 놀라는 사람이라고 생각하겠지. 그리고 또 생각할 거야. 불안해서 그러는 거라고. 겁쟁이는 항상 불안하거든. 하지만 내 생각에 너는 원래 겁쟁이가 아니었던 것 같아. 그렇지 않아? 물론 넌 영웅도 아니야. 너는 두려워하는 뭔가가 있어. 또 두려워하는 사람도 있고. 하지만 절대 그런 생각을 할 필요가 없어. 그래, 사람

앞에서는 절대 두려운 마음을 가질 필요가 없어. 넌 나를 두려워하지 않겠지? 그렇지?"

"응, 절대 아냐."

"그래! 거봐. 너 두려운 사람이 있는 거지?"

"잘 모르겠어……. 날 내버려 둬. 날 어쩌려는 건데?"

그는 나와 함께 걸었다. 나는 도망갈 생각으로 좀 더 빠르게 걸었다. 하지만 바로 옆에서 그의 시선이 느껴졌다.

"그래, 잠깐만." 그가 말을 이었다. "내가 너를 좋게 생각한다고 해보자. 어쨌든 너는 나에게 불안감을 느낄 필요가 없어. 너한테 한 가지 실험을 해보고 싶어. 그건 아주 재미있는 실험이고 너도 꽤 유익한 걸 배울 수 있을 거야. 잘 들어봐! 가끔 나는 사람들이 독심술이라고 부르는 기술을 연구해. 그건 마법은 아니지만 사람들은 그게 어떻게 이루어지는지 모르거든. 그건 아주 신기해 보일 거야. 그것으로 사람들을 아주 놀라게 만들 수도 있어. 자, 우리 한번 실험해보자. 그러니까 난 너를 좋아하거나 네게 흥미를 갖고 있어. 그리고 너의 내면이 어떤지를 알고 싶어. 그걸 위해서 나는 이미 첫발을 내밀었지. 나는 너를 놀라게 했거든. 그리고 너는 아주 잘 놀라는 사람이야. 그러니까 너는 두려움의 대상인 물건이나 사람이 있어. 그게 어디에서 왔을까? 우리는 그 누구도 두려워할 필요가 없어. 만약 누군가를 두려워하고 있다면, 그 사람에게 어떤 힘을 주었기 때문일 거야. 예를 들어 어떤 나쁜 짓을 저질렀는데 그걸 다른 사람이 안다면, 그렇다면 그는 너에 대한 힘을 갖게 되는 거지. 이해되니? 분명히 알겠지? 안 그래?"

나는 무력하게 그의 얼굴을 바라보았다. 그는 언제나처럼 진지하고 영리했으며 온화해 보였다. 하지만 모든 다정함이 배제된, 오히려 엄격하다고 할 수 있는 표정이었다. 그 안에는 올바른 것 또는 그 비슷한 것이 있었다. 나는 내게 무슨 일이 일어났는지 알지 못했다. 그는 마치 마법사처럼 내 앞에서 있었다.

"이해했니?"

그가 다시 한 번 물었다.

나는 고개를 끄덕였다. 아무 말도 할 수 없었다.

"물론 그 독심술이라는 것이 좀 웃기긴 하지만 아주 자연스럽게 일어나. 이를테면 전에 내가 너에게 카인과 아벨에 관한 이야기를 했을 때, 네가 나를 어떻게 생각했는지 나는 꽤 상세하게 말해줄 수 있어. 지금 그건 상관없는 일이긴 하지만 말이야. 한 번쯤은 네가 나에 대한 꿈을 꾸었다는 것도 있을 법한 일이지. 하지만 그 이야기는 그만두자! 아이들은 대부분 멍청하지만 넌 아주 똑똑해. 나는 내가 신뢰할 수 있는 똑똑한 아이들과 이야기하는 것을 좋아해. 너도 그렇지 않니?"

"응, 맞아. 난 잘 이해하지 못하지만."

"그럼 우리 한번 재미있는 실험을 해보자! 우리는 다음과 같은 사실을 알게 됐어. 소년 S는 아주 잘 놀란다. 그는 누군가를 두려워하고 있다. 그는 실제로 다른 누군가와 아주 불편한 비밀을 공유하고 있다. 대충 맞지?"

나는 꿈속에서처럼 그의 말과 그의 영향력에 굴복해 그저 고개를 끄덕였다. 나는 나 자신에게서만 나올 수 있는 목소리로 말하지 않았던가? 그는 어떻게 모든 것을 안단 말인가? 그가 나 자신보다 더 잘, 더 분명하게 모든 것을 알고 있다니!

데미안은 내 등을 힘 있게 두드렸다.

"역시 그랬구나. 나도 그럴 거라 생각했어. 그럼 몇 가지 더 묻겠어. 아까 저쪽으로 사라진 저 애 이름이 뭔지 너는 알고 있지?"

나는 너무 놀랐고 침범당한 비밀이 고통스럽게 내 안에서 꿈틀거렸다. 그것은 밝은 곳으로 나오려 하지 않았다.

"누구 말하는 거야? 나 말고는 아무도 없었는데."

"말해봐!" 그가 웃었다. "걔 이름이 뭐니?"

내 목소리는 기어들어 갔다.

"프란츠 크로머를 말하는 거야?"

그는 만족스럽다는 듯이 고개를 끄덕였다

"맞아! 넌 영리한 소년이야. 우리는 좀 더 친해질 거야. 하지만 지금은 너랑 얘길 좀 더 해야겠다. 그 크로머라고 불리는 애는 나쁜 놈이야. 걔 얼굴을 보고 불량배라는 걸 알았지! 어떻게 생각하니?"

"응, 맞아." 난 한숨을 쉬었다. "걘 나쁜 애야. 악마야! 하지만 그가 알아서는 안 돼! 절대로 절대로 알아서는 안 돼! 너도 그 애를 알아? 걔도 널 알고?"

"진정해! 그놈은 갔어. 그리고 걘 아직 날 몰라. 하지만 난

55

녀석을 알고 싶어. 초등학교에 다니니?"

"응."

"몇 학년?"

"5학년. 하지만 그에게 아무것도 말하지 말아줘! 제발, 제발 아무것도 말하지 말아줘!"

"걱정하지 마. 네겐 아무 일도 일어나지 않을 거야. 혹시 크로머에 대한 이야기를 더 해줄 생각이 없니?"

"할 수 없어! 안 돼, 날 그냥 둬."

그는 잠시 말이 없었다.

"유감이네." 그가 말을 이었다. "우리가 실험을 계속할 수 있었을 텐데. 하지만 난 너를 괴롭히고 싶지 않아. 그래도 그를 계속 두려워하는 건 옳은 일이 아니라는 걸 알지? 그런 두려움은 우리를 엉망으로 만들어. 거기서 우리는 벗어나야 해. 너도 진정한 사내가 되고자 한다면 그것으로부터 벗어나야 해. 내 말 이해하지?"

"확실히 네 말이 옳아…… 하지만 그럴 수 없어. 넌 몰라……."

"네가 생각했던 것보다 내가 더 많은 것을 알고 있다는 걸 알잖아. 너 혹시 그 애에게 빚을 졌니?"

"응, 빚졌어. 하지만 그게 중요한 문제는 아니야. 난 그걸 말할 수 없어. 말할 수 없다고!"

"네가 그에게 빚진 만큼의 돈을 내가 준다면 어때? 너에게 그 정도는 줄 수 있는데."

"아냐, 아냐. 그런 게 아니야. 부탁할게. 아무에게도 말하지 말아줘! 아무 말도! 나를 불행하게 만들 거야!"

"나를 믿어, 싱클레어. 네 비밀을 언젠가는 나에게 말해주겠지?"

"싫어, 싫다고!"

나는 소리쳤다.

"그럼 너 하고 싶은 대로 해. 난 그저 언젠가 네가 나에게 모두 얘기해줄 거라고 생각할게. 너 자신의 의지로 말이야. 설마 너 내가 크로머처럼 행동할 거라고 생각하는 건 아니지?"

"물론 아니야. 하지만 넌 그 일에 대해서 아무것도 모르잖아."

"그래, 아무것도 몰라. 난 그저 그 일이 뭘까 곰곰이 생각하고 있을 뿐이야. 그리고 내가 크로머처럼 행동하지 않으리란 걸 네가 믿어줬으면 좋겠어. 너는 내게 빚진 게 아무것도 없잖아."

우리는 오랫동안 말이 없었다. 나는 점점 평정심을 찾았다. 하지만 데미안이 나의 이런 상황을 알고 있는 것이 여전히 수수께끼처럼 느껴졌다.

"이제 집에 가야겠어." 그는 말하며 빗속에서 자신의 털외투를 더 단단히 여몄다. "여기까지 얘기했으니까 하나만 더 말할게. 넌 그놈에게서 벗어나야 해! 만약 할 수 있는 일이 없다면 그를 때려죽여 버려! 네가 그렇게 한다면 난 정말 기쁠 거야. 또 널 도울 테고."

난 새로운 불안감에 휩싸였다. 카인의 이야기가 갑자기 다시 떠올랐다. 나는 섬뜩해져서 울기 시작했다. 무시무시한 것들이 너무 많이 내 주위를 둘러싸고 있었다.

"좋아." 막스 데미안이 웃었다. "집에 가! 우리는 방법을 찾을 거야. 때려죽이는 게 가장 간단하지만. 그런 일에서는 가장 간단한 게 최고야. 네 친구 크로머는 어울리기에 좋은 녀석이 아니야."

나는 집에 왔다. 마치 1년 동안이나 먼 곳에 있다 온 것 같았다. 모든 것이 달라 보였다. 나와 크로머 사이에 어떤 미래 같은 것이, 이를테면 희망 같은 것이 보이는 듯했다. 나는 더 이상 혼자가 아니었다! 이제야 나는 내가 얼마나 오랫동안 비밀을 간직한 채 혼자서 힘들게 시간을 보냈는지를 알 수 있었다. 그리고 여러 번 곰곰이 생각했던 일이 즉시 떠올랐다. 부모님 앞에서 고해한다면 나의 마음은 가벼워질 것이다. 하지만 완전히 구제되지는 못하겠지. 지금 나는 하마터면 다른 사람에게, 다른 낯선 사람에게 고해할 뻔했다. 그리고 구원의 예감이 강렬한 향기처럼 내게 날아왔다!

어쨌든 나의 불안은 오랫동안 극복되지 않았고 나는 원수와의 끈질기고 두려운 대결을 유지하고 있었다. 그러나 모든 일이 고요하고 완전하게, 비밀스럽고 조용하게 지나갔다는 사실이 내게는 더 이상했다.

크로머의 휘파람 소리가 우리 집 앞에서 사라졌다. 하루, 이틀, 사흘, 일주일이 지나도록 말이다. 나는 그것을 쉽게 믿을 수가 없었다. 예상치 못한 순간 갑자기 다시 나타나지 않을까 하는 불안감이 내면에 있었던 것이다. 하지만 그는 사라졌다. 이 새로운 자유를 나는 믿을 수 없었고, 계속 의구심을 품고 있었다. 마침내 어느 날 프란츠 크로머를 만나게 될 때까지 말이다. 그는 자일러 거리에서 나를 향해 다가오고 있었다. 나를 보고 그는 몸을 움찔했다. 그는 성난 듯 얼굴을 찡그리더니 나를 피하기 위해 오던 방향과 반대로 몸을 돌려 가버렸다.

이것은 내게 엄청난 일이었다! 원수가 내 앞에서 도망가다니! 나의 악마가 나를 두려워하다니! 기쁨과 놀라움이 마음속 깊이 스며들었다.

이날 데미안이 다시 모습을 보였다. 그는 학교 앞에서 나를 기다리고 있었다.

"안녕."

내가 말했다.

"안녕, 싱클레어. 네가 잘 지내는지 한번 보고 싶었어. 크로머가 이제 너를 괴롭히지 않지, 그렇지?"

"네가 그렇게 했어? 하지만 도대체 어떻게? 무슨 수로? 도저히 상상도 안 돼. 크로머는 완전히 내 앞에서 모습을 감췄어."

"좋아. 만약 그 애가 다시 오거든—내 생각에 그러진 못할 거야. 그렇지만 정말 파렴치한 놈일지도 모르니까—그럼 그 애한테 그냥 데미안을 생각하라고 말해."

"그게 무슨 말이야? 걔한테 주먹을 날려서 굴복시킨 거야?"

"아니, 난 그런 거 좋아하지 않아. 나는 단지 너와 그랬던 것처럼 그 애와 얘기를 했어. 그리고 그가 너를 가만히 두어야 자신에게 이익이 된다는 것을 분명하게 알려주었지."

"아, 설마 걔한테 돈을 준 건 아니지?"

"아니, 그런 방법은 너도 이미 해봤잖아."

나는 좀 더 캐물으려 했지만 그는 그냥 가버렸다. 나는 고마움과 부끄러움, 놀람과 불안, 기쁨과 내적 반발심이 뒤엉켜 만들어진 불안한 감정으로 그의 뒤를 바라보고 있었다.

나는 곧 그를 다시 만나야 한다고 생각했다. 그와 모든 것에 대해, 그리고 카인에 대해서도 좀 더 많은 것을 이야기하고 싶었다.

하지만 그렇게 되지 않았다.

감사는 결코 미덕이 아니다. 나는 그것을 믿지 않는다. 아이들에게 그것을 요구하는 것은 나에게 잘못된 일같이 여겨진다. 그러니 내가 막스 데미안에게 보인 배은망덕한 태도는 그리 놀라운 것이 아니었다. 다만 오늘날 내가 확실하게 아는 바는 그가 만약 나를 크로머의 손아귀로부터 해방시켜주지 않았더라면 나의 인생은 병들고 타락했을 것이라는 사실이다. 이 해방의 순간은 내 어린 시절을 통틀어 가장 강렬한 기억으로 남아 있다. 하지만 이러한 기적이 일어나자마자 나는 나를 해방시켜준 자를 외면했다.

이미 말했듯이 배은망덕은 나에게 이상한 일이 아니었다.

단지 내가 보인 호기심이 적었다는 것이 이상했다. 단 하루라도 데미안이 나를 감동시켰던 그 비밀에 더 가까이 다가가지 않고 평온하게 계속 살아가는 일이 어떻게 가능했던 것일까? 어떻게 나는 카인에 대한, 크로머에 대한, 그리고 독심술에 대한 더 많은 이야기를 하고 싶은 호기심을 억누를 수 있었을까?

이해할 수 없지만 그랬다. 나는 갑자기 내가 악마의 그물로부터 벗어났음을 보았고, 다시 내 앞에 밝고 즐거운 세상이 놓여 있음을 보았다. 더 이상 불안감이나 숨 막힐 것 같은 두근거림을 견디지 않아도 되었다. 파문은 끝이 났고, 나는 더 이상 고통받는 죄인이 아니었으며, 다시 학생의 모습이 되었다. 나의 본성은 가능한 한 빨리 균형과 고요의 상태로 돌아오려고 애썼고, 많은 사악한 것과 위협적인 것을 밀어내고 특히 그것을 잊으려고 더 노력했다. 나의 죄와 불안에 관한 오랜 이야기는 놀랍도록 빠르게 내 기억에서 사라졌다. 눈에 보이는 어떠한 상처와 자국도 남기지 않은 채 말이다.

한편으로 나는 나를 도와주고 구원해주었던 사람도 마찬가지로 재빨리 잊으려 했다는 사실을 이제는 이해한다. 저주받은 구렁텅이 속에서 크로머를 두려워하던 노예였던 나는 내 상처받은 영혼의 온 힘을 다해 내가 예전에 행복하고 만족스럽게 여겼던 세계로 다시 도망쳐 온 것이다. 다시 열린 실낙원으로, 아버지와 어머니의 밝은 세계로, 누나들의 세계로, 순수한 향기로, 신의 총애를 받는 아벨의 세계로 말이다.

데미안과 짧은 대화를 나눈 그날, 내가 다시 얻은 자유를 완전히 확신하고 그 자유는 다시 사라지지 않으리라는 것을 알게 되었을 때, 나는 수없이 열망했던 일을 실행했다. 그것은 바로 고해였다. 나는 어머니에게로 가 돈 대신 장난감 지폐로 속을 가득 채운, 자물쇠가 부서진 저금통을 보여드렸다. 그리고 오랫동안 나 자신의 죄 때문에 고통을 주는 자에게 속박되어 있었다고 고백했다. 어머니는 내 이야기 전부를 이해하시진 못했지만 저금통과 나의 달라진 눈빛을 보고, 달라진 음성을 듣고, 내가 회복되어 어머니에게로 다시 돌아왔다는 것을 느끼셨다.

그리고 고조된 감정으로 탕아의 귀향, 즉 내가 돌아온 것을 축복하기 시작하셨다. 어머니는 나를 아버지에게 데려가 이야기를 반복하셨다. 질문과 놀라움의 환호성이 들렸고, 두 분은 내 머리를 쓰다듬으셨다. 그리고 긴 압박감으로부터 놓여난 한숨을 내쉬셨다. 모든 것이 굉장했고, 모든 것이 소설 같았으며, 모든 것이 놀라운 조화를 이루며 녹아들었다.

나는 이 조화 속으로 정말 열성적으로 들어갔다. 내가 다시 자유와 부모님의 신뢰를 얻었다는 사실은 아무리 확인해도 싫증이 나지 않았다. 나는 집안의 모범적인 아들이 되었다. 어느 때보다도 누나들과 잘 놀았고, 기도를 할 때는 구원받은 자와 신앙을 결심한 자의 감정으로 찬송가를 따라 불렀다. 그모든 것은 마음에서 우러나왔으며, 거기에는 어떠한 거짓도 없었다.

하지만 모든 것이 다 질서 속에 있지는 않았다! 그리고 거기에 내가 데미안을 잊어버린 것을 잘 설명해줄 수 있는 지점이 있다. 그때 나는 그에게 고해했어야 했다! 그 고해는 화려하거나 감동적이지는 않았겠지만 아마 나에게는 굉장한 일을 불러왔을 것이다.

지금 모든 뿌리는 예전의 낙원 세계로 파고들었고, 나는 고향으로 돌아가 관대하게 받아들여졌다. 하지만 데미안은 이 세계에 결코 속하지도, 거기에 맞지도 않았다. 그는 크로머와는 달랐지만 그 역시 유혹자였으며, 나를 제2의 나쁘고 사악한 세계에 연결시키는 존재였다. 나는 그 세계에 대해서 더 이상 알고 싶지 않았다. 이제 막 다시 아벨이 된 나는 아벨의 지위를 버리고 카인을 도울 수 없었을뿐더러 그러고 싶지도 않았다.

외적인 관계는 그러했다. 하지만 내적인 관계는 이랬다. 나는 크로머와 악마의 손에서 구원되었으나 그것은 나 자신의 힘과 노력으로 이루어진 것은 아니었다. 나는 세상의 길을 걸어가려고 했지만 그것은 내게 너무 위험했다. 우정이 구원의 손길을 건넨 지금 나는 더 이상 한눈을 팔지 않고 어머니의 품속으로, 울타리가 쳐진 경건한 유년 시절의 안정감 속으로 돌아왔다. 나는 실제보다 더 어리고, 더 순종적인 아이 같았다. 크로머에 대한 종속은 새로운 종속으로 대체되어야만 했다. 혼자서는 살아가기 어려웠기 때문이다. 그래서 나는 아버지와 어머니에게 종속되는 것을, 이미 알고 있는 '밝은 세계'

의 오랜 친숙함에 예속되는 것을 선택했다. 하지만 그것이 유일한 세계는 아니라는 사실을 알고 있었다. 만약 내가 그렇게 하지 않았다면 나는 데미안을 의식하고 그에게 의지하려고 했을 것이다. 내가 그렇게 하지 않은 것은 당시 그의 이상한 사고방식에 불신을 가지고 있었던 내게 당연한 일로 여겨졌기 때문이다. 하지만 실제로 그것은 불안감 그 이상은 아니었다. 데미안은 부모님의 요구보다 더 많은 것을, 훨씬 더 많은 것을 요구했을 것이고, 자극과 충고, 조롱과 야유로 나를 더 독립적으로 만들려고 노력했을 것이다. 아, 이제 나는 알겠다. 인간에게는 자신에게로 향하는 길을 걷는 것보다 더 불쾌한 일이 없다는 사실을!

하지만 약 반년 후에 나는 유혹을 참지 못하고, 아버지와 산책을 하던 중 아버지에게 많은 사람이 카인을 아벨보다 더 좋게 생각하는 것 같다는 말을 건넸다.

아버지는 매우 놀라며 그것은 새로운 점이 없는 해석이라고 말씀하셨다. 심지어 이런 해석은 원시시대부터 있었던 것이고, 여러 종파에서도 그러한 주장이 있으며, 그들 중 하나는 '카인파'라고 불리었다고 하셨다. 하지만 이 미친 교의는 우리의 믿음을 파괴하려는 악마의 유혹과 다르지 않다고 하셨다. 왜냐하면 사람들이 카인이 옳고 아벨이 그르다고 믿는다면, 하느님이 잘못한 것이며 따라서 성경의 하느님이 옳고 유일한 하느님이 아니라 잘못된 하느님이라는 결론을 초래한다는 것이다. 실제로 카인파 역시 그와 유사한 교리를 전파하고 설교했다. 하지만 이러한 이단은 오래전부터 인류에서 사라졌다고 하셨다. 아버지는 내 학교 친구 중 하나가 그것에 대해 알고 있다는 사실이 놀랍다고 하시며, 그런 생각은 버리라고 엄격하게 훈계하셨다.

강도

내 유년 시절은 늘 아름답고 부드럽고 사랑으로 가득 차 있었다고 할 수 있을 것이다. 아버지와 어머니의 보호 아래 있었고 그들은 온화하고 사랑스러운 밝은 환경에서 아이를 사랑하고 행복한 삶으로 이끌어주었다. 하지만 나는 오직 내 인생에서 나 자신을 찾기 위한 길에만 관심이 있었다. 이 모든 멋진 휴식처와 행복의 섬, 그리고 낙원, 이들의 마법을 나도 모르지는 않았다. 하지만 나는 먼 곳의 빛 속에 남겨두고 다시 그곳으로 돌아가는 것을 피했다.

그래서 나는 내 소년 시절에 대해서는 나에게 새로웠던 것, 나를 앞으로 이끌어 갔던 것, 그리고 나를 내몰았던 것들에 대해서만 이야기하려고 한다.

이러한 충동은 항상 '다른 세계'에서 시작되었다. 그것은 늘 불안과 강요, 양심의 가책을 가져왔으며, 항상 혁명적이었고, 내가 그 안에서 누리고 싶었던 자유를 위험하게 만들었다.

허용된 밝은 세계에서는 은닉해 있거나 숨어 있어야 하는 나 자신의 원시적인 충동이 내 안에 살아 있다는 것을 새롭게 발견해야 할 나이가 되었다. 모든 이가 그렇듯이 나 역시 천천히 눈뜨는 성에 대한 감정이 적이나 파괴자로, 금기와 유혹, 그리고 죄로 다가왔다. 나의 호기심이 추구하는 것, 나의 꿈, 쾌락과 불안이 만든 것과 사춘기의 비밀, 이들은 내 유년시절 평화를 둘러싼 행복과는 어울리지 않았다. 나는 다른 이들처럼 행동하면서 어린아이와 소년의 이중생활을 해나갔다. 하지만 나는 더 이상 어린아이가 아니었다. 물론 내 자의식은 집을 비롯한 허락된 곳에 있었고 활활 타오르는 새로운 세계를 부정했지만, 정작 나는 그와 함께 밑바닥의 꿈, 충동, 소망 속에 살았다. 그런 가운데 저 의식적인 삶이 만든 다리는 점점 불안해졌다. 내 어린 세계가 내 안에서 무너졌기 때문이다. 대부분의 다른 부모들처럼 우리 부모님도 깨어나고 있는 내 삶의 충동을 도와주시지는 못했다. 나는 그것에 대해 말하지 않았다. 부모님은 그저 끊임없는 보살핌으로, 현실을 부정하고 점점 비현실적으로 현실과 차단되는 아이의 세계에 계속 남아 있으려는 나의 부질없는 노력을 도와주셨다. 나는 부모라는 존재가 여기에서 얼마나 많은 것을 할 수 있을지 모르겠다. 그러나 나는 부모님을 비난하지 않는다. 나를 완성하고 나의 길을 발견하는 것은 오로지 나의 몫이다. 그리고 유복하게 자란 아이들이 대개 그렇듯이 나는 스스로 내 일을 나쁘게 만들었다.

　모든 사람이 이런 어려움을 경험할 것이다. 이러한 문제는 평균적으로 각자의 삶의 요구가 가장 강력하게 나타나는 세계와의 투쟁이 있는 곳에서, 그리고 앞으로 나아가는 길 중 가장 쓴 싸움이 생기는 곳에서 발생한다. 어린 시절이 부패하고 서서히 붕괴될 때, 모든 사랑스러운 것이 우리를 떠나고 갑자기 세계의 고독과 죽음의 차가움이 주변에서 감지될 때 많은 이가 인생의 단 한 번뿐인 운명인 죽음과 삶을 경험한다. 그리고 아주 많은 사람이 계속해서 이 암초에 걸리면서 다시 돌아오지 않는 삶의 과거에 천천하고도 고통스럽게 집착한다. 모든 꿈의 최악이자 가장 살인적인 실낙원의 꿈에 집착하는 것이다.

　이제 다시 내 이야기로 돌아가자. 나에게 어린 시절의 끝을 알려준 감정과 꿈의 상은 굳이 언급하지 않아도 될 만큼 중요하지 않다. 중요한 것은 이것이다. 바로 '어두운 세계', '다른 세계'가 다시 생겼다는 사실. 예전에는 프란츠 크로머였던 것이 지금은 나 자신 안에 숨겨져 있다. 그래서 '다른 세계'는 외부로부터 다시 나에게 권력을 행사하게 되었다.

　크로머와의 사건 이후 수년이 지난 뒤였다. 내 삶에서 그토록 극적이고 최악이었던 시간은 내게서 아주 멀리 떠나버려 마치 일장춘몽처럼 아무 일도 일어나지 않았던 것 같던 때였다. 프란츠 크로머는 오래전에 내 인생에서 사라져 나는 가끔

한 번씩 그와 마주치는 것을 개의치 않았다. 하지만 내 비극의 또 다른 중요 인물인 막스 데미안은 내 영역에서 사라지지 않고 있었다. 그는 오랫동안 주변에 머물러 있어 볼 수 있었지만 영향을 끼치지는 않았다. 그런데 그가 점점 가까이 다가오면서 다시 힘과 영향력을 끼치기 시작했다.

나는 당시 내가 데미안에 대해 알고 있었던 것을 회상해보려고 한다. 그때 나는 1년 동안, 아니 단 한 번도 그와 말을 섞지 않았던 것 같다. 나는 그를 피했고, 그는 결코 무리하게 내게 접근하지 않았다. 언젠가 한번 우리가 마주쳤을 때 그는 나에게 고개를 끄덕였다. 때때로 그의 우정에는 냉소와 반어적인 비난의 먼 울림이 있는 것 같았지만 그것도 나의 망상이었을지 모른다. 겉으로 보기에는 그 역시 나처럼 우리가 함께 경험했던 사건과 당시 그가 내게 끼쳤던 영향력을 전부 잊어버린 것 같았다.

그의 모습을 떠올려 본다. 그리고 그를 생각하는 지금 나는 그가 거기에 있었고 나의 눈에 띄려 했던 것을 느낀다. 나는 홀로 또는 다른 큰 학생들 사이에서 학교에 가는 그의 모습을 본다. 낯설고 외롭고 조용하게 그들 사이에서 자신의 성좌를 찾는 듯 어떤 분위기에 싸여 자신만의 법칙에 따라 움직이는 그를 본다. 아무도 그를 사랑하지 않고, 아무도 그를 신뢰하지 않았다. 단지 그의 어머니만이 그를 사랑하고 신뢰하며, 그 역시 어린아이가 아니라 마치 어른인 양 어머니를 대하는 것 같았다. 선생님은 가능한 한 그를 가만히 내버려 두었다.

그는 좋은 학생이었으나 누구의 마음에 들려고도 노력하지 않았다. 그리고 그가 선생님에게 쌀쌀맞은 도전이나 야유로 밖에는 여겨지지 않는 어떤 말들을 하고, 빈정거리기도 했다는 소문을 들었다.

나는 눈을 감고 그를 생각한다. 그의 모습이 떠오른다. 그는 어디에 있을까? 그래, 그의 모습이 좀 더 분명하게 보인다. 그는 우리 집 앞 골목에 있었다. 어느 날 그곳에서 나는 노트를 펴 들고 뭔가를 그리고 있는 그를 보았다. 그는 우리 집 현관에 있는 새 모양의 문장을 그리고 있었다. 나는 창가 커튼 뒤에 숨어 그를 훔쳐보았다. 그는 아주 주의 깊고 냉정하고 밝은 얼굴로 문장을 바라보고 있었다. 그의 얼굴은 어른의 얼굴이자 연구자나 예술가의 얼굴이었고, 의지에 가득 차 있었으며, 특히 밝고 냉정해 보였다. 그의 눈빛은 바로 지식인의 것이었다.

그리고 나는 그를 다시 보았다. 얼마 뒤 거리에서였다. 학교에서 돌아오는 길에 우리는 쓰러진 말 주변에 서 있었다. 그 말은 여전히 끌채를 맨 채로 농부의 마차 앞에 있었다. 말은 무엇을 찾는 듯 애원하는 듯 공기 중에 콧바람을 내뿜고 있었는데, 보이지 않는 상처로부터 피가 흘러나오고 있었다. 거리의 하얀 먼지로 뒤덮인 바닥이 천천히 피로 검붉게 물들어 갔다. 내가 메스꺼워져 고개를 돌리자, 데미안의 얼굴이 보였다. 그는 사람들 앞으로 나오지 않고 무리 가장 뒤쪽에 항상 그렇듯 편안하고 고상하게 서 있었다. 그의 시선은 말의 머리를 향하고 있었다. 그의 주의력은 깊고 조용하며 환상적이었지만 열정을 잃지 않고 있었다. 나는 그를 오랫동안 지켜보았다. 당시 나는 의식적으로는 알아채지 못했지만 그의 모습에서 뭔가 아주 독특한 느낌을 받았다. 나는 데미안의 얼굴을 보았다. 나는 단지 제 나이에 맞는 어린아이의 얼굴이 아닌 어른의 얼굴을 하고 있는 데미안을 본 것만은 아니었다. 나는 그 이상을 보았으며, 그의 얼굴이 단지 어른스러운 것이 아니라 다른 어떤 것이 있다는 사실을 확인하고 느꼈다고 확신했다. 그 안에는 여자의 얼굴 같은 것이 있었던 것도 같다. 그러다 순간 어른 같지도 아이 같지도 않은, 늙은 것 같지도 젊은 것 같지도 않은, 어쩌면 천 살을 더 먹었거나 혹은 시간을 초월한, 우리가 사는 곳과는 다른 시간의 흐름에 의해 인장이 찍힌 사람의 얼굴을 본 것 같은 느낌을 받았다. 만약 동물이라면, 또는 나무나 하늘의 별이라면 그렇게 보일 수도 있었을 것이다. 어른이 되어 그 당시 내 느낌에 대해 지금 말하는 것을 그때에는 정확하게 이해하지도 못했고 정확하게 느끼지도 못했지만, 무언가 비슷한 것을 느끼긴 했다. 아마도 그는 아름다웠을 것이다. 아마 그는 내 마음에 들었거나, 아니면 내 마음에 반감을 일으켰을 수도 있다. 그것 또한 정확히 구분할 수 없었다. 단지 내가 보았던 것은 그가 우리와는 다른 사람이고, 그는 동물이나 유령과도 같았으며, 또는 환영 같기도 했다는 것이다. 그리고 그가 정확히 어땠는지는 모르겠으나 그는 우리 모두가 생각할 수 없을 정도로 달랐다.

그 이상은 기억이 나지 않으며 이것 또한 일부분은 이후의 인상이 덧붙여진 것일지도 모른다.

내가 몇 살을 더 먹고 나서야 나는 마침내 그와 가까운 사이가 되었다. 데미안은 관례에 따라 그 나이에 받아야 하는 견진성사를 받지 않았다. 물론 이것에 관해서도 곧 소문이 뒤따랐다. 학교에서는 그가 원래 유대인이나 이교도였을 것이라는 소문이 퍼졌고, 그와 그의 어머니가 종교를 믿지 않는 사람들이거나 아니면 터무니없고 악한 사이비 종파에 속해 있을 것이라는 소문도 있었다. 이러한 소문들과 함께 내가 들은 또 하나의 소문이 있었는데, 그가 그의 어머니와 마치 애인 사이인 것처럼 살고 있다는 것이었다. 그는 그때까지 신앙 없이 교육되었으나 이것이 그의 미래에 어떤 식으로든 불리한 점으로 작용될까 봐 그의 어머니는 우려했던 모양이다. 어쨌든 그의 어머니는 그가 다른 아이들보다 2년 늦게 견진성사를 받도록 결정했다. 그래서 그는 견진성사를 준비하는 한 달 동안 내 친구가 되었다.

한동안 나는 그에게서 멀리 떨어져 있었다. 그와 어울리고 싶지 않았던 것이다. 그는 너무 많은 소문과 비밀에 싸여 있었다. 하지만 솔직히 말하면 크로머 사건 이후 쭉 내 마음에 남아 있던 어떤 채무감이 나를 방해하고 있었다. 그리고 당시에는 나 역시 나 자신만의 비밀에 집중하고 있었다. 나에게 견진성사 준비 기간은 성에 대한 계몽의 시간과 일치했기 때문에, 좋은 의지에도 불구하고 경건한 교리에 대한 나의 관심은 아주 멀리 떨어져 있었다. 신부님들이 설명하는 것들은 나에게서 멀리 떨어진 고요하고 밝은 비현실 속에 있었다. 그것은 아마도 아주 아름답고 가치 있는 것이었겠지만 결코 현실적이거나 자극적인 것은 아니었다. 하지만 다른 것들은 아주 현실적이고 자극적이었다.

수업에 대한 관심이 멀어질수록 데미안에 대한 나의 관심은 더해갔다. 어떤 무언가가 우리를 연결해주는 것 같았다. 나는 가능한 한 이러한 실마리를 정확하게 따라가야 한다고 다짐했다. 내가 기억하기로 그것이 시작된 것은 교실에 불을 켜놓은 이른 아침이었다. 신부님은 카인과 아벨에 관한 이야기를 하고 있었다. 나는 그 이야기에 주의를 기울이지 않았다. 졸려서 거의 듣고 있지도 않았던 것이다. 그때 신부님이 높은 목소리로 설득력 있게 카인의 표적에 관한 이야기를 하기 시작했다. 바로 그때 나는 일종의 감동 또는 경고를 느꼈고, 순간 옆에서 데미안이 나에게 얼굴을 돌려 무언가를 말하는 듯한 밝은 눈으로 나를 바라보고 있음을 느꼈다. 그의 표정에는 조롱 내지는 진심이 담겨 있었다. 그것을 보자 나는 갑자기 긴장감을 느끼고 카인과 그의 표적에 관한 신부님의 말에 귀를 기울였다. 그리고 그가 말했던, 배운 대로가 아닌 다른 시선으로 그것을 볼 수 있고 그것에 대한 비판도 할 수 있다는 깨달음을 마음속 깊은 곳에서 느끼게 되었다.

그 순간에 데미안과 나 사이에 다시 연결고리가 생겼다. 그리고 특히 이러한 감정이 영혼의 어떠한 연결고리가 된다는 생각이 들자, 그것은 마치 마술처럼 공간적으로도 옮겨 갔다. 나는 그것이 의도된 것이었는지 순전히 우연이었는지를 알 수 없었다―그 당시 나는 우연이라고 확신했다―며칠 뒤 데미안이 갑자기 종교 시간에 자리를 바꾸어 내 바로 앞으로 왔다. (아침에 교실을 가득 메운 비참한 농가의 공기를 뚫고 그의 목덜미에서 나는 부드러운 비누 냄새가 얼마나 향기로웠던지!) 다시 며칠 뒤에는 또 자리를 옮겨 내 옆에 앉았다. 그리고 겨울이 지나 이듬해 봄까지도 거기에 앉아 있었다.

아침 수업 시간은 완전히 바뀌었다. 그 시간은 더 이상 졸리거나 지루하지 않았다. 나는 그 사실이 기뻤다. 종종 우리 둘은 아주 집중해서 신부님의 말씀에 귀를 기울였다. 그는 내 옆에서 내가 주목해야 할 이야기를 알려주기 위해 눈짓을 했고 나는 그의 기이한 지시에 따랐다. 그리고 이때 그의 다른 시선들, 특히 아주 확신에 찬 그의 시선은 나에게 경고를 보내거나 내 마음속에 비판과 의심을 불러일으키기에 충분했다.

그러나 우리는 대체로 나쁜 학생이었고 종종 수업에 주의를 기울이지 않았다. 하지만 그런 와중에도 데미안은 선생님과 같은 반 학생들을 항상 상냥하게 대했다. 나는 단 한 번도 그가 다른 애들처럼 어리석은 짓을 하는 것을 보지 못했고, 그가 크게 웃거나 수다를 떠는 소리도 듣지 못했으며, 선생님이 매를 드는 것도 보지 못했다. 그럼에도 그는 아주 조용하게 단어를 속삭이면서 표시를 하거나 눈짓하는 것으로 나를 자신의 일에 끌어들이는 법을 알고 있었다. 물론 그것은 부분적으로 이상한 방식이었다.

예를 들어 그는 나에게 그가 어떤 아이에게 관심을 갖고 있는지, 그리고 어떤 방법으로 그 아이를 연구하는지를 말해주었다. 그는 많은 학생을 정확하게 알고 있었다. 그는 나에게 수업 전에 이렇게 말했다.

"내가 너에게 엄지손가락으로 신호를 보내면 어떤 아이가 우리 쪽을 돌아보거나 목을 긁적일 거야."

수업 시간에 내가 그것을 완전히 잊고 있을 때, 막스가 갑자기 눈에 띄는 몸짓으로 엄지손가락을 내게 보여주었다. 그러면 나는 재빨리 그가 가리킨 학생을 바라보았고, 그럴 때면 매번 사슬에 얽힌 듯 요구된 몸짓을 하는 한 아이를 볼 수 있었다. 나는 막스에게 선생님에게도 한번 시도해보도록 했으나 그는 그러지 않았다. 하지만 어느 날 내가 수업에 들어가면서 오늘은 예습을 하지 않아 신부님이 나에게 질문을 하지 않았으면 좋겠다고 하자 기꺼이 나를 도와주었다. 신부님은 교리문답에 대답할 학생을 찾고 있었고 그의 움직이던 시선이 죄를 진 듯 고개를 떨어뜨리고 있던 나에게 멈췄다. 신부님은 천천히 다가와 손가락으로 나를 가리켰다. 이미 내 이름이 신부님의 입에서 나오려는 찰나였다. 그때 갑자기 신부님은 혼란스러운 듯 불안하게 목 칼라를 만지면서 자신의 얼굴을 빤히 쳐다보고 있는 데미안에게 다가갔다. 그러고는 그에게 무언가를 물으려고 하는 것 같더니 놀라서 다시 돌아와 잠시 헛기침을 하고는 교리문답을 다른 학생에게 시켰다.

나는 이 장난이 무척 재미있었지만 내 친구가 내게도 종종 똑같은 장난을 하고 있다는 것을 점차 알게 되었다. 학교 가는 길에 문득 데미안이 내 뒤에 조금 떨어져 오고 있다는 느낌을 받을 때가 있었는데, 그래서 뒤돌아보면 그는 정확히 거기에 있었다.

"넌 정말 네가 원하는 것을 다른 사람들이 생각하게 만들수 있어?"

그에게 물었다.

그러자 그는 흔쾌히, 조용하고 객관적이고 어른 같은 태도로 대답해주었다.

"아니." 그는 말했다. "그런 건 할 수 없어. 신부님이 그렇다고 해도 사람에겐 자유의지가 없기 때문에 다른 사람이 원하는 것을 내가 생각하도록 할 수도 없고, 반대로 내가 원하는 것을 다른 사람이 생각하게 할 수도 없어. 하지만 누군가를 잘 관찰할 수는 있지. 그러면 그가 무엇을 생각하고 느끼는지를 종종 정확하게 알 수 있어. 그리고 대부분 다음 순간에 일어날 일들도 예측할 수 있게 돼. 그것은 아주 간단해. 사람들이 모를 뿐이야. 물론 연습이 필요해. 예를 들어 나비 중에는 암컷이 수컷보다 훨씬 숫자가 적은 종인 부나비가 있어. 이 나비도 다른 모든 동물과 똑같이 번식해서 수컷이 암컷을 수정시킨 다음에 알을 낳아. 만약 네가 지금 이 부나비 중에 암컷 한 마리를 갖고 있다면—이것은 종종 과학자들이 실험하는 것이지만—그러면 밤에 이 암컷에게로 수컷들이 날아올 거야. 몇 시간이 걸리는 곳에서도 말이야. 수컷들이 아주 먼 곳에서 온다고 생각해봐! 수 킬로미터가 떨어진 곳에서 모든 수컷은 짝이 되는 이 한 마리의 암컷을 감지하는 거야. 사람들은 어떻게 그럴 수 있는지를 밝혀내려고 하지만 어려워. 어쩌면 훌륭한 사냥개가 사람은 감지할 수 없는 흔적을 발견하거나 추적할 수 있는 것처럼 그것은 일종의 후각 때문일 수도 있어. 이해할 수 있겠니? 나비도 같은 거야. 자연은 항상 이런 일들로 가득 차 있지만 아무도 그것을 설명할 수 없어. 하지만 난 지금 이렇게 말할 수 있을 것 같아. 만약 나비들 중에 암컷이 수컷만큼 흔하다면, 수컷들은 그렇게 섬세한 후각을 가지지 못했을 거야. 그들은 거기에 훈련이 되었기 때문에 그런 후각을 갖게 된 거지. 동물이나 사람이 자기의 온 관심과 의지를 하나의 특정한 사물에 돌린다면 그들도 이런 일을 할 수 있게 되는 거야. 그게 다야. 이건 네 질문에 대한 답이기도 해. 만약 네가 어떤 사람을 정확하게 관찰한다면, 너는 그 자신보다 그에 대해 더 많은 것을 알게 될 거야."

순간 나는 '독심술'이라는 말을 꺼내 지금은 먼 과거가 되어버린 크로머와의 일을 그가 기억하도록 만들 뻔했다. 이것 또한 우리 둘 사이에 있는 기이한 일 중 하나였다. 우리는 단한 번도 그가 몇 년 전에 내 삶에 진지하게 개입했던 그 일에 대한 어떤 사소한 암시도 드러내지 않았다. 마치 우리 둘 사이엔 이전에 아무 일도 없었다는 듯, 마치 상대방이 그것을 잊어버렸기를 기대하는 듯 말이다. 심지어 우리는 함께 길을 걷다가 한두 번 프란츠 크로머를 만나기도 했지만 시선을 교환하지도, 그에 대한 어떤 이야기를 하지도 않았다.

"그렇다면 의지는 어떻게 되는 거야?" 나는 물었다. "네가 말했듯이 사람들에겐 자유의지가 없어. 그런데 사람들이 자신의 의지를 어떤 것에 집중하면 목적을 이룰 수 있다고 했잖아. 그건 앞뒤가 맞지 않아. 내가 내 의지를 지배할 수 없다면, 난 내 의지를 어떤 곳에도 마음대로 집중시킬 수 없을 거야."

그는 내 어깨를 두드렸다. 내가 그를 기쁘게 만들면 그는 항상 그렇게 했다.

"좋은 질문이야!" 그가 웃으며 말했다. "사람은 항상 묻고 늘 의심해야 해. 하지만 이 문제는 아주 간단해. 예를 들어 부나비는 자신의 의지를 별이나 그 밖의 어떤 곳으로 향하게 하고 싶어도 그렇게 할 수 없어. 부나비는 그런 걸 절대 시도하지 않는 거야. 부나비는 단지 자신에게 의미 있고 가치 있고 필요하고 무조건적인 것만 찾아. 그리고 바로 그럴 때 믿을 수 없는 일까지도 성취하게 되지. 그는 다른 동물들에겐 없는 마법 같은 육감을 발달시키는 거야. 우리에게는 더 많은 유희 공간과 동물보다 더 많은 관심거리가 있어. 하지만 우리는 또한 아주 좁은 행동 구역에 묶여 있어서 그 이상으로 나아갈 수 없어. 나는 여러 가지를 상상할 수 있어. 이를테면 북극에 간다든지 하는 공상을 만들어낼 수 있지. 하지만 그 소망이나 자신의 아주 깊숙한 곳에 있을 때, 그리고 정말로 내 존재가 그 소망으로 가득 차 있을 때라야 그것을 실현하거나 만족시킬 수 있어. 그런 경우라면, 즉 네가 너의 내면으로부터 받은 명령을 시험하려고 하는 경우라면, 그 소망은 이루어질 거고 너는 네 의지를 마치 잘 훈련받은 말처럼 사용할 수 있을 거야. 보자. 내가 지금 우리 신부님이 앞으로 절대 안경을 쓰지 않도록 하려고 한다면 그것은 이루어지지 않아. 그건 그냥 장난일 뿐이야. 하지만 그때 가을에 내가 앞쪽에 있는 내 자리의 위치를 바꾸고 싶다는 확고한 의지를 품자 그 소망은 그대로 이루어졌어. 갑자기 알파벳순으로 내 이름 앞에 자리 하나가 생겼거든. 그 자리는 지금까지 아팠던 아이의 자리였지. 그 아이가 돌아왔을 때 누군가가 그에게 자리를 내주어야 했기 때문에 당연히 내가 그렇게 했지. 그렇게 기회를 포착할 수 있었던 건 내 의지가 준비되어 있었기 때문이야."

"그래." 내가 말했다. "그때 그 일은 나도 이상하다고 생각했어. 우리가 서로에 대해 관심을 가졌던 그 순간부터 너는 점점 더 나에게 가까이 왔어. 하지만 어떻게 그럴 수 있었던 거지? 처음에 너는 바로 내 옆으로 오지 않고 몇 자리 떨어져 앉아 있었어. 그렇지? 왜 그랬던 거야?"

"그건 말이야, 처음에 자리를 바꾸고 싶었을 때 난 어디로 가야 할지 몰랐어. 그냥 단지 좀 뒤쪽으로 가고 싶다는 생각을 했어. 네게 가는 것이 나의 의지였지만 그것도 나는 알지 못했어. 동시에 너의 의지가 나를 도와서 이끈 거야. 내가 너의 옆에 앉게 되었을 때에야 비로소 나는 내 소망이 반쯤 이루어졌다고 생각했어. 내가 처음부터 네 옆에 앉는 것 말고는 다른 자리를 원하지 않았다는 것을 깨달은 거지."

"하지만 그때는 새로 온 학생이 없었는데."

"맞아. 그렇지만 당시 나는 내가 원하는 것을 간단하게 했어. 그리고 아주 손쉽게 네 옆에 앉게 되었지. 나와 자리를 바꾼 애는 의아해했지만 그냥 내가 그렇게 하도록 내버려 두었어. 그리고 신부님은 나중에야 뭔가 바뀌었다는 것을 알아채신 거야―어쨌든 나와 관련한 무슨 일이 있을 때마다 무언가가 신부님을 괴롭혔던 것 같아. 그는 데미안이라는 아이가 그 자리에 맞지 않는다는 것을, 그러니까 D로 시작하는 이름을 가진 아이가 교실 뒤쪽 S로 시작하는 이름을 가진 아이들 사이에 앉아 있다는 사실이 이상했을 거야. 하지만 그것은 그의 의식으로 밀고 들어가지 않았어. 내 의지가 그러는 것을 원치 않아 계속 방해했기 때문일 거야. 그는 다시 한 번 뭔가가 맞지 않는다는 것을 깨닫고, 나를 보고 연구하기 시작했어. 그 좋은 분이 그랬어. 하지만 내게는 아주 간단한 방법이 있었지. 나는 매번 아주 똑바로 신부님의 눈을 바라보았어. 거의 모든 사람이 그걸 견디지 못할 거야. 아주 불안해지거든. 만약 예기치 못한 확고한 시선이 자신을 바라보는데도 전혀 불안해하지 않는 사람이 있다면 당장 쳐다보는 걸 그만두어야 해. 너는 그 사람에게서 아무것도 이룰 수 없을 테니까. 아무것도! 하지만 그런 사람은 아주 드물어. 나는 이 방법이 소용없는 유일한 사람을 알아."

"그게 누군데?"

나는 재빨리 물었다.

그는 실눈을 뜨고 나를 바라보았다. 이것은 그가 깊은 생각에 잠길 때 나오는 버릇이었다. 그는 고개를 돌리고 대답을 하지 않았고, 나는 강한 호기심을 느꼈음에도 다시 질문하지 않았다.

하지만 나는 그때 그가 자신의 어머니를 떠올렸을 거라고 생각한다. 데미안은 어머니와 아주 친밀하게 지내는 것 같았으나 한 번도 자신의 어머니에 대해 이야기하지 않았으며, 나를 집으로 데려가지도 않았다. 나는 그의 어머니가 어떤 사람인지 거의 알지 못했다.

당시 나는 그와 똑같이 행동해서 내 의지를 내가 이루고자 하는 무언가에 모으려고 자주 노력했다. 내겐 매우 강렬한 소망이 하나 있었다. 하지만 그 방법은 아무런 소용이 없었다. 나는 데미안과 그것에 대해 말할 필요를 느끼지 못했다. 그리고 그 역시도 묻지 않았다.

그러는 동안 종교에 관한 물음이 생겨난 내 신앙심에는 많은 틈이 생겼다. 하지만 전적으로 데미안에게서 영향을 받은 때문인지 나는 완전히 무신론자임을 드러내는 동급생들과는 아주 다른 생각을 가지고 있었다. 그 아이들은 때때로 하느님을 믿는 일은 우습고 인간답지 못하며, 삼위일체나 예수의 탄생 이야기 역시 단순한 웃음거리일 뿐이고, 사람들이 오늘날까지도 이러한 이야기를 끄집어내는 것은 부끄러운 일이라고 말했다. 나는 절대로 그렇게 생각하지 않았다. 나 역시 의심을 품기도 했지만, 나는 내 어린 시절의 경험을 통해 실제로 경건한 생활이 존재한다는 것을 알고 있었다. 내 부모님의 생활을 통해 그것을 깨달았고, 그것이 가치가 없거나 위선적인 일이 아니라는 것도 이미 알고 있었다. 오히려 나는 종교에 대해 매우 깊은 경외심을 갖고 있었다. 데미안만이 내가 이야기와 교리를 보다 더 개인적이고 자유롭게, 좀 더 재미있고 환상에 가득 찬 시선으로 바라보고 해석할 수 있도록 해주었다. 적어도 나는 그가 나에게 제시한 해석을 따랐는데, 그것은 항상 즐거웠다. 물론 많은 것이 내가 받아들이기엔 지나친 감이 있었다. 카인에 관한 문제도 마찬가지였다. 게다가 데미안은 견진성사 시간에 더 대담한 해석을 해서 나를 놀라게 했다. 신부님은 골고다에 대해 이야기하고 있었다. 구세주의 고난과 죽음에 관한 성경의 기록은 가장 최근까지도 나에게 매우 인상적인 부분이다. 내가 어렸을 때 아버지는 성聖금요일에 자주 고난사를 낭독하셨는데 그때마다 나는 무척 감동을 받았다. 그리고 내가 그러한 고난에 가득 찬, 아름답고 창백하며 유령 같은, 심지어 무시무시하기까지 한 세계에 살고 있는 것 같은 인상을 받았다. 나는 꼭 겟세마네나 골고다에 살고 있는 것 같았다. 또 바흐의 마태수난곡을 들을 때 나는 이 비밀에 가득 찬 세계의 음울하고 힘이 넘치는 고난이 아주 신비한 전율로 나의 세계로 범람하는 느낌을 받았다. 나는 오늘날에도 이 음악에서, 그리고 '비극적 행동'에서 모든 시와 모든 예술적 표현의 전형을 발견한다.

그런데 수업 시간이 끝날 무렵 데미안은 생각에 잠긴 듯 내게 이렇게 말했다.

"싱클레어, 뭔가 마음에 들지 않는 게 있어. 다시 한 번 그이야기를 읽고 입안에서 음미해봐. 그럼 무미건조한 맛이 나는 뭔가가 있을 거야. 음, 바로 두 강도에 관한 이야기야. 세개의 십자가가 언덕 위에 나란히 놓여 있는 것만큼 멋진 건 없지! 하지만 이 비열한 강도에 대한 감상적인 성경 이야기를 좀 봐봐! 처음에 그는 범죄자였고 자신의 죄도 몰랐어. 그런데 하느님은 모든 것을 알고 있었어. 지금 그는 악한 마음이 사라졌고 참회의 눈물을 흘리고 있어! 하지만 무덤을 단 두발자국 앞두고 후회하는 게 대체 무슨 의미가 있겠니? 그건 감상적인 감동과 교화적인 배경을 가진 달콤하고 부정직한 신부님의 이야기일 뿐이야. 만약 네가 오늘날 그 두 강도 중에서 하나를 친구로 고르거나 둘 중 한 명을 신뢰해야 한다면, 이 눈물을 흘리는 개종자는 확실히 아닐 거야. 네가 선택할 사람은 사나이이자 개성 있는 다른 한 사람이겠지. 그는 자신의 처지에서 멋진 이야기를 만들어낼 수 있는 개종에는 관심을 두지 않고 끝까지 자신만의 길을 갔어. 마지막 순간에도 그때까지 자신을 도와주었던 악마를 떠나지 않았지. 그에게는 분명한 개성이 있어. 하지만 이러한 개성을 가진 사람은 성경에서는 아주 짧게 다루어지고 있어. 아마 그도 카인의 후예일지 몰라. 어떻게 생각해?"

나는 매우 당황했다. 그동안 십자가 고행에 관한 이 이야기를 나는 아주 잘 알고 있다고 믿어왔다. 그런데 그제야 내가 얼마나 개성 없이, 얼마나 상상력과 환상 없이 그것을 듣고 읽었었는지를 깨달은 것이다. 그럼에도 불구하고 데미안의 새로운 생각은 내게는 지나치게 파격적이었고, 내가 지금까지 진리라 믿었던 개념을 뒤엎으려 위협했다. 아니다. 누구도 그렇게 모든 것을 뒤엎을 수 없다. 가장 신성한 것도 마찬가지다.

그는 언제나 그렇듯이 내가 무언가 반박하기도 전에 나의 반발을 알아챘다.

"나도 알아." 그가 체념한 듯이 말했다. "그건 옛날이야기야. 심각하게 여기지 마! 하지만 네게 말하고 싶은 건, 여기서 이 종교의 결점을 아주 명백하게 볼 수 있는 지점이 하나 있다는 거야. 구약과 신약에 나오는 이 완전한 하느님은 물론 완벽한 형상이야. 하지만 원래는 그렇지 않다는 게 문제인 거지. 하느님을 선한 것, 고귀한 것, 아버지와 같은 것, 아름다운 것, 그리고 높은 것, 감상적인 것이라고 하는 말은 다 맞아! 하지만 세계는 다른 것들로도 이루어져 있어. 그런데 지금은 그 모든 것을 단순히 악마의 것으로만 돌리고 있어. 그래서 세상의 그런 부분, 이 절반이 모두 은폐되거나 묵인되고 있지. 하느님을 생명의 아버지로 찬양하면서도 생명이 근거하는 모든 성생활을 간단히 묵살해버리고, 가능한 한 그것을 악마의 증거로 만들거나 죄악시하려고 하는 거야! 난 사람들이 이 여호와를 숭배하는 것을 반대하지는 않아. 절대로 그런

게 아니야. 하지만 나는 우리가 모든 것을 숭배하고 신성시해야 한다고 봐. 단지 인위적으로 분리된, 공적인 반쪽이 아니라 세계 전체를 말이야. 그러니까 우리는 신에게 봉사함과 동시에 악마에게도 봉사해야 해. 나는 그게 옳다고 생각하는 거야. 아니면 사람들은 악마를 포함하는 하느님을 창조해야 할지도 몰라. 그러면 이 세계에서 가장 자연스러운 일이 일어날 때 그분 앞에서 눈을 감을 필요가 없지."

그는 자신의 방식으로 말했다. 꽤 격렬해졌지만 다시 미소를 찾았고 나에게 아무것도 강요하지 않았다.

하지만 이 말들은 내 어린 시절 전체를 통틀어 가장 큰 수수께끼가 되었다. 그것은 언제나 내 안에 남아 있었지만 나는 누구에게도 그것을 말할 수가 없었다. 데미안이 그때 신과 악마, 신적인 것으로 알려진 세계와 묵살돼버린 악마의 세계에 대해 이야기한 것은 나 자신의 생각이었고, 나 자신의 신화였으며, 두 개의 세계 또는 반쪽의 세계—밝든지 어둡든지—였다. 내 문제가 모든 사람의 문제이며 인생과 사고의 문제일지도 모른다는 생각이 갑자기 마치 성스러운 그림자처럼 나를 스쳐 지나갔다. 그리고 문득 나의 개인적인 삶과 생각이 위대한 사상의 영원한 흐름에 얼마나 깊이 관여하고 있는지를 생각하고 느끼게 되자 불안감과 경외심이 엄습했다. 이러한 생각은 무언가를 확인시켜주고 행복감을 주었음에도 불구하고 나는 전혀 기쁘지가 않았다. 그 안에는 내가 더 이상 어린아이가 아니라는 일종의 책임감의 소리와 독립해야 한다는 소리가 담겨 있었기에 오히려 혹독하고 고통스러웠다.

나는 이렇게 깊은 고민을 인생에서 처음으로 밝히며 내 친구에게 내가 아주 어린 시절부터 간직해왔던 '두 개의 세계'에 관한 생각을 털어놓았다. 그는 곧 내가 자기와의 깊은 감정에 공감하며 나의 비밀을 털어놓고 있음을 알아차렸다. 하지만 그런 것을 이용하는 것은 그의 방식이 아니었다. 그는 항상 나에게 보이던 것보다 더 깊은 관심을 보였고, 계속 내 눈을 바라보는 바람에 나는 눈을 피할 수밖에 없었다. 왜냐하면 그때 그의 눈빛 속에는 이상하고 동물적인 시간 초월성, 그 상상할 수 없는 나이가 숨어 있었기 때문이다.

"우리 이건 다음에 이야기하자." 그는 나를 배려해주는 듯 말했다. "난 네가 다른 사람에게 말할 수 있는 것보다 훨씬 생각이 많은 아이라는 걸 알아. 그렇다면 넌 네가 생각하는 것을 완전히 경험하지 못했다는 걸 알 거고 그게 그리 좋은 일은 아니지. 우리가 경험한 것이 가치 있다는 생각만을 하고 있을 거야. 그리고 넌 '허락된 세계'가 전체의 반밖에 되지 않는다는 것도 알 거야. 넌 신부님이나 선생님이 말씀하시듯 그 다른 반쪽의 세계를 숨기려고 노력했어. 네게 좋은 일은 아니었을 거야! 일단 생각을 시작한 사람에게는 좋지 않아."

그의 말이 깊이 와 닿았다.

"하지만." 내가 외치며 말했다. "실제로 금지되고 증오할 만한 일이 있다는 것을 너도 부인할 수는 없을 거야! 그리고 그것들이 금지되어 있다면 우리는 그것을 거스를 수 없어. 난 살인을 비롯해 일어날 수 있는 많은 부도덕한 일들이 존재한다는 것을 알아. 하지만 그렇다고 해서 우리가 거기에 들어가 범죄자가 되어야 한다고는 생각하지 않아."

"우리가 오늘 이 문제를 끝낼 순 없을 것 같다." 막스가 나를 위로했다. "너는 확실히 사람을 죽이거나 소녀를 강간해서는 안 돼. 절대. 하지만 너는 아직 '허용된 것'과 '금지된 것'을 분별하는 데에는 미치지 못했어. 넌 이제 진리의 한 조각을 맛보았을 뿐이야. 다른 것들은 천천히 알게 되겠지. 기대해! 예를 들어 넌 지금, 그러니까 1년 전부터 네 안에 다른 어떤 것들보다 강한 충동을 가지고 있고 그것을 '금지된 것'이라 생각하고 있는 거야. 그리스인들과 다른 많은 민족들은 반대로 이러한 충동을 아주 신성한 것으로 생각하고 그것을 거대한 축제를 통해 숭배했어. '금지된 것'은 영원한 것이 아니야. 그것은 변해. 어떤 사람이 신부에게 여자를 데려가 결혼을 허락받았다면 오늘이라도 잘 수 있어. 물론 그렇지 않은 민족도 있겠지만 말이야. 그런 이유로 우리 각자는 스스로 무엇이 허락되어 있고 금지되어 있는지를 찾아야 해. 우리는 어떤 금지된 것과 전혀 관계하지 않고도 악한이 될 수가 있어. 마찬가지로 그 반대의 경우도 가능하지. 사실 이것은 그저 편의상의 문제에 불과해! 아주 안일한 사람은 스스로 생각하거나 스스로 자신의 심판관이 되지 못하고 지금까지처럼 금지된 것에 복종해. 그게 쉬우니까. 다른 사람들은 스스로 계명을 감지하지. 그들에게는 모든 신사들이 매일같이 하는 일들이 금지되어 있기도 하고, 다른 곳에서는 금지된 것이 그들에게는 허용되기도 하는 거야. 이처럼 모든 사람은 스스로 자신을 책임져야 해."

그는 갑자기 너무 많은 말을 한 것을 후회하는 듯 보였고 곧 말을 멈췄다. 하지만 나는 이미 느낌으로 그가 무슨 생각을 하는지 알고 있었다. 그는 자신의 생각을 편안하게, 그리고 겉보기에는 피상적으로 말하곤 했지만 언젠가 그가 말했듯이 '단지 말하기 위한' 대화를 정말 싫어했다. 하지만 그는 나와의 잡담에서 진정한 재미 외에도 지나친 유희, 과도한 기쁨, 혹은 다른 어떤 것, 요컨대 완벽한 진지함이 결여되었다는 것을 감지하고 있었다.

내가 쓴 마지막 말, '완벽한 진지함'이라는 말을 다시 읽어 보니, 또 다른 장면이 문득 떠오른다. 그것은 내가 아직 반쪽은 어린아이였던 시절에 막스 데미안과 경험했던 것 중 가장 인상 깊은 장면이다.

우리의 견진성사가 다가왔고, 종교 수업의 마지막 시간은 최후의 만찬에 대한 것으로 이루어졌다. 그것은 신부님에게 매우 중요한 주제였기 때문에 신부님은 수업 시간에 우리에게 신성한 느낌을 잘 전달하기 위해 무척 애를 썼다. 그러나 마지막 몇 시간 동안 내 생각은 다른 데, 즉 내 친구에게 향하고 있었다. 우리를 교회라는 공동체에 엄숙하게 입문시키는 견진성사를 기다리는 동안 내게는 피할 수 없는 생각이 몰려왔다. 바로 약 반년 동안 받은 종교 교육의 가치는 여기에서 배운 것에 있지 않고 데미안의 옆에 있으면서 영향을 받은 데 있다는 생각이었다. 나는 지금 교회가 아니라 무언가 아주 다른, 그러니까 생각의 질서와 개성이 다른 곳에 들어갈 준비가 되어 있으며, 그곳은 이 세상 어디엔가는 존재해야만 하고, 그 대표자나 사도가 내 친구라고 느껴졌다.

나는 이러한 생각을 뿌리치려 애썼다. 되도록 견진성사 의식을 품위 있게 치러내겠다고 진지하게 생각했다. 물론 그것은 내 생각과 잘 조화되지 않는 듯 보였다. 나는 내가 원했던 것을 하려 했지만 점점 근접해오는 교회 의식과 연결되었고, 그것을 다른 사람들과는 다르게 치를 준비가 되어 있었다. 나에게 있어 이 의식은 데미안에 의해 알게 된 사유의 세계에 들어감을 의미해야 했다.

다시 한 번 그와 열띤 토론을 벌인 것은 그즈음이었다. 그것은 문답 수업이 있기 직전이었다. 내 친구는 말이 없었고, 조금 건방지고 점잖을 떠는 내 말에 귀를 기울이지 않았다.

"우리는 이야기를 너무 많이 했어." 그는 어색하고 진지하게 말했다. "교활한 말들은 전혀 가치가 없어. 전혀. 단지 자신에게서 멀어질 뿐이야. 자신을 떠나는 것도 죄지. 우리는 거북이처럼 자신을 완전히 숨길 수 있어야 해."

우리는 바로 교실로 들어갔다. 수업이 시작되었고, 나는 주의를 기울이려 애썼다. 그리고 데미안은 그런 나를 방해하지 않았다. 잠시 후 나는 그가 앉아 있는 옆자리에서 무언가 특

이하고, 옆자리가 빈 공간이 되어버린 것 같은 느낌, 냉기가
도는 그런 느낌을 받았다. 갑자기 그 자리가 비어버린 것 같
았다. 그리고 그 느낌이 나를 압박해오기 시작했을 때, 나는
옆을 쳐다보았다.

내 옆자리에서 내 친구는 평소처럼 꼿꼿하고 올바른 자세
로 앉아 있었다. 하지만 그는 평소와 아주 달라 보였고, 내가
알 수 없는 무언가가 그로부터 나와서 그를 둘러싸고 있었다.
나는 그가 눈을 감았다고 생각했으나 그는 눈을 뜨고 있었다.
하지만 아무것도 보고 있지 않았다. 두 눈은 무언가를 응시하
고 있었으나 실제로는 자신의 내면과 심연을 향하고 있었다.
그는 전혀 미동도 없이 그곳에 앉아 있었다. 그는 숨도 쉬지
않는 것 같았고, 그의 입은 나뭇조각이나 돌조각 같았다. 그
의 얼굴은 창백해져서 돌처럼 핏기도 없었으며, 오직 그의 갈
색 머리카락만이 살아 있는 것 같았다. 그의 손은 돌이나 과
일 같은 물건처럼 생기 없이, 그리고 조용하게 얹혀 있었다.
하지만 창백하거나 늘어진 것은 아니었고 대신 감춰진 강한
생명을 감싸고 있는 단단하고 좋은 껍질처럼 보였다.

이러한 모습은 나를 전율하게 만들었다. 나는 순간적으로
그는 죽었어! 라고 생각했을 뿐만 아니라 하마터면 큰 소리로
말할 뻔했다. 하지만 이내 나는 그가 죽지 않았음을 알았다.
나는 곤란한 눈빛으로 그의 창백하고 돌 같은 얼굴을 바라보
며 이렇게 생각했다. 이것이 진짜 데미안이라고! 예전에 나와
걸으며 이야기하던 데미안은 반쪽의 데미안에 불과했다. 그

는 단지 편안하고 친절하게 사람을 대하는 역할을 수행하는 반쪽이었다. 진짜 데미안은 이렇게 태고의 인물 같고, 동물 같으며, 돌멩이 같고, 아름답지만 차갑고, 충족되지 않은 삶으로 가득 차 죽어 있으면서 비밀스러운, 그런 모습을 가지고 있는 것이다. 그리고 그의 주변은 조용한 공허, 우주의 공간, 쓸쓸한 죽음으로 둘러싸여 있었다.

그는 지금 완전히 자신에게 빠져 있다고 나는 몸을 떨며 느꼈다. 한 번도 이렇게 고독했던 적은 없었다. 나는 그와 아무 관계가 없었으며 그는 내게 아무것도 할 수 없었고, 마치 세상에서 가장 먼 섬에 있는 듯 내게서 멀어졌다.

나 이외에는 아무도 그것을 볼 수 없다는 것을 이해할 수 없었다! 모두 이쪽을 보고 모두 전율을 느껴야 한다. 하지만 아무도 그를 신경 쓰지 않았다. 그는 조각상처럼 앉아 있었는데, 나는 그 모습이 우상처럼 꼿꼿하다고 생각할 수밖에 없었다. 파리 한 마리가 그의 이마에 앉았다가 천천히 코에서 입으로 기어 다녔으나 그는 눈도 깜빡하지 않았다.

지금 그는 어디에 있는가? 그는 무엇을 생각하고 무엇을 느끼고 있는가? 그는 천국에 있는가, 아니면 지옥에 있는가?

그것에 대해 그에게 묻는 것은 불가능했다. 수업이 끝나고 그가 다시 여전히 살아 있으며 여전히 숨 쉬고 있는 것을 보았을 때, 그리고 그의 시선이 나와 마주쳤을 때, 그는 어느새 예전으로 돌아와 있었다. 그의 얼굴에는 다시 화색이 돌았고 손은 다시 움직였다. 다만 그의 갈색 머리카락은 빛을 잃고 지쳐버린 것 같았다.

그 후 며칠 동안 나는 침실에서 여러 차례 새로운 연습을 했다. 바로 의자 위에 꼿꼿이 앉아 눈을 고정하는 것이었다. 얼마나 오랫동안 전혀 움직이지 않고 앉아 있을 수 있는지, 그리고 이때 무엇을 느낄 수 있는지를 알고 싶었던 것이다. 하지만 난 그저 피곤할 뿐이었고 눈꺼풀이 아주 간지러울 뿐이었다.

곧 견진성사의 날이 왔다. 그것에 대해서는 어떤 특별한 기억도 남아 있지 않다.

모든 것이 달라져 버린 것이다. 어린 시절은 내 주변에서 폐허가 되었다. 부모님은 나를 난처한 표정으로 바라보셨고, 누이들은 내게 너무 낯선 존재가 되어버렸다. 깨어남으로써 나에게 익숙했던 감정과 기쁨들은 왜곡되고 빛이 바랬다. 정원은 향기가 없었으며 숲은 더 이상 나를 유혹하는 곳이 아니었다. 세상은 내 주변에서 마치 고물상처럼 재미도 매력도 없었다. 책은 그저 종이 쪼가리, 음악은 그저 소음일 뿐이었다. 그렇게 나무는 가을에 잎이 떨어져도 그것을 느끼지 않는다. 나무에 비가 내리고 해가 비치고 서리가 내리면서 나무의 생명은 천천히 가장 좁은 곳이자 가장 깊은 내면으로 침몰해버린다. 그러나 나무는 죽지 않는다. 기다린다.

방학 후에 나는 다른 학교에 가기 위해 집을 떠나기로 결정되어 있었다. 내가 집을 떠나는 것은 그것이 처음이었다. 때때로 어머니가 아주 정답게 다가와 미리 작별 인사를 하셨다.

어머니는 사랑과 향수와 잊을 수 없는 것들을 내 가슴에 마법처럼 채워주려고 노력하셨다. 데미안은 여행을 갔다. 나는 혼자였다.

베아트리체

내 친구를 다시 만나지 못한 채 나는 방학이 끝난 후 성聖 ○○시로 떠났다. 부모님이 나와 함께 가셔서 모든 일을 처리하고 김나지움의 선생님에게 소년 기숙사를 부탁하셨다. 만약 그때 나를 어떤 곳에 들여보냈는지를 알게 되신다면 부모님은 놀라서 굳어버리실 것이다.

내게는 시간이 지날수록 늘 내가 좋은 아들이 될 것인가, 쓸모 있는 시민이 될 것인가, 아니면 내 천성이 다른 길로 뻗어갈 것인가 하는 의문만이 자리 잡고 있었다. 아버지의 집과 아버지의 생각의 그늘 속에서 행복하려고 했던 나의 노력은 그 후로도 오랫동안 이어졌다. 그것은 때때로 거의 성공한 것처럼 보였으나 결국은 완전한 실패로 돌아갔다.

견진성사를 받은 후 방학 동안 처음으로 느낀 이 이상한 공허함과 고독은(이후에 이러한 공허함과 둔탁한 공기를 난 얼마나 지독하게 느끼게 되었던가!) 그리 빠르게 지나가지 않았다. 고향과의 이별은 이상하리만큼 쉬웠고, 나는 내가 아쉬워하지 않는 것이 부끄러웠다. 누이들은 이유 없이 울었지만 난 그럴 수가 없었다. 나는 나 자신에 대해 놀랐다. 나는 항상 감정이 풍부하고, 근본적으로 아주 착한 아이였다. 하지만 지금의 나는 굉장히 달라졌다. 외부 세상에 철저히 무심하게 되었고, 하루 종일 내면의 소리를 듣는 것에만 몰두했다. 내 마음 깊은 곳에서 급박하게 흘러가고 있는 금지된, 그리고 어두운 강물의 소리 말이다. 나는 반년 동안 빠르게 성장하여 아주 잘 자랐으나 동시에 야위었고 세상을 보는 눈은 덜 성숙한 듯 보였다. 소년의 사랑스러움은 이제 완전히 사라졌다. 나는 사람들이 나를 사랑할 수 없으리라는 것을 느꼈다. 나도 나 자신을 전혀 사랑하지 않았다. 나는 막스 데미안을 자주 그리고 몹시 그리워했다. 하지만 한편으론 그를 미워하기도 했으며 나를 너무나 아프게 만들었던 내 삶의 피폐함을 그의 탓으로 돌리기도 했다.

기숙사 학생들 사이에서도 나는 처음부터 사랑받지도 시선을 끌지도 못했다. 아이들은 처음에는 나를 조롱하다가 결국 나로부터 멀어졌으며 나를 위선자이자 불편한 괴짜라고 여겼다. 나는 이러한 역할이 마음에 들어서 오히려 더 과장되게 행동하기도 했다. 하지만 나는 고독으로 말려들어 가고 있었고, 겉으로는 다 큰 남자처럼 세상을 멸시하는 태도를 보이기도 했다. 그리고 종종 고통과 절망감으로 나 자신을 쇠약하게 만드는 발작에 사로잡혔다. 학교에서 나는 집에서 획득한 지식을 파먹으며 보냈고, 학급에 있다 보면 내 어린 시절로 돌아가는 것 같았다. 나는 내 또래의 아이들을 어린아이처럼 취급하는 것에 익숙해졌다.

1년 정도, 아니 더 오래 이러한 시간이 지속되었다. 처음에는 방학에 집으로 돌아갔지만 그렇다고 변하는 것은 없었다. 나는 기꺼이 다시 학교로 돌아왔다.

11월 초였다. 나는 이 계절에 생각에 잠긴 채 산책하는 것을 좋아했다. 산책을 하면서 종종 일종의 황홀감, 우울함, 세상에 대한 멸시와 나 자신에 대한 경멸을 느끼곤 했다. 어느 날 땅거미가 질 무렵 나는 습하고 안개가 자욱이 내린 도시 주변을 거닐고 있었다. 공원의 넓은 거리는 완전히 비어 있어 나의 발길을 저절로 이끌었다. 거리 곳곳에 낙엽이 떨어져 있었고, 나는 음울한 쾌락을 느끼며 그것을 발로 파헤쳤다. 거기에서는 습하고 쓴 냄새가 났다. 먼 곳의 나무들은 안개 속에서 유령처럼 거대한 모습과 그림자를 드러내고 있었다.

거리 끝에서 나는 망설이듯 서서 검은 나뭇잎을 응시하며 탐욕스럽게 풍화와 죽음의 습한 공기를 들이마셨다. 무언가가 내 안에서 응답하며 인사를 하는 듯했다.

옆길에서 바람에 흔들리는 깃이 달린 외투를 입은 한 사람이 나타났다. 내가 계속 걸어가려고 하자 그가 나를 불렀다.

"어이, 싱클레어!"

그가 나에게 다가왔다. 우리 기숙사에서 가장 나이가 많은 알폰스 베크였다. 나는 그를 보는 것이 좋았고 딱히 반감을 느끼지는 않았다. 그가 나나 다른 아이들을 대할 때 항상 비꼬거나 어른인 척 행동하는 것만 빼고는 말이다. 그는 곰처럼 힘이 셌고, 우리 기숙사를 쥐고 흔들었으며, 김나지움에서는 호걸로 소문나 있었다.

"여기서 뭐 해?" 그는 자리를 뜨려다 어른스러운 말투로 친절하게 나를 불렀다. "이봐, 내기할까? 너 시를 짓고 있었지?"

"아니, 그렇지 않아."

나는 무뚝뚝하게 부인했다.

그는 크게 웃더니 나와 함께 걸으며 말을 붙였다. 이런 일은 내게 익숙하지 않았다.

"싱클레어, 내가 잘못 이해할까 봐 불안해할 필요 없어. 이렇게 밤에 안개 속을 거닐면서 가을의 상념에 잠겨 있을 때는 뭔가가 있는 게 아닐까. 이를테면 시를 짓는다든지. 난 그렇게 생각했어. 음, 죽어가는 자연이나 아니면 그와 마찬가지로 잃어버린 청춘 같은 주제에 대해서 말이야. 하인리히 하이네를 떠올려 봐."

"난 그렇게 감상적이지 않아."

나는 그의 말을 부인했다.

"뭐, 좋아. 하지만 이런 날씨엔 와인 한잔이나 그 비슷한 걸 마실 수 있는 조용한 곳을 찾아가는 것도 괜찮아 보이는데. 같이 가지 않겠어? 마침 나도 혼자니 말이야. 어때, 싫어? 만약 네가 모범생으로 남길 원한다면 뭐, 널 부추기고 싶진 않아."

그리고 얼마 후 우리는 교외의 작은 술집에 앉아 야릇한 와인을 마시며 두꺼운 잔을 부딪쳤다. 처음엔 그다지 마음에 들지 않았으나 점점 뭔가 새로워졌다. 와인에 익숙하지 않았던 나는 말이 많아졌다. 내 안에 새로운 세계가 들어오는 하나의 창문이 열린 것 같았다. 오랫동안, 아주 오랫동안 나는 영혼에 대해 아무것도 말하지 않았다! 나는 환상 속으로 들어갔고 카인과 아벨의 이야기를 아주 훌륭히 해냈다.

베크는 내 이야기를 만족스럽게 들었다. 드디어 나는 내 이야기를 들어줄 수 있는 사람을 만난 것이다! 그는 내 어깨를 치더니 나를 굉장한 놈이라고 했고, 나는 말하고 싶은 욕구, 뭔가 어려운 속 이야기를 하고 싶은 욕구를 충족시킬 수 있었다. 연장자에게 인정받았다는 만족감에 가슴이 한껏 부풀어 올랐다. 그가 나에게 천재 같다고 했을 때 그의 말은 마치 달콤하고 강력한 와인처럼 내 영혼 속으로 흘러들었다. 세상은 새로운 빛깔로 불타올랐고, 물이 콸콸 쏟아지는 백 개의 분수처럼 생각이 쏟아져 나왔다. 정신과 불꽃은 내게 가치 있는 것이었다. 우리는 선생님과 친구들에 대해서도 이야기했다. 적어도 나는 우리가 서로를 잘 이해하고 있다는 느낌을 받았다. 우리는 그리스인과 이교도에 대해서도 이야기했고 베크는 어떻게든 내 연애담을 끌어내려고 했다. 그래서 나는 더이상 이야기를 할 수 없었다. 이야기할 만한 연애를 해본 적이 없었기 때문이다. 내 마음속에서 느낀 것, 꾸며낸 것, 환상으로 그려본 것들이 달콤하게 타올랐지만 와인의 힘을 통해서는 흘러나오지도 전달되지도 않았다. 여자에 대해서는 베크가 훨씬 더 많이 알고 있었기 때문에 나는 그의 말에 귀를 기울였다. 그러다 정말 믿을 수 없는 이야기를 들었는데, 절대로 불가능해 보이는 일도 실제로는 일어나고 있으므로 일견 당연해 보이기도 했다. 알폰스 베크는 아마 열여덟 살 정도 된 것 같았는데 이미 경험이 많았다. 그에 따르면 여자애들은 자기들에게 좋은 일만 하고 기분을 맞춰주는 것만 원하는 그런 존재들이고, 그렇게 해주는 게 아주 멋진 것 같지만 사실은 그렇지 않다는 것이다. 그런 건 성숙한 여인들에게서 더 큰 성과를 기대할 수 있는데, 여인들이 더 현명하기 때문이란다. 예를 들어 문구점을 운영하는 야겔트 부인과는 말이 잘 통하고, 그녀의 가게 계산대 뒤에서 일어나는 모든 일은 책에도 없는 것이라고 했다.

나는 그의 이야기에 마법처럼 홀려서 앉은 채 계속 듣고 있었다. 물론 나는 야겔트 부인을 사랑할 수 없을 것이다. 하지만 어쨌든 이런 건 들어보지 못했다. 적어도 어른들에게는 내가 지금까지 단 한 번도 꿈꿔보지 못한 샘물이 흐르고 있는 것 같았다. 물론 그중에는 잘못된 울림도 있을 것이다. 하지만 모든 것이 내가 사랑의 맛이라고 생각했던 것보다 훨씬 사소하고 일상적이었다. 어쨌든 그것은 사실이고 삶이며 모험이었다. 그리고 지금 내 옆에는 이 모든 것을 경험해서 그것을 자연스러운 것으로 여기는 한 사람이 앉아 있었다.

우리의 대화는 좀 저속했고, 무언가를 잃어버린 듯했다. 나는 더 이상 천재 소년이 아니었으며, 단지 한 남자의 말에 귀를 기울이고 있는 소년에 불과했다. 하지만 지난 몇 달 동안의 내 인생 전체보다 이 순간이 훨씬 더 값어치 있었으며 마치 낙원 같았다. 우리의 이야기가 계속되면서 나는 차츰 그때까지 앉아 있던 술집이 금지된 것, 그것도 강력하게 금지된 것이라는 사실을 깨닫기 시작했다. 어쨌든 나는 그곳에 담긴 정신과 혁명을 맛보았다.

나는 그날 밤을 아주 생생하게 기억한다. 우리가 결국 매우 늦은 시간에, 차갑고 축축한 밤길을 걸어 희미하게 불타는 가로등을 지나 기숙사로 돌아올 때 난생처음으로 나는 취해 있었다. 기분이 좋지 않았고, 아주 고통스러웠다. 하지만 그 순간에도 거기에는 어떠한 매력과 달콤함 같은 것들이 있었다. 반란과 방종, 생명과 정신이 살아 있었던 것이다. 베크는 나를 핏덩어리 풋내기라고 놀리면서도 의연하게 나를 잡아주고 나를 업다시피 하여 기숙사로 돌아왔다. 우리는 반쯤 열린 창문을 통해 방으로 몰래 들어가는 데 성공했다.

나는 아주 잠깐 죽은 듯이 잠이 들었다 깨었다. 술에서 깨어나자 곧 엄청난 고통이 밀려왔다. 나는 침대에 앉았다. 낮에 입었던 셔츠를 그대로 입고 있었고 옷과 신발이 바닥 이곳저곳에 흩어져 있었다. 거기에서는 담배와 토사물 냄새가 났다. 두통, 역겨움, 극도의 갈등 사이에서 나는 오랫동안 내 눈앞에서 사라졌던 마음속 그림을 떠올렸다. 나는 고향과 부모님 집, 아버지와 어머니, 누나들과 정원을 보았다. 이어 조용하고 정겨운 침실을 보았고, 학교와 시장, 데미안과 견진성사 수업을 보았다. 모든 것이 밝은 빛에 둘러싸여 흐르고 있었다. 모든 것이 놀랍고 신성하고 깨끗했다. 이 모든 것은—이제야 알았지만—어제까지만 해도, 아니 몇 시간 전만 해도 나에게 속한 것으로서 나를 기다리고 있었다. 하지만 이제 이것들은 가라앉았고, 저주받았으며, 더 이상 나의 것이 아니었다. 전부 나를 추방하고는 역겹다는 듯이 나를 보고 있었다! 모든 사랑과 애정, 내가 아주 먼 시대, 황금기였던 소년 시절의 정원에서 그때까지 부모님에게 받았던 것들, 어머니의 키스, 매년 돌아오던 크리스마스, 항상 경건하고 밝았던 주일의 아침, 정원의 온갖 꽃들, 이 모든 것이 황폐해졌다. 내가 이 모든 것을 발로 짓밟고 만 것이다! 만약 지금 경찰이 와서 나를 잡아간다고 해도, 그래서 인간쓰레기이자 신성모독자로 나를 교수대로 끌고 간다고 해도 난 그것을 이해했을 것이며, 기꺼이 끌려가면서 그것이 옳고 지당한 일이라고 생각했을 것이다.

나는 내가 한심해 보였다! 이리저리 떠돌아다니며 세상을 경멸하다니! 내 정신을 과대평가하며 데미안의 생각에 동조했던 나! 나는 쓰레기요, 음탕한 자요, 술에 취해 더러워진 역겨운 속물이자, 흉측한 충동에 사로잡힌 저열한 짐승일 뿐이었다! 청결함, 빛, 그리고 정겨운 것들로 가득했던 정원에서 나온 나, 바흐의 음악과 아름다운 시를 사랑하던 나였는데! 나는 메스꺼움과 분노를 느끼며 나 자신을 비웃는 소리를 들었다. 충격적이고 바보처럼 쏟아져 나오는 웃음을 술에 취해 억제하지 못하면서. 그것이 바로 나였다!

하지만 이와 같은 감정에도 불구하고 이러한 고통을 느끼는 것은 한편으로 즐거움이 되기도 했다. 너무 오랫동안 나는 마비되어 무감각하게 돌아다녔고, 그만큼 오래 내 마음은 침묵한 채 구석진 곳에서 황폐해져 갔다. 그래서 나에 대한 이런 탄식, 공포, 아주 끔찍한 감정마저도 영혼이 반겼던 것이다. 하지만 그 안에서도 불꽃이 타올랐고, 심장이 움찔거리는 느낌도 있었다. 비참한 가운데서도 나는 어떤 해방감이나 봄을 맞이한 것과 같은 느낌이 들어 혼란스러웠다.

그러는 사이 다른 사람들이 보기에 나는 타락해가고 있었다. 인생 처음으로 취했던 경험은 그다음부터는 더 이상 처음이 아니었다. 우리 학교 아이들은 자주 술집에 가서 행패를 부렸다. 처음에 나는 그 무리에서 가장 어린 축에 속했으나, 곧 마지못해 달고 다니는 풋내기가 아니라 리더이자 핵심 인물이 되었고, 꽤 자주 대담하게 술집을 드나들었다. 나는 다시 한 번 이 어두운 세계에, 악마의 세계에 들어가게 된 것이다. 그리고 이 세계에서 나는 멋진 놈으로 불렸다.

하지만 동시에 나는 비참한 느낌이 들었다. 왜냐하면 나는 나 자신을 무너뜨리는 방탕함 속에서 살고 있었기 때문이다. 이들 사이에선 리더이자 근사한 놈이고, 대단히 결단력 있고 재치 있는 놈으로 여겨졌지만, 마음 깊은 곳에서는 근심으로 가득 찬 불안감이 불타고 있었다. 나는 어느 일요일 오전 술집에서 나와, 곱게 머리를 빗고 옷을 차려입은 아이들이 거리에서 밝고 신 나게 뛰노는 모습을 보고 눈물을 흘린 것을 기억하고 있다. 나는 작은 술집의 더러운 테이블에서 맥주를 마시면서 대담한 욕설로 친구들을 재미있게 해주기도 하고 때로는 놀라게도 했다. 그렇지만 실제로는 내가 조소했던 것들을 마음속 깊은 곳에서 존경하고 있었으며, 마음속으로는 내 영혼과 내 과거와 내 어머니 앞에, 그리고 신 앞에 무릎을 꿇은 채 울고 있었다.

내가 단 한 번도 내 친구들과 하나가 되지 못했던 것, 내가 그들 사이에서 외로움을 느끼고 고통스러워했던 것, 그것에는 충분한 이유가 있었다. 나는 패거리의 총애를 받는 영웅이자 독설가였고, 선생님, 학교, 부모님, 교회에 대한 나의 생각과 이야기를 할 때 재능과 용기를 보여주었다. 나는 음담패설도 아무렇지도 않게 들었으며 심지어 내가 하기도 했다. 하지만 내 친구들이 여자에게 갈 때 나는 단 한 번도 가지 않았다. 나는 외로웠고 사랑에 대해서는 불타는 동경으로 가득 차 있었다. 그것은 희망 없는 동경이었다. 하지만 내가 하는 이야기에 따르면 나는 냉담한 쾌락주의자여야 했다. 그 누구도 나만큼 쉽게 상처받거나 수줍어하는 사람은 없었다. 때때로 내 앞을 지나가는 아름답고 정결하고 밝고 사랑스러운 여자들을 볼 때면, 그들이 나보다 천 배는 선량하고 정결할 거라는 놀랍고 순수한 꿈을 꾸었다. 오랫동안 나는 야겔트 부인의 문구

점에 가지 않았다. 왜냐하면 그녀를 볼 때마다 알폰스 베크의 이야기가 떠올라 얼굴이 붉어졌기 때문이다.

새로운 무리에서 내가 점점 고독해지고 있다는 것을 깨달을수록 점점 그들과 함께하는 횟수가 줄어들었다. 나는 술을 마시고 호기를 부리는 일이 정말 만족감을 주는지 사실 알 수 없었다. 또한 술을 마시는 게 이제는 좋지도 않았다. 그래서 나는 더 이상 고통스러운 결과를 느끼지 않게 되었다. 그것이 전부 강요된 것은 아니었다. 나는 그저 내가 해야 하는 대로 행동했을 뿐이다. 그것 말고는 어떻게 시작해야 할지를 몰랐기 때문이다. 나는 천천히 혼자가 되어가는 것이 두려웠고, 내 연약함, 부끄러움, 내적 변화가 두려웠다. 나는 끊임없이 그것을 분명하게 감지하고 있었다. 또한 내게 자주 찾아왔던 연약하기만 한 사랑의 감정에 대해서도 불안감을 느꼈다.

무엇보다 내게 결핍되어 있던 가장 중요한 요소는 바로 친구였다. 나는 자주 만나는 좋은 친구가 두세 명 정도 있었지만 그들은 얌전한 아이들이었고, 나의 악행은 이미 오래전부터 잘 알려져 있었다. 결국 그들은 나를 피했다. 모두가 나를 바닥에서 발을 구르고 있는 희망 없는 아이라고 여겼다. 나에 대해 많은 것을 알고 있었던 선생님들은 여러 번 엄중한 벌을 내렸다. 내가 결국은 퇴학당하게 되리라는 것은 모두가 예상하고 있는 일이었다. 나 자신도 내가 이미 오래전부터 착한 학생이 아니며, 더 이상 학교생활을 지속할 수 없으리라는 것을 느끼고 있으면서도 나를 애써 다잡으면서 그럭저럭 지냈다.

하느님이 우리를 외롭게 만듦으로써 우리 스스로 길을 찾아가도록 하는 방법은 많이 있다. 이러한 길을 그 당시 하느님은 나와 함께하셨던 것이다. 그것은 마치 악몽 같았다. 나는 더럽고 끈적이는 것 너머로, 깨진 맥주잔과 독설로 지새운 밤들 너머로 아파하는 나를 보았다. 끊임없이 괴로워하며 흉하고 더러운 길을 가는 내 모습을 보았다. 어떤 이가 공주에게 가다가 악취와 오물로 가득한 뒷골목 시궁창에 빠지는 그런 꿈도 있었다. 그런 일이 나에게 일어난 것이다. 이런 좋지 않은 방식으로 나에게 그런 일이 일어났다. 나는 몹시 외로워졌다. 지금의 나와 어린 시절의 나 사이에는 자비심 없는 표정의 문지기가 지키는 닫힌 에덴의 문이 있었다. 그것은 나 자신에 대한 향수를 일깨우는 시작이었다.

사감의 경고 편지를 받은 아버지가 내게 기별도 없이 처음으로 성 ○○시에 모습을 드러내셨을 때 나는 너무 놀라 경련을 느끼기까지 했다. 그러나 겨울의 끝에 두 번째로 아버지가 찾아와 나를 호되게 꾸짖고 어머니를 생각하라고 당부하셨을 때는 둔감해졌다. 아버지는 끝내 화가 폭발해서 내가 달라지지 않는다면 나를 학교에서 불명예스럽게 퇴학시켜버리고 감화원에 넣겠다고 말씀하셨다. 마음대로 하세요! 아버지가 떠났을 때, 유감스럽지만 나는 그렇게 생각했다. 하지만 아버지는 아무것도 하지 못하셨고, 나에게 오는 어떤 길도 발견하지 못하셨다. 그리고 얼마간은 일이 그렇게 된 것이 당연하다는 생각이 들었다.

내가 어떻게 되든 난 상관이 없었다. 나는 좀 특이하고 이상한 방식으로, 그러니까 술집에 앉아서 의기양양해하며 세상과 싸웠다. 그것이 내가 저항하는 방식이었다. 나는 그런 식으로 나를 망가뜨렸으며 때때로 이 일은 내게 이렇게 보이기도 했다. 만약 세상이 나와 같은 사람을 더 이상 필요로 하지 않는다면, 만약 그들을 위해 더 나은 자리, 더 높은 가치의 과제를 부과하지 않는다면, 나와 같은 그 사람들 역시 마찬가지로 파멸하리라는 생각이었다. 그리고 그것은 세상의 탓으로 돌릴 수 있을 것이다.

그해의 크리스마스는 정말 즐겁지 않았다. 어머니는 나를 보고 기절할 듯 놀라셨다. 나는 너무 많이 컸고, 회색빛을 띤 홀쭉한 얼굴은 거칠어 보였으며, 축 처진 표정과 눈가에는 여드름이 돋아 있었다. 처음으로 나기 시작한 수염과 얼마 전부터 쓰기 시작한 안경은 어머니에게 나를 더 낯설어 보이게 했다. 누이들은 뒤에서 킥킥거리며 웃었다. 모든 것이 불쾌했다. 아버지와 서재에서 대화하는 것도 불쾌하고 씁쓸했으며, 크리스마스이브는 더 불쾌했다. 내가 태어난 이후 우리 집에서 크리스마스이브는 특별한 날이었다. 축제와 사랑, 감사의 밤이자 부모님과 나 사이의 유대감을 새롭게 해주는 밤이었다. 하지만 이번에는 나를 억누르고 난처하게 할 뿐이었다. 예전처럼 아버지는 목자에 대한 복음서의 한 구절 "거기에서 그들은 양 떼를 지키고 있었노라"를 읽으셨고, 누이들은 빛나는 선물 테이블 앞에 서 있었다. 하지만 아버지의 음성은 기쁘지 않았다. 그의 얼굴은 늙고 야위어 보였으며 어머니는 슬퍼 보였다. 모든 것이 고통스럽고 귀찮았다. 선물, 감사 인사, 성경, 불을 밝힌 크리스마스트리, 이 모든 것이 마찬가지였다. 렙쿠헨(크리스마스에 먹는 독일 전통 과자—역주)은 달콤한 냄새가 풍기며 이내 감미로운 기억의 뭉게구름을 몰고 왔다. 향긋한 전나무는 지나간 것에 대한 이야기를 해주는 것 같았다. 나는 크리스마스이브와 축제의 밤이 지나기를 염원했다.

이런 상태는 겨우내 지속되었다. 나는 바로 얼마 전 교무실에서 경고와 함께 퇴학을 당할 거라는 위협을 받은 터였다. 그리 오래 걸리지는 않으리라. 이제 난 아무래도 상관없었다.

나는 특히 막스 데미안이 원망스러웠다. 이미 오랫동안 그를 보지 못한 터였다. 나는 성 ○○시에서 학교에 다니기 시작했을 때 그에게 두 번이나 편지를 보냈지만 아무런 답장을 받지 못했다. 그래서 나는 이번 방학에도 그를 찾아가지 않았다.

가을에 알폰스 베크를 만났던 그 공원에서 한 소녀가 내 눈에 띄었다. 계절이 봄에 들어섰던 때로 이제 막 가시나무 울타리가 푸른빛을 내기 시작하고 있었다. 나는 걱정으로 가득 차 불쾌한 기분에 사로잡힌 채 혼자 산책을 하고 있었다. 건강은 나빠져 가고 끊임없이 돈에 쪼들려 친구들에게 진 빚도 늘어나 있는 상태였다. 때문에 집에서 얼마간의 돈을 받기 위해서는 뭔가를 생각해내야만 했다. 친구들뿐만 아니라 여러 가게에도 담배 같은 것들로 인한 외상값이 늘어나고 있었다.

그렇다고 그 걱정이 아주 깊은 것은 아니었다. 머지않아 내가 이곳 생활이 끝나서 물속에 뛰어들거나 감화원에 끌려가게 된다면, 이런 몇몇 사소한 일들은 문제가 되지 않을 것이다. 하지만 나는 아직은 그런 좋지 못한 일들과 마주하며 살아야 했고 그래서 고통스러웠다.

그 봄날 공원에서 나는 내 마음을 끄는 소녀를 만났다. 그녀는 키가 크고 날씬했으며, 우아한 옷을 입고 총명한 얼굴을 하고 있었다. 나는 첫눈에 그녀가 마음에 들었다. 나는 그런 타입의 여자를 좋아했기 때문에 곧 그녀와의 환상에 몰두하기 시작했다. 그녀는 나보다 그다지 나이가 많지 않아 보였다. 하지만 훨씬 성숙하고 우아하고 균형 잡혀 보였고, 거의 완벽해 보이기까지 했다. 무엇보다 내가 좋아하는 오만함과 여성스러움이 얼굴에 나타나 있었다.

나는 단 한 번도 좋아하는 여자에게 접근하는 것을 성공해본 적이 없었는데, 그것은 이 소녀에게도 마찬가지였다. 하지만 그녀에 대한 인상은 이전의 다른 여자들에게서 받은 것보다 깊었고, 내 삶에 끼친 이 사랑의 영향력은 매우 강력했다.

갑자기 나는 한 형상이 내 앞에 서 있음을 느꼈다. 내가 숭배했던 고귀한 모습이었다. 아, 그 어떤 욕망도 연모의 소망처럼 내 마음속에 그렇게 깊고도 급격하게 침투하지 못했다. 나는 그녀에게 베아트리체라는 이름을 주었다. 아직 『단테』를 읽지는 않았지만 영국판 그림을 통해 베아트리체의 모습을 연상할 수 있었던 것이다. 그 그림은 영국 라파엘 전파前派

의 소녀상이었다. 그녀는 팔다리가 길고 날씬했으며 긴 목과 함께 영혼이 깃든 손과 표정을 지니고 있었다. 나의 아름답고 어린 이 소녀는 내가 좋아하는 날씬함과 소녀다운 모습을 실제로 보여주었다. 얼굴 표정에도 어느 정도 그녀의 정신과 영혼이 담긴 듯했지만 그림 속의 소녀와 완벽하게 일치하지는 않았다.

나는 베아트리체와 단 한마디도 나눠보지 못했다. 그럼에도 불구하고 그녀는 나에게 가장 깊은 영향력을 미치고 있었다. 그녀의 영상은 자주 내 앞에 나타났다. 그녀는 성스러운 곳으로 가는 문을 열었고, 나를 기도하기 위해 교회에 가는 사람으로 만들었다. 이날부터 나는 술집을 멀리했으며 밤거리의 방황으로부터 떠났다. 나는 다시 혼자 있을 수 있게 되어, 책 읽기와 산책을 즐기기 시작했다.

이 갑작스러운 변화로 나는 많은 조롱을 받았다. 하지만 나는 다시 무언가 사랑하고 존경할 것과 이상향을 가지게 되었다. 나의 인생은 다시 예감과 화려하고 비밀에 가득 찬 어둠으로 충만하게 되었다. 그것은 내가 다른 사람의 조롱을 신경 쓰지 않도록 만들어주었다. 나는 비록 존경하는 영상의 노예이자 하인이었지만 나 자신에게로 돌아왔다.

지금도 그때를 떠올리면 벅찬 감흥을 느끼지 않을 수 없다. 나는 아주 절실한 노력을 기울여 파괴된 인생의 한 부분의 폐허로부터 '밝은 세계'를 다시 세우려고 노력했다. 나는 다시 어둠과 악으로부터 벗어나 신 앞에 무릎을 꿇고 완벽한 밝음속에 지내려는 유일한 소망만을 가진 채 살았다. 지금의 '밝은 세계'는 어느 정도는 내가 스스로 만들어낸 것이다. 그것은 더 이상 어머니와 가정의 보호로 도망가거나 기어들기 위한 것이 아니라 새로운 나 자신에게서 발견하고 요구한 일이었고, 책임감과 자기규율이 포함되어 있었다. 나를 고통스럽게 만들어 도망치게끔 했던 성에 대한 문제는 이제 신성함을 통해 정신과 명상으로 승화되어야 했다. 그것은 더 이상 어두운 것도 추악한 것도 아니었으며, 끙끙거리며 보낸 밤도, 부도덕한 그림 앞에서의 두근거림도, 금지된 문 앞에 귀를 기울이는 것도, 음탕함도 아니었다. 이 모든 것들 대신에 나는 베아트리체의 영상으로 나만의 제단을 세워, 나를 그녀에게 바치고 내 정신과 신에게 바쳤다. 내가 어두운 힘으로부터 끌어낸 내 생의 부분을 밝은 것에 제물로 바친 것이다. 쾌락은 더 이상 내가 추구하는 바가 아니었으며 오히려 순결이 나의 목적이 되었다. 행복이 아니라 아름다움과 정신이야말로 나의 목적이었다.

　베아트리체에 대한 이러한 나의 숭배는 내 인생을 완전히 바꾸어버렸다. 어제까지만 해도 조숙한 풍자가였던 나는 이제 성인聖人이 될 것을 목표로 하는 성당지기였다. 나는 습관에 길들여져 익숙했던 삶을 일절 그만두었고, 모든 것을 변화시키려 노력하면서 모든 것에 정결함과 고귀함, 그리고 품위를 가져오고자 노력하기 시작했다. 이러한 노력들은 음식과 마실 것, 말과 옷에도 미쳤다. 나는 냉수마찰로 아침을 시작했는데, 처음에는 힘들게 자신을 채찍질해야 했다. 하지만 곧 진지하고 위엄 있게 행동했고, 나를 바르게 세웠으며, 걸음걸이를 천천히 그리고 엄숙하게 했다. 다른 사람들 눈에는 이런 모습이 아마 우스꽝스럽게 보였을 것이다. 하지만 나의 내면은 신에 대한 봉사로 가득 찼다.

내가 나에 대한 새로운 신조를 찾으려고 했던 모든 새로운 시험 중에 한 가지 중요한 것이 또 있었다. 바로 그림을 그리기로 한 것이다. 그것은 내가 가지고 있는 영국의 베아트리체의 모습이 그 소녀와 닮지 않았다는 이유로 시작되었다. 나는 그녀를 내가 원하는 대로 그리고 싶었다. 완전히 새로운 기쁨과 희망을 품고 나는 방에서—얼마 전부터 내 방이 생겼다— 질 좋은 종이와 물감과 붓을 모아놓고 팔레트, 물통, 사기 접시, 볼펜을 챙겨놓았다. 특히 얼마 전에 구입한 작은 튜브 속에 들어 있는 템페라 물감이 마음에 쏙 들었다. 그중 선명한 연두색을 작고 하얀 접시 위에 짰을 때, 나는 태어나 처음 그런 색을 보는 것 같은 느낌을 받았다.

나는 신중히 그려나갔다. 아무래도 얼굴을 그리는 것이 어려웠기 때문에 처음에는 다른 것을 그렸다. 나는 장식무늬, 꽃, 그리고 작고 아름다운 풍경, 교회당 옆의 나무, 사이프러스나무가 있는 로마의 다리를 그렸다. 나는 때때로 이 재미있는 그림 그리기에 심취했고, 물감 상자를 가진 어린아이처럼 행복해했다. 그리고 결국에는 베아트리체를 그리기 시작했다.

몇 장은 완전히 실패해서 나는 그림을 찢어버렸다. 하지만 내가 여러 번 길에서 마주쳤던 그 소녀의 얼굴을 떠올리려고 하면 할수록 점점 더 그것은 달아나 버렸다. 결국 나는 구체적 형상을 떠올리는 것을 포기하고 환상과 이끌림에 따라 얼굴을 그리기 시작했다. 그저 물감과 붓이 만들어내는 대로 따라갔다. 그것이 바로 내가 꿈꾸던 얼굴이었고 나는 거기에 만족했다. 하지만 다음 순간에는 곧 마음에 들지 않았다. 그때마다 나는 다시 시도했고 새 종이마다 더욱 분명한 어떤 것이 나타났다. 비록 실물에 가깝지는 않았으나 그녀의 이미지에는 점점 가까워졌다.

나는 점차 꿈같은 붓놀림으로 선을 긋고 종이의 면을 채우는 것에 익숙해졌다. 거기에는 모범 답안이 없었다. 그저 재미있는 작업이었고 무의식적인 행동이었다. 결국 나는 어느 날 거의 의식하지 못한 채 한 얼굴을 그렸다. 그 얼굴은 이전에 내가 그렸던 얼굴과는 달리 훨씬 강렬한 인상으로 내게 무언가를 말하고 있었다. 그것은 그 소녀의 얼굴이 아니었다. 당연히 그 얼굴이 될 수 없었을 것이다. 그보다는 다른 무언가, 비현실적이긴 하지만 가치 있는 어떤 것이 있었다. 그것은 소녀라기보다는 소년의 얼굴처럼 보였고 머리카락도 나의 아름다운 소녀의 것처럼 금발이 아니라 붉은 기가 감도는 갈색이었다. 턱은 강하고 단단해 보였으며 입술은 붉게 타고 있었다. 전체적으로 경직된 가면 같은 얼굴이었으나 나에게 깊은 인상을 남기는 비밀스러운 힘을 가득 지니고 있었다.

완성된 그림 앞에 앉았을 때, 나는 이상한 느낌이 들었다.

그것은 일종의 신의 얼굴이거나 신성한 가면처럼 보였다. 혹은 반은 남자 반은 여자이고, 나이를 종잡을 수 없으며, 의지가 강하면서도 몽상적이고, 또 경직돼 있으면서도 생기가 넘쳐 보였다. 그 얼굴은 나에게 뭔가를 말하고 뭔가를 요구하는 듯했다. 그 얼굴은 누군가와 닮은 것 같았지만 나는 그 사람이 누군지 알지 못했다.

그 그림은 내 삶에 큰 영향을 주었다. 나는 그림을 보며 또다시 갖가지 생각에 잠기게 되었는데, 아무도 그것을 이상하게 생각하거나 조롱거리로 여기지 못하도록 평소에는 서랍 속에 그림을 숨겨놓았다. 하지만 방에 혼자 있을 때는 늘 그림을 바라보고 이야기와 생각을 나누었다. 밤에 나는 그것을 침대 위 벽에 핀으로 꽂아놓고 잠이 들 때까지 바라보았다. 그리고 아침에 일어나 눈뜨자마자 그것을 쳐다보았다.

곧 나는 어렸을 때 항상 그랬던 것처럼 많은 꿈을 꾸기 시작했다. 지난 몇 해 동안은 전혀 꿈을 꾸지 않았던 것 같다. 이제 꿈은 전혀 다른 종류의 영상으로 내게 다가왔다. 특히 내가 그린 그림 속 인물이 자주 나타났는데, 그 그림은 살아서 말을 걸었고, 나를 친절하게 대하다가도 원수처럼 대했으며, 때때로 흉측한 모습을 보였다가도 이내 아름답고 조화로운 고귀한 얼굴을 보였다.

그리고 어느 날 아침 내가 꿈에서 깨어났을 때, 나는 갑자기 그것이 무엇인지 알 수 있었다. 그것은 아주 친숙하게 나를 쳐다보며 내 이름을 부르는 것 같았다. 마치 어머니처럼 나를 잘 알고 있는 것 같았고, 오래전부터 나를 지켜보고 있었던 것 같았다. 나는 두근거리는 가슴으로 그림을 바라보았다. 숱이 많은 갈색 머리카락, 여성스러운 입술, 그리고 기이할 정도의 밝음을 지닌 단단한 이마(종이는 저절로 잘 말랐다), 나는 점점 그 모습에 편안함을 느끼면서 비로소 그림의 주인공이 아는 사람이라는 생각이 들었다.

나는 침대에서 뛰어내려 그림 앞에 서서 그 얼굴을 아주 가까이에서 보았다. 그 깊고 푸른빛을 띤, 어딘가를 응시하는 눈동자를 말이다. 오른쪽 눈이 왼쪽 눈보다 약간 올라가 있었는데, 이 오른쪽 눈이 조금 흔들리는 것 같았다. 아주 가볍고 미세하지만 분명한 움직임이었다. 그리고 이 흔들림으로 나는 내가 그린 것이 누구인지 알아차렸다.

어째서 난 이제야 그것을 알았단 말인가! 그것은 데미안의 얼굴이었다.

그 후 나는 자주 내 기억 속에 있는 데미안의 실제 얼굴과 그림을 비교해보았다. 아주 똑같지는 않지만 굉장히 비슷했다. 그것은 분명 데미안이었다.

초여름의 어느 날 태양이 비스듬히 비쳐 서쪽 창을 붉게 물들이고 있었다. 방 안은 어두웠다. 그때 나는 갑자기 베아트리체, 아니 데미안의 초상을 창살에 핀으로 고정하고 그것에 석양이 비치는 모습이 보고 싶어졌다. 얼굴은 윤곽이 흐릿해졌지만 눈 주변이 붉게 바뀌었고, 밝은 이마와 아주 빨간 입술은 깊고 거칠게 그림 위에서 빛나고 있었다. 햇빛이 사라지고 나서도 나는 오랫동안 그것을 마주한 채 앉아 있었다. 그런데 점점 그 얼굴이 베아트리체도, 데미안도 아닌 나 자신인 것 같은 느낌이 들었다. 그 그림은 나와 닮지 않았고 그렇게 느낄 이유도 없었다. 하지만 그것은 내 삶을 완성한 것이자, 나의 내면, 운명, 그리고 죽음을 표현한 것이었다. 내가 언젠가 다시 친구를 만들게 된다면 내 친구의 모습이 바로 이러하리라. 언젠가 내가 사랑하는 이를 만나게 된다면 그의 모습이 바로 이러하리라. 내 삶과 죽음도 이러할 것이다. 이것은 내 운명의 울림이요, 리듬이었다.

그 주 내내 나는 이전에 읽었던 다른 어떤 책보다 내게 깊은 인상을 남긴 책 한 권을 읽기 시작했다. 그 이후에도 내게 있어 그보다 감명 깊게 읽었던 책은 없었다. 아마 겨우 니체 정도를 들 수 있을 것이다. 그것은 노발리스의 책이었는데, 서간집과 산문집으로 구성되어 있었다. 물론 그 책의 많은 부분이 이해하기 어려웠지만 그럼에도 모든 것이 기이할 정도로 내 마음을 끌고 가슴을 뛰게 만들었다. 그의 잠언 중에 하나가 문득 떠오른다. 나는 그 구절을 펜으로 그림 밑에 썼다.

"운명과 감정은 동일한 개념의 이름이다."

그 말을 나는 그제야 이해했던 것이다.

나는 내가 베아트리체라 이름 붙인 그 소녀와 이후로도 자주 마주쳤다. 하지만 나는 전혀 동요하지 않았고 오히려 부드러운 일치감과 감정적인 예감을 느꼈다. 바로 이런 것이다. 너는 나와 연결되어 있다. 하지만 그것은 네가 아니라 너의 영상이다. 그래서 너는 내 운명의 일부다.

막스 데미안에 대한 나의 그리움은 다시 커져갔다. 나는 벌써 몇 년 동안이나 그의 소식을 전혀 듣지 못했다.

사실 방학 중에 몇 번 그를 마주친 적은 있었다. 나는 지금 이 짧은 만남을 내 기억 속에 숨기고 있었다는 사실을 깨달았다. 그리고 그것이 수치심과 허영심 때문이라는 것을 알고 있다. 그것에 대해 만회를 해야겠다.

그러니까 방학 동안, 내가 거만하고 어딘가 조금 지쳐 보이는 얼굴로 술집을 드나들던 시절, 나는 내 고향 도시를 배회하면서 지팡이를 흔들며 늙고 고지식하고 경멸스러운 얼굴의 속물들 사이에 끼어 있었는데, 그때 데미안과 마주치게 되었다. 그를 보자 나는 몸에 경련이 일었다. 그리고 번개처럼 프란츠 크로머가 떠올랐다. 데미안이 그 이야기를 잊어주었으면! 그에게 그런 의무를 주는 건 정말이지 불편한 일이었다. 사실 그건 바보 같은 어린 시절 이야기일 뿐이지 않은가. 그러니 제발 잊어준다면…….

그는 나의 인사를 기다리는 것처럼 보였다. 그리고 내가 아무렇지도 않은 표정으로 인사를 하자 손을 내밀었다. 그의 특유의 움켜잡기! 단단하고 따뜻하면서도 차가운 남자다운 인사!

그는 내 얼굴을 주의 깊게 살피더니 말했다.

"많이 컸구나, 싱클레어."

그 자신은 전혀 변한 것이 없어 보였다. 예전처럼 나이에 비해 젊어 보였다.

그와 나는 함께 걸었다. 우리는 산책을 하면서 소소한 일들에 대해 대화를 나누었고, 당시의 일에 대해서는 아무 말도 하지 않았다. 그러다 여러 번 편지를 썼으나 답장을 받지 못했던 일이 생각났다. 아, 그가 그 바보 같은, 바보 같은 편지도 잊어주었으면! 그는 편지에 대해서도 아무 말도 하지 않았다!

그 당시에는 베아트리체도 그림도 없었다. 나는 그저 황폐한 시간의 중간에 있을 뿐이었다. 도시 변두리에서 나는 그에게 술집에 가자고 했다. 그는 함께 갔다. 나는 자랑스럽게 와인 한 병을 주문해 술잔에 따르고 그와 잔을 부딪치며 학생들의 술 문화에 내가 얼마나 능숙한지를 보이면서 단숨에 첫 잔을 비웠다.

"술집에 자주 가니?"

그가 물었다.

"그게." 내가 머뭇거리며 말했다. "그것 말고는 할 일이 있어야지. 결국 제일 즐거운 일이잖아."

"그렇게 생각하니? 그럴지도 모르지. 뭐, 그 안에는 아주 아름다운 어떤 것도 있겠지. 일종의 도취, 쾌락! 하지만 내 생각에 술집을 자주 드나드는 대부분의 사람들에게선 그런 것들이 완전히 없어진 것 같아. 난 술집에 가는 거야말로 정말 속물적인 행동이라고 생각해. 하룻밤 이글거리는 횃불을 들고 진정으로 아름다운 도취와 비틀거림에 이끌리는 것도 좋아. 하지만 이렇게 매일 한잔씩 마시는 것도 진실은 아니잖

117

아? 넌 매일 밤마다 술집에 앉아 있는 파우스트를 상상할 수 있겠어?"

나는 술을 마시고 적개심에 차 그를 쳐다보았다.

"그래, 파우스트는 그러지 않겠지."

내가 짧게 말했다.

그는 좀 놀란 듯 나를 보았다. 그러고는 예전처럼 신선하고 확신에 가득 찬 웃음을 웃었다.

"어이, 이런 걸로 싸울 필요는 없잖아! 어쨌든 주정뱅이나 탕아의 생활은 탁월한 시민의 삶보다 더 생동감 있을 테니까. 그리고 언젠가 읽은 적이 있는데, 탕아의 생활이야말로 신비주의자가 될 가장 최적의 준비 단계라고 하더라. 그런 부류의 사람들은 늘 있어. 마치 예언자가 된 성 아우구스티누스처럼. 그도 예전에는 향락주의자이면서 탕아였지."

나는 그의 말이 의심스러웠고 그것에 대해 아무것도 알고 싶지 않았다.

"그래, 모두 자신만의 취향이 있는 거니까! 솔직히 말해서 난 예언자나 뭐 그런 사람이 될 생각은 없어."

데미안은 알겠다는 듯 눈을 살짝 감았다.

"싱클레어." 그가 천천히 말을 이었다. "네게 언짢은 소리를 하려는 건 아니야. 어쨌든 우린 둘 다 네가 무슨 목적으로 술을 마시는지 모르잖아. 하지만 네 마음속에서 네 삶을 만드는 무언가는 이미 알고 있을 거야. 이걸 알면 더 쉽게 이해되겠지. 우리 마음속에는 모든 것을 알고 모든 것을 바라고 모든 것을 우리 자신보다 더 좋게 만드는 뭔가가 있어. 그래, 이만 난 집으로 돌아가야겠다."

우리는 짧게 작별 인사를 했다. 나는 아주 불쾌한 기분으로 그대로 앉아 남은 병을 다 비웠다. 집으로 가려고 일어났을 때 데미안이 술값을 이미 지불했다는 것을 알았다. 그것이 나를 더욱 화나게 했다.

돌아가는 길에 나는 다시 그 사소한 사건을 생각했다. 머릿속이 온통 데미안으로 가득 차서 다른 생각이 비집고 들어올 틈이 없었다. 그리고 그때 그가 변두리 술집에서 내게 한 말들이 기억 속에서 다시 떠올랐다. 이상하리만큼 신선하고 또렷하게 말이다. '우리 마음속에 모든 것을 알고 있는 자가 있다는 사실을 네가 안다면 더 잘 이해될 거야!'

나는 창문에 걸려 있는, 거의 보이지 않는 그림을 응시했다. 그림 속의 두 눈은 여전히 불타고 있었다. 그것은 데미안의 눈빛이었다. 아니면 내 안에 있는 그자, 모든 것을 알고 있는 그자의 눈빛이던가.

나는 데미안이 그리웠다! 그러나 그에 대해 아는 것이 없었다. 그는 내게 닿을 수 없는 존재였다. 나는 다만 그가 어디에선가 대학을 다닐 계획이며 김나지움을 졸업한 후에는 어머니와 함께 이 도시를 떠나리라는 것만 알고 있었다.

크로머 사건이 일어난 뒤부터 나는 지금까지 나에게 있었던 막스 데미안에 대한 모든 기억을 더듬어보았다. 그가 언젠가 내게 해주었던 모든 이야기가 다시 떠올랐고, 그 모든 말이 지금까지도 큰 의미를 가지고 있으며, 실제로 나와 연결되어 있었다는 것을 깨달았다. 그러자 최근 우리가 불편한 만남을 가졌을 때 나누었던 탕아와 성자에 관한 이야기가 갑자기 내 마음속에서 분명해졌다. 내게 그런 일이 일어나지 않았는가? 나는 무감각과 상실감에 젖어 충동과 고통 속에 살지 않았던가? 청렴함에 대한 열망, 신에 대한 동경이 삶에 대한 새로운 충동과 함께 내 안에서 생생해지기 전까지 말이다.

나는 천천히 기억을 더듬었다. 벌써 한참 전에 밤이 되었고 밖에는 비가 내리고 있었다. 그리고 내 기억 속에도 비가 내리는 소리가 들렸다. 그것은 밤나무 아래서의 일이었다. 그는 내게 프란츠 크로머에 대해 캐물었고 나의 첫 번째 비밀을 알아내 버렸다. 다른 일들도 하나씩 떠올랐다. 등굣길에서 나누었던 대화, 교리문답 시간, 그리고 무엇보다 막스 데미안과의 마지막 만남이 떠올랐다. 그때는 무엇에 대해 이야기했었지? 곧바로 떠오르지 않았다. 나는 오랫동안 생각에 잠겨 그 속으로 완전히 빠져들었다. 그러길 한참 만에야 그게 무엇이었었는지 기억해낼 수 있었다. 그가 우리 집 앞에 서서 카인에 대한 자신의 생각을 말하고 난 후였다. 그때 우리는 우리 집 현관문 위에 걸려 있는 낡고 색이 바랜 문장에 대해 이야기했다. 그는 그것에 흥미를 보이며 저런 물건은 잘 보아두어야 한다고 말했다.

그날 밤 나는 데미안과 문장에 관한 꿈을 꿨다. 문장은 계속 변했다. 데미안은 그것을 두 손에 들고 있었다. 문장은 작았고 회색빛을 띠고 있다가 갑자기 막강하고 거대한 형체로 형형색색의 색을 띠었다. 하지만 그는 그것들이 항상 하나이며 동일하다고 말했다. 그는 나에게 문장을 먹으라고 강요했다. 그것을 삼켰을 때, 나는 끔찍한 놀라움을 느꼈다. 내가 삼킨 문장의 새가 내 안에서 살아 나를 가득 채우고, 내 안을 쪼아대기 시작하는 그런 느낌이었다. 죽음의 공포에 가득 차 나는 잠에서 깨어났다.

내가 깼을 때는 한밤중이었다. 방 안에 비가 들이치는 소리가 들렸다. 나는 창문을 닫기 위해 일어섰다가 바닥에 떨어진 어떤 하얀 물체를 밟았다. 아침에야 나는 그것이 내가 그린 그림이라는 것을 알았다. 그림은 잔뜩 축축해져서 바닥에 떨어져 붙어 있었다. 나는 그것을 말리기 위해 액체 흡입지 사이에 넣어 두꺼운 책 속에 끼워두었다. 다음 날 다시 꺼내보았을 때 그것은 말라 있었다. 하지만 변해 있었다. 붉은 입술은 창백해지고 좀 얇아졌다.

그것은 완전히 데미안의 입술이었다.

나는 문장의 새를 그리기 시작했다. 그 새의 원래 모습을 나는 명확하게 알고 있지 않았다. 그리고 내가 아는 한 가까이에서 본다 해도 그것이 어떤 모습인지 알 수 없었을 것이다. 그것은 오래된 데다 여러 번 색이 덧칠해져 있었기 때문이다. 새는 어딘가에 서 있거나 앉아 있었는데, 아마도 그것은 꽃이나 바구니 혹은 둥지, 아니면 나무 꼭대기였을지 모른다. 하지만 나는 그런 것 따위에 신경 쓰지 않고 뚜렷하게 떠오르는 이미지부터 그리기 시작했다. 나도 알 수 없는 욕구에 의해 나는 강력한 색을 입혔다. 내 종이 위에 그려진 새의 머리는 황금빛이었다. 나는 기분에 따라 그림을 이어나가 며칠 만에 끝냈다.

그것은 날카롭고 대담한 매의 머리를 가진 맹금이었다. 새 몸의 반은 어두운 세계에 박힌 채 마치 거대한 알에서 깨어 나오려는 듯 꿈틀거리고 있었다. 그림을 오래 들여다볼수록 나는 그것이 마치 꿈속에서 본 색이 바랜 문장처럼 느껴졌다.

데미안에게 편지를 쓴다는 것은 설령 내가 주소를 알고 있다 하더라도 불가능한 일이었다. 하지만 나는 당시 나에게 있었던 모든 일이 꿈같은 예감 속에서 일어났던 것처럼, 이번에도 같은 느낌에 사로잡혀 그 그림을 그에게 보내기로 했다. 그것이 그에게 닿을지 어떨지는 상관이 없었다. 나는 그림 위에 아무것도 쓰지 않았다. 내 이름조차 쓰지 않았다. 그저 그림의 가장자리를 신중하게 자르고, 큰 봉투를 사서 내 친구의 예전 집 주소를 썼다. 그리고 그것을 보냈다.

시험 기간이 다가오자 나는 예전보다 훨씬 더 많이 공부해야 했다. 선생님들은 내가 갑자기 불량한 태도를 바꾸고 난 뒤부터 나에게 친절하게 대해주셨다. 내가 좋은 학생이 된 건 아니었지만 이제는 어떤 사람도 반년 전에는 기정사실처럼 여기던 나의 퇴학을 고려하지 않았다.

아버지는 다시 예전처럼 비난과 위협이 담기지 않은 편지를 보내셨다. 하지만 나는 아버지나 다른 누구에게도 나의 내면에 어떻게 변화가 일어났는지 설명할 생각이 없었다. 이 변화는 단지 부모님이나 선생님들의 소망과 우연히 일치했을 뿐이다. 이 변화로 나는 다른 이들을 찾아가지 않았고, 다른 이들이 나에게 다가오는 것도 허용하지 않았다. 변화는 그저 나를 더욱 외롭게 만들 뿐이었다. 내 내면은 먼 어딘가를, 데미안을, 먼 운명을 향하고 있었다. 나조차도 그것을 알지 못했지만 그 한가운데에 나는 서 있었다. 그것은 물론 베아트리체로부터 시작된 것이다. 하지만 얼마 전부터 나는 내가 그린 그림과 데미안에 대한 생각에 가득 차 비현실적인 삶을 살고 있었기에, 그녀는 완전히 내 눈과 생각 속에서 사라지고 말았다. 나는 그 누구에게도 내 꿈과 기대, 내면의 변화에 대해 말할 수가 없었다. 또 내가 말하길 원했을지라도 그러지 못했을 것이다.

하지만 내가 어떻게 그것을 원할 수 있었겠는가?

새는 알에서 나오려고 투쟁한다

내가 그린 꿈의 새는 날아가서 내 친구를 찾았다. 그리고 가장 신비스러운 방법으로 답장이 왔다.

어느 날 수업 시간에 나는 내 자리에서 내 책에 쪽지가 끼워져 있는 것을 발견했다. 그것은 우리 반 아이들이 수업 시간에 몰래 편지를 주고받는 익숙한 방식으로 정확하게 접혀 있었다. 나는 누가 나에게 이런 쪽지를 보냈을까 놀라웠다. 왜냐하면 반 아이들 누구와도 이런 쪽지 교환을 한 적이 없었기 때문이다. 나는 아이들 중 누군가가 장난을 친 거라고 생각했고, 그런 장난에 휘말리고 싶지 않아 그것을 책 속에 꽂힌 그대로 읽지 않고 두었다. 그런데 수업 시간 도중에 다시 우연히 쪽지가 내 손에 쥐여졌다.

나는 종이를 만져보다가 아무 생각 없이 그것을 펴보았다.

거기에는 몇 마디가 쓰여 있었다. 나는 거기에 있는 말들에 시선을 옮기다가 놀랐다. 마치 운명 앞에서 차가운 냉기를 뒤집어쓴 듯 내 가슴은 움츠러들었다.

"새는 알에서 나오려고 투쟁한다. 알은 하나의 세계다. 태어나려는 자는 그 세계를 파괴해야 한다. 새는 신에게로 날아간다. 그 신의 이름은 아프락사스다."

나는 여러 번 이 구절을 읽으며 깊은 생각에 잠겼다. 그것은 의심할 필요가 없었다. 데미안의 답장이었다. 새에 대해 아는 사람은 나와 데미안 말고 아무도 없었다. 그는 나의 그림을 받은 것이다. 그는 그것을 이해했고 내가 해석하도록 도운 것이다. 하지만 이 모든 것이 어떻게 관련이 있단 말인가? 그리고 무엇보다도 나를 괴롭혔던 것이 아프락사스라고? 난 그런 말을 들어본 적도 읽은 적도 없다. '그 신의 이름은 아프락사스다!'

수업 시간 내내 나는 집중할 수가 없었다. 이내 다음 수업이 시작되었는데, 오전의 마지막 시간이었다. 그 수업은 이제 막 대학을 졸업하고 온 젊은 조교수가 진행했다. 그는 매우 젊었고 우리에게 품위 있는 척을 하지 않았기에 우리는 그를 마음에 들어 했다.

우리는 폴렌 선생님의 지도하에 헤로도토스를 읽었다. 이 수업은 내가 좋아하는 몇 안 되는 수업 중의 하나였다. 하지만 이번에는 집중할 수가 없었다. 나는 기계적으로 책을 펼쳐놓고 설명은 한 귀로 흘리면서 내 생각에 잠겨 있었다. 나는 이미 데미안이 종교 시간에 내게 알려주었던 일이 얼마나 정확했는지를 여러 번 경험했다. 누군가 무언가를 간절히 원하면 그것은 이루어진다. 수업 시간 동안 내가 나 자신만의 생각에 깊게 잠겨 있으면 선생님은 나를 가만히 두게 된다. 물론 생각이 분산되거나 졸고 있으면 선생님은 갑자기 앞에 와서 서 있는다. 나도 한 번 경험해본 적이 있다. 하지만 정말 뭔가를 생각하고 있으면, 정말 생각에 빠져 있으면, 그러면 보호를 받게 된다. 나는 한곳을 응시하는 것도 시험해보았고 그것도 증명이 되었다. 데미안과 함께하던 때에는 성공한 적이 없지만 나는 종종 시선과 생각으로 아주 많은 것을 이룰 수 있다는 것을 느낀다.

나는 헤로도토스와 수업 시간으로부터 멀리 떨어진 채 앉아 있었다. 하지만 갑자기 내 의식 속으로 번개가 치듯 예상하지 못한 선생님의 목소리가 들려오는 바람에 나는 깜짝 놀라 정신을 차렸다. 나는 선생님의 목소리를 들었다. 그는 바로 내 옆에 서 있었고 그가 내 이름을 부른 줄 알았다. 하지만 그는 나를 보지 않았다. 나는 한숨을 쉬었다.

그때 선생님의 목소리가 다시 들려왔다. 그는 다시 말했다. "아프락사스." 내가 듣지 못한 처음의 설명에 이어 폴렌 선생님은 다음과 같이 말했다. "우리는 모든 종파의 세계관과 고대 문화의 신비스러운 합일을 그렇게 소박하게 생각해서는 안 됩니다. 합리주의적 관점에서 보듯이 관찰하면 안 돼요. 오늘날 우리가 말하는 의미의 학문은 고대에는 존재하지 않았습니다. 대신 아주 잘 발달한 철학적이고 신화적인 진리가 있었지요. 부분적으로는 그것에서 마술과 유홍이라는 것도 나왔으며, 이는 속임수나 범죄로도 이어졌습니다. 하지만 이 마술이라는 것도 또한 고귀한 출신과 깊은 사유를 갖고 있지요. 제가 지금까지 예로 들었던 아프락사스에 관한 교훈도 마찬가지입니다. 우리는 이 이름을 그리스의 마술 형식과 연결하고, 오늘날의 미개한 민족들에게 남아 있는 어떤 악마의 이름으로도 보고 있습니다. 하지만 아프락사스는 훨씬 더 많은 것을 의미하는 것처럼 보입니다. 우리는 그 이름을 신적인 것과 악마적인 것을 결합하는 상징적 과제를 갖고 있는 신의 하나로 생각할 수 있습니다."

　젊은 학자는 상세히 그리고 열심히 설명을 이어나갔다. 하지만 아무도 집중하지 않았고, 그는 그 이름을 더 이상 거론하지 않았다. 그래서 나도 다시 내 생각 속에 잠겼다.

　'신적인 것과 악마적인 것을 결합한다.' 이 말이 내 안에서 울렸다. 나는 이것을 데미안과 연결시킬 수 있었다. 예전에 우리가 친하게 지내던 시기의 마지막에 내가 데미안과 나누었던 대화에서도 이러한 주제가 나왔다. 데미안이 그 당시 말하길, 우리에게는 숭배할 신이 있지만 그 신은 자의적으로 나뉜 세상(공식적이고 허용된 '밝은' 세계)을 나타내는 것이고, 우리는 전 세계를 숭배할 수 있어야 한다고 했다. 그러므로 우리는 악마이기도 한 신을 갖든지, 신과 더불어 악마에게도 봉사할 수 있어야 한다는 것이다. 그리고 아프락사스는 신이기도 하면서 동시에 악마를 의미했다.

얼마간 나는 아주 열심히 그 흔적을 찾으려고 애썼지만 전혀 진전이 없었다. 나는 아프락사스에 대한 내용을 찾기 위해 온 도서관을 샅샅이 뒤졌다. 물론 나는 손에 들고 있는 돌멩이에 불과한 진리를 찾으려는 이런 직접적이고 의식적인 탐구에는 잘 맞지 않았다.

내가 한때 열심히 몰두했던 베아트리체의 얼굴은 이제 점점 아래로 가라앉거나 오히려 천천히 나의 내면으로부터 멀어져 갔다. 동시에 점점 더 그림자 같아졌으며 더 멀리 있고 더 희미한 지평선에 가까워져 갔다. 그것은 더 이상 내 영혼을 만족시켜주지 못했다.

이제 내 안에 숨겨져 있던 어떤 존재가 이상하게 꿈틀거리기 시작했다. 그것은 내가 꿈꾸었듯이 새로운 형상으로 등장했다. 생에 대한 동경이, 내가 얼마간 베아트리체의 의미를 통해 이해하려 했던 사랑에 대한 열망과 성에 대한 충동이 꽃피기 시작했고, 새로운 형상과 목적을 원하고 있었다. 여전히 내게는 아무것도 실현되지 않았고, 동경을 부인한다거나 내 친구들이 충족을 채우는 그런 소녀들에게서 무언가를 기대하는 것은 불가능한 일이 되었다. 나는 다시 급격하게 꿈꾸기 시작했다. 심지어 밤보다 낮에 그런 일이 더 잦았다. 생각, 형상, 소망들이 내 안에서 점점 커져갔고, 나를 외부 세계로부터 갈라놓았다. 그래서 나는 현실보다 내 안의 형상들, 꿈 또는 그림자들과 함께 더 현실감 있고 생생하게 교제하며 살았다.

그 결과 어떤 꿈이, 어떤 환상의 유희가 반복적으로 나에게
돌아왔고, 아주 의미 있는 존재가 되어버렸다. 내 인생에서
가장 중요하고 가장 인상적인 이 꿈은 이러했다. 나는 아버지
의 집으로 돌아갔다. 현관문 위에는 파란 바탕에 노란 새가
그려진 문장이 빛나고 있었다. 어머니가 나에게 걸어오셨다.
하지만 내가 집으로 들어가 어머니와 포옹하려고 했을 때, 그
것은 어머니가 아니라 한 번도 보지 못한 모습으로 바뀌었다.
크고 힘 있는 모습의 그것은 내가 막스 데미안에게 보냈던 그
림과 비슷한 형상이었다. 하지만 조금 달랐다. 힘이 있음에도
불구하고 아주 여성스러웠다. 그 형상은 나를 끌어당겨 깊이
그리고 전율을 느낄 만큼 어루만졌다. 쾌락과 공포가 한데 뒤
섞였다. 그 포옹은 신성하면서도 동시에 범죄였다. 나를 끌어
안은 이 모습에는 어머니와 데미안에 대한 매우 많은 기억이
들어 있었다. 그녀와의 포옹은 모든 경외심에 반하면서도 동
시에 행복한 것이었다. 나는 이 꿈에서 깊은 행복에 젖은 채
깨어나기도 했고, 때로는 죽음의 공포와 끔찍한 죄를 지은 것
같은 양심의 가책을 느끼며 깨어나기도 했다.

다만 이러한 내적인 모습들과 외부에서 찾아온 암시 사이
에서 내가 탐구해야 할 신에 대한 점차적이고 무의식적인 연
결이 이루어졌다. 그것은 점점 더 긴밀하고 친밀하게 이루어
지고 있었다. 나는 내가 곧 이러한 꿈속에서 아프락사스를 부
르고 있다는 것을 감지했다. 쾌락과 공포, 남자와 여자의 혼
합, 성스러운 것과 추악한 것의 뒤섞임, 가장 지극한 결백을

통한 깊은 죄. 이런 것들은 내 사랑의 모습이자 또한 아프락
사스의 모습이었다. 사랑은 이제 더 이상 내가 처음에 두려움
을 느꼈던 동물적이고 어두운 충동이 아니었으며, 베아트리
체의 모습에서 재현했던 경건하고 신성한 모습도 아니었다.
사랑은 이 둘을 의미하는 동시에 더 이상 이 둘이 아니기도 했
다. 사랑은 천사이면서 악마의 모습이었고, 여자와 남자를 한
몸에 다 가지고 있었으며, 인간이면서 동물이기도 했고, 최고
의 선이면서도 가장 지독한 악이기도 했다. 그렇게 사는 것이
내게는 특별한 것처럼 보였고, 그것을 맛보는 것이 내 운명인
것처럼 생각되었다. 나는 그것을 동경하면서도 공포를 느꼈
다. 하지만 그것은 항상 그곳에, 그리고 내 위에 있었다.

나는 내년 봄에 김나지움을 졸업하고 대학에 진학할 예정
이었지만 아직 어디에서 무엇을 공부할지는 정하지 못했다.
어느덧 내 입술 위에는 수염이 조금 자라났다. 나는 어른이
되어가고 있었던 것이다. 하지만 아직 어찌할 바를 몰랐고 목
적도 없었다. 확실한 것은 단지 하나였다. 그것은 내 마음속
의 목소리, 그리고 꿈속의 모습이었다. 나는 그것들을 향한
이끌림에 맹목적으로 따라야 한다는 의무감을 느꼈다. 하지
만 그것은 나에게 어려운 일이었고 나는 그것을 매일같이 거
부했다. 어쩌면 내가 미쳤을지도 모른다는 생각을 하기도 했
다. 가끔은 내가 다른 사람들과 다르다는 생각도 들었다. 물
론 나도 다른 사람들이 잘하는 일을 할 수 있다. 조금만 부지
런히 노력하면 플라톤을 읽을 수 있으며 삼각함수도 풀 수 있

고 화학 분석도 할 수 있다. 다만 내가 할 수 없는 한 가지가 있었는데, 그것은 내 안에 어둡게 숨겨진 목적을 끄집어내서 다른 사람들이 하듯 내 앞에서 그리는 일이었다. 다른 사람들은 교수나 판사, 의사나 예술가가 되어야 하고, 그러기 위해서는 얼마나 시간이 걸리며 그것의 장점이 무엇인지도 알고 있었다. 나는 그것을 할 수 없었다. 물론 언젠가는 나도 그런 사람이 될지도 모른다. 하지만 지금의 내가 어떻게 그것을 알 수 있을까. 어쩌면 내가 몇 년 동안 탐구를 거듭해도 아무것도 되지 못한 채 어떤 목적에도 이르지 못할 수도 있다. 또한 어떤 목적에 도달한다 해도 그것이 악하고 위험하고 끔찍한 목적일 수도 있을 것이다.

나는 내 안에서 나오려 하는 대로 살아보려고 노력했다. 왜 그것은 그렇게 어려웠던 것일까?

나는 자주 내 꿈에 나온 힘 있는 사랑의 모습을 그려보려고 시도했다. 하지만 단 한 번도 성공하지 못했다. 만약 그것이 성공했다면 나는 그 그림을 데미안에게 보냈을 것이다. 그는 어디에 있는가? 나는 알지 못했다. 단지 그가 나와 연결되어 있음을 알 뿐이었다. 나는 언제 그를 다시 볼 수 있을까?

베아트리체와의 몇 주 그리고 몇 달간의 다정했던 시간은 사라진 지 오래였다. 당시 나는 하나의 섬에 도달했고 평화를 찾았다고 생각했다. 하지만 언제나 그랬듯이 어떤 상태가 나에게 사랑스러워지자마자, 어떤 꿈이 나에게 편안함을 주자마자 그것은 이미 시들어 보이지 않았다. 그것을 좇는 것은 소용없는 일이었다! 나는 여전히 충족되지 못한 욕망과, 긴장감 있는 기대라는 불꽃 속에 살고 있었다. 그것은 자주 나를 아주 거칠고 사납게 만들었다. 꿈속의 사랑하는 사람의 모습은 종종 너무나 뚜렷하게 내 앞에 나타났는데, 그 모습은 내 눈앞의 손보다 더 생생했다. 나는 그것과 이야기하고 그 앞에서 눈물을 흘리고 그것을 피했다. 나는 그것을 어머니라 부르고 그 앞에 무릎을 꿇고 눈물을 흘렸다. 나는 그것을 또 애인이라고 불렀으며 모든 것을 충족시켜주는 성숙한 키스를 하기도 했다. 나는 그것을 악마, 매춘부, 흡혈귀, 살인자라고 불렀다. 그것은 나를 가장 예민한 사랑의 꿈으로 유혹했고, 황폐한 파렴치로 꾀어 가기도 했다. 어떤 것도 좋거나 값어치 있지 않았고, 어떤 것도 나쁘거나 저속하지 않았다.

그해 겨울 내내 나는 설명하기 어려운 내적 폭풍 속에서 살았다. 나는 이미 오래전에 외로움에 익숙해져 있었다. 그것은 더 이상 나를 억압하지 않았다. 나는 데미안과 매, 거대한 꿈의 형상, 내 운명과 애인과 함께 살았다. 그것들 속에 사는 것으로 충분했다. 왜냐하면 그 모든 것은 위대하고 광대한 것을 향하고 있었고, 모든 것은 아프락사스를 가리키고 있었기 때문이다. 하지만 이 꿈이나 내 생각의 어떤 것도 나에게 귀를 기울이지 않았고, 어떤 것도 나는 부를 수 없었으며, 어떤 것에도 나는 내 마음대로 색을 입힐 수가 없었다. 결국 그것들이 와서 나를 데려갔으며, 나는 그들에 의해 조종되고 그들에 의해 삶을 이어갔다.

겉으로 봤을 때 나는 편안함을 유지하고 있었다. 나는 인간에 대해서는 두려움을 느끼지 않았다. 그것을 알고 있는 반친구들은 나에게 은밀한 존경심을 표하기도 해 종종 나를 웃음 짓게 만들었다. 내가 원할 때면 나는 그들 대부분을 아주 잘 관찰할 수 있었고 실제로 그렇게 함으로써 때때로 그들을 놀라게 만들 수도 있었다. 별로, 아니 결코 그렇게 하고 싶지 않을 뿐이었다. 나는 항상 나에게, 나 자신에게 몰두했다. 그리고 이제는 삶의 단편이나마 살고, 내 안에서 무언가를 꺼내 세상에 주고, 세상과 관계하며 투쟁하게 되기를 원했다. 때때로 저녁에 거리를 걷다가 심적 불안감 때문에 자정까지 집으로 돌아갈 수 없을 때, 나는 생각했다. 지금 내 애인이 나를 만나려고 길모퉁이를 돌아오고 있고 창가에서 나를 부르고 있을지도 모른다고. 때때로 이 모든 일은 참을 수 없이 고통스러워, 나는 언제든 삶을 그만둘 수 있다고 생각했다.

그런데 그때 사람들이 흔히 말하듯 '우연히' 특이한 도피처를 발견하게 되었다. 하지만 그런 우연이라는 것은 없다. 무엇을 절대적으로 필요로 하는 사람이 자신이 열망하던 것을 발견했다면 그것은 그에게 주어진 우연이 아니라, 그 자신의 열망과 필연성이 이끈 것이다.

나는 평소에 도시를 산책하면서 교외의 어느 작은 교회에서 울려 나오는 오르간 소리를 두세 번 들은 적이 있었다. 비록 멈춰 서서 듣지는 않았지만 다음번에 그곳을 지나갈 때 나는 다시 오르간 연주 소리를 들었고 그것이 바흐의 곡임을 알아차렸다. 나는 교회 문으로 다가갔으나 문은 잠겨 있었다. 골목에는 사람이 거의 없었기에 교회 옆의 연석에 앉아 외투 깃을 세우고 귀를 기울였다. 그것은 크지는 않지만 좋은 오르간이 내는 소리였다. 조금 특이하게 연주되고 있었는데, 아주 개성적으로 의지와 끈기를 표현하고 있었다. 그것은 마치 기도의 울림 같았다. 나는 연주를 하는 사람이 이 음악 속에 보물이 숨겨져 있다는 것을 알고 있으며, 그는 이 보물과 생을 얻기 위해 애쓰고 있는 거라는 생각마저 들었다. 나는 음악의 기술을 잘 모르며 음악에 대해서도 잘 모른다. 하지만 영혼에 대한 이러한 표현 방식을 어린 시절부터 본능적으로 이해하고 있었고 음악적인 것을 어떤 당연한 것으로 느끼고 있었다.

그 음악가는 바흐에 이어 현대적인 곡을 연주했다. 아마 레거인 것 같았다. 교회는 매우 어두웠는데, 아주 엷은 빛줄기만이 창문을 통해 스며 나오고 있었다. 나는 음악이 끝날 때까지 기다렸다. 그러곤 오르간 연주자가 밖으로 나올 때까지 주위를 어슬렁거렸다. 연주자는 젊은 남자였으나 나보다는 나이가 들어 보였다. 다부진 체격에 땅딸막한 그는 힘차고 불쾌한 듯한 걸음걸이로 그곳을 재빨리 빠져나갔다.

나는 가끔 저녁 시간에 교회 앞에 앉아 있거나 그곳 주변을 거닐었다. 어느 날은 교회 문이 열려 있는 것을 보고 반 시간 동안 추위에 떨면서도 행복하게 교회 의자에 앉아 오르간 연주자가 희미한 가스등 아래에서 연주하고 있는 것을 보기도 했다. 그가 연주하는 음악을 통해 내가 들은 것은 연주자 자신에 대한 것만은 아니었다. 그가 연주하는 모든 것은 내게 친숙하고 어떤 공통점이 있는 것 같았다. 그가 연주하는 모든 것에는 믿음이 있었고 헌신적이었으며 경건했다. 하지만 그것은 교회 신자나 목사와 같은 경건함이 아니라 중세의 순례자나 거지와 같은 경건함, 모든 종교를 초월한 세계의 감정에 대한 아낌없는 헌신의 경건함이었다. 바흐 이전 시대의 대가들의 곡이 자주 연주되었고, 고대 이탈리아 음악가들의 곡도 능숙하게 연주되곤 했다. 모든 곡은 같은 것을 말하고 있었는데, 그것은 연주자가 영혼 속에 가지고 있는 모든 것이었다. 바로 동경, 세계에 대한 가장 깊은 곳의 인식, 세계에 대한 가장 거친 분리, 자신의 어두운 영혼에 대한 불타는 갈망, 헌신에 대한 도취, 그리고 경이로운 것에 대한 깊은 호기심이었다.

  어느 날 나는 교회에서 집으로 돌아가는 오르간 연주자를 몰래 따라갔다. 그는 변두리의 작은 술집으로 들어갔다. 나는 그 사실에 거부감을 느끼지 않았기에 그를 따라 술집으로 들어갔다. 그곳에서 나는 처음으로 그를 똑똑히 보았다. 그는 작은 술집 구석에서 검은 펠트 모자를 쓰고 앉아 와인 한 잔을 시켜놓고 있었다. 그의 얼굴은 내가 예상한 그대로였다. 못생겼고 좀 거칠어 보였으며 탐구적이고 고집 있어 보였다. 또 완고하고 의지가 강해 보이기도 했다. 하지만 입가에는 부드럽고 아이 같은 미소가 보였다. 남성적이고 강한 것은 눈가와 이마였고, 얼굴 아랫부분은 섬세해 보였지만 덜 성숙해 보이기도 했으며, 감정이 억제되어 보이지 않았다. 부분적으로는 약해 보였다. 턱은 결단력이 없어 보였지만 이마와 눈에 비해 소년다운 모습을 지니고 있었다. 특히 내 마음에 들었던 것은 자만과 적의에 찬 흑갈색의 눈이었다.

말없이 나는 그와 마주 앉았다. 술집에는 우리 외에 아무도 없었다. 그는 마치 나를 쫓아버리려는 듯 눈빛을 쏘았다. 하지만 나는 피하지 않고 그를 쳐다보았다. 결국 그는 불쾌한 듯 중얼거렸다.

"왜 그렇게 기분 나쁘게 쏘아보는 거요? 내게 무슨 볼일이라도 있나?"

"그런 건 없습니다." 내가 말했다. "하지만 이미 많은 것을 받았습니다."

그는 이마를 찌푸렸다.

"그렇다면 음악 애호가인가? 나는 음악을 사랑하는 사람들을 보면 구역질이 나는데."

나는 놀라지 않았다.

"저는 선생님이 저기 교회에서 연주하시는 것을 종종 들었습니다." 나는 말했다. "어쨌건 선생님을 괴롭힐 생각은 없습니다. 저는 그저 선생님에게서 뭔가 특별한 것을 발견할 수 있을지도 모른다는 생각이 들었습니다. 그런데 그것이 뭔지는 정확히 모르겠습니다. 그러니 제 말은 신경 쓰지 마세요! 교회에서 선생님의 연주를 들을 수 있으니 말입니다."

"난 항상 문을 잠가놓는데 어떻게 들은 거지?"

"최근에는 잊어버리신 모양입니다. 그래서 전 안에 들어가 앉아 있을 수 있었지요. 그 외에는 밖에 서 있거나 연석 위에 앉아 있었고요."

"그래? 그렇다면 다음번에는 안으로 들어오도록 하게. 안이 더 따뜻할 테니. 그저 간단히 노크만 하면 돼. 힘차게. 하지만 연주하는 동안에는 하지 말게. 자, 이제 말해봐. 뭘 말하려고 한 거지? 자네는 아주 젊은 청년인 것 같은데, 아마도 고등학생이나 대학생? 혹시 음악을 공부하고 있는가?"

"아닙니다. 그저 음악을 즐겨 들을 뿐입니다. 특히 선생님의 연주처럼 아무런 제약이 없는 그런 음악을 좋아합니다. 그런 음악이야말로 천국과 지옥을 동시에 흔드는 것 같은 느낌을 주기 때문이지요. 음악은 제게 정말 사랑스러운 존재입니다. 다른 모든 것은 도덕적인데 음악만은 그렇지 않거든요. 저는 도덕적이지 않은 무언가를 찾고 있습니다. 저는 도덕성이라는 것에 항상 고통받아왔지요. 제가 잘 표현할 수는 없지만, 혹시 신이자 악마이기도 한 신이 있다는 것을 아십니까? 그런 신이 예전에 있었다고 합니다. 저는 그렇게 들었습니다."

음악가는 넓은 모자를 약간 뒤로 젖히고 넓은 이마 위에서 검은 머리카락을 쓰다듬었다. 그는 나를 뚫어지게 쳐다보더니 나를 향해 테이블 너머로 고개를 내밀었다.

그는 낮고 긴장된 목소리로 내게 물었다.

"자네가 말하는 그 신의 이름이 뭔가?"

"저는 그 신에 대해서 아는 바가 거의 없습니다. 그저 이름만 알 뿐이죠. 그는 아프락사스입니다."

음악가는 누군가 우리의 말을 엿들을까 의심하듯이 자신의 주변을 돌아보았다. 그러고 나서 내게 가까이 다가와 속삭이듯 말했다.

"내 짐작은 했다만 자넨 누구지?"

"김나지움 학생입니다."

"어떻게 아프락사스를 알고 있지?"

"우연이지요."

그가 테이블을 내리치는 바람에 와인이 잔에서 넘쳐흘렀다.

"우연? 말도 안 되는 소리 하지 마! 이봐 젊은이! 아프락사스는 우연히 알게 되는 게 아니야. 자네도 그걸 알지 않나. 그것에 대해 내가 좀 더 얘기해주지. 내가 조금 알고 있으니까."

그는 말을 멈추고 의자를 뒤로 돌렸다. 내가 기대에 찬 얼굴로 그를 바라보자 그는 얼굴을 찡그렸다.

"여기서는 안 돼! 다음에. 자, 우선 이거나 좀 들게!"

그러면서 그는 벗지 않고 있던 외투의 주머니에서 군밤을 몇 개 꺼내 내게 던졌다.

나는 아무 말도 하지 않고 그것을 받아서 먹었다. 정말 맛있었다.

"그럼!" 그가 잠시 후 속삭였다. "그것을 어디서 알았다고 했지?"

"저는 외로웠고 불안했습니다." 내가 말했다. "저는 예전부터 알고 지내던 제가 잘 알고 있다고 생각했던 한 친구를 떠올렸습니다. 저는 뭔가를 그렸는데, 그것은 새였습니다. 그 새는 세계라는 원으로부터 빠져나가려고 했지요. 그것을 친구에게 보냈어요. 그리고 얼마 후 더 이상 그것에 대해 생각하지 않고 있을 때, 쪽지 한 장을 받았습니다. 거기에는 이렇게 쓰여 있었지요. '새는 알에서 나오려고 투쟁한다. 알은 하나의 세계다. 태어나려는 자는 그 세계를 파괴해야 한다. 새는 신에게로 날아간다. 그 신의 이름은 아프락사스다'라고 말이죠."

그는 아무 말도 하지 않았다. 우리는 군밤 껍질을 벗겨 와인과 함께 먹었다.

"한 잔 더 하겠나?"

그가 물었다.

"감사합니다만 괜찮습니다. 저는 술을 그리 좋아하지 않습니다."

그는 약간 실망한 듯 웃었다.

"좋을 대로 하게. 난 한 잔 더 해야겠네. 나는 좀 더 있을 테니 먼저 가게나!"

다음에 내가 그 오르간 연주자와 함께 걷게 되었을 때, 그는 정말 말이 없었다. 그는 나를 구시가에 있는 낡고 거대한 집으로 데려갔다. 크고 약간 음침하고 정돈되지 않은 방에는 피아노 외에는 음악을 암시하는 것은 아무것도 없었다. 오히려 커다란 책장과 책상이 어딘가 모를 학자다운 방이라는 느낌을 주었다.

"정말 책이 많군요!"

내가 감탄하며 말했다.

"그중 일부는 내 아버지의 책이네. 나는 아버지의 집에 살고 있으니까. 자, 젊은 친구, 나는 부모님과 함께 살고 있지만 자네를 소개할 수는 없다네. 이 집에서는 친구를 그리 반기지 않거든. 나는 버림받은 아들이라네. 내 아버지는 아주 존경받는 분으로, 여기 이 도시의 설교자이자 목사이시지. 그리고 나는 정확하게 말하면, 그분의 유능하고 촉망받는 아들이었으나 이제는 탈선의 길을 걸어버린 반쯤 미친 아들이고. 나는 신학을 공부했는데 국가 자격시험을 앞두고 공부를 그만두어 버렸지. 내 개인적인 연구에 있어서는 아직도 신학도이긴 하지만 말이야. 사람들이 어떤 신을 생각하는지 알아내는 것은 내게 여전히 가장 가치 있고 흥미 있는 일일세. 어쨌든 지금은 보이는 것처럼 음악가이고 곧 소박한 오르간 연주자 자리를 얻게 될 것 같네. 그러면 최소한 난 다시 교회에서 일하는 셈이지."

나는 책의 표지들을 쭉 훑었다. 작은 램프의 희미한 불빛 아래에서 그리스어, 라틴어, 희랍어로 된 제목들이 늘어서 있었다. 그사이에 내 친구는 어둠 속에서 벽 근처의 바닥에 누워 무언가를 만들고 있었다.

"이리 와보게." 그가 잠시 후 불렀다. "철학을 좀 연구해보자고. 입을 다물고 바닥에 누워 생각하는 방법으로 말이야."

그는 성냥을 그어 자기 앞에 있는 벽난로 안에 불을 붙이고 종이와 장작을 태웠다. 불꽃이 활활 타오르자 그는 불을 들춰 불꽃을 돋우고 신중하게 장작을 더 집어넣었다. 나는 빛이 바랜 양탄자 위 그의 옆자리에 누웠다. 그는 불을 응시했고 나도 불에 이끌렸다. 우리는 말없이 한 시간 동안 양탄자 위에 누워 타오르는 장작불을 바라보고 있었다. 우리는 불길이 타오르다가 꺼지고 구불거리고 꿈틀거리다가 결국 조용히 바닥으로 사그라지는 것을 보았다.

"불길은 인간이 만들어낸 것 중 가장 멍청한 것은 아니었어."

그는 혼자 중얼거렸다. 그것 말고는 우리 둘 다 아무 말도 하지 않았다. 나는 불을 응시하면서 꿈과 고요함 속에 가라앉았고, 연기 속에서 어떤 형상과 잿더미 속에서 어떤 그림을 보았다. 그러다 나는 깜짝 놀랐다. 그가 전나무 가지를 불길에 던져 넣자 작고 가느다란 불꽃이 솟았는데, 그 안에서 황금빛 매의 머리를 한 새를 본 것이다. 사그라져 가는 불길 속에서 금빛 실이 그물을 만들고 있었고, 온갖 글자와 그림들이 얼굴, 동물, 식물, 벌레, 뱀에 대한 기억을 불러일으켰다. 갑자기 정신이 들어 옆에 있는 그를 보자, 그는 두 주먹으로 턱을 괸 채 잿더미 속을 광적으로 응시하고 있었다.

"전 이제 가야겠습니다."

내가 조용히 말했다.

"그럼 잘 가게!"

그는 일어서지 않았다. 그리고 등불이 꺼졌기에 나는 그 유령이 나올 것 같은 집의 컴컴한 방과 음침한 복도와 계단을 조심스럽게 빠져나왔다. 길 위에 멈춰 서서 나는 이 낡은 집을 올려다보았다. 어떤 유리창에도 불빛이 보이지 않았다. 작은 놋쇠 문패가 문 앞의 가스등 불빛에 비쳐 빛나고 있었다.

〈주임 목사 피스토리우스〉. 나는 그 위에 쓰인 글귀를 읽었다.

기숙사로 돌아와 저녁 식사를 한 후 작은 내 방에 혼자 앉았을 때, 나는 문득 아프락사스에 대해서도, 그에 대해서도 아무것도 듣지 못했다는 것을 깨달았다. 그 시간 동안 우리는 거의 열 마디도 주고받지 않았다. 하지만 나는 그를 방문한 것이 아주 만족스러웠다. 그는 다음 날 오르간 음악의 걸작인 북스테후데의 파사칼리아를 들려주겠다고 약속했다.

내가 그와 함께 그 음산한 방의 바닥에 누워 벽난로를 바라보고 있었을 때, 오르간 연주자 피스토리우스가 나에게 첫 번째 강의를 한 것이라는 사실을 나는 몰랐다. 그래도 불을 들여다보게 한 것은 무척 잘한 일이었다. 그 일은 내가 항상 가지고 있었지만 단 한 번도 훈련한 적이 없는 나의 성향을 힘 있게 만들었고 확인시켜주었다. 나는 점점 그 일에 대해 부분적으로나마 명확히 이해하게 되었다.

어린 시절부터 나는 자연 그대로의 형태를 관찰하는 취미가 있었는데 그것은 단지 관찰하는 것만이 아니라 그것 자체가 지닌 마법과 난해하고 심오한 언어에 몰두하는 것이었다. 속이 빈 큰 나무의 뿌리, 색색의 층으로 나뉜 광맥, 물 위의 기름, 유리의 깨진 부분, 이런 것들은 때때로 나에게 거대한 마법을 행사했다. 무엇보다도 물과 불, 연기, 구름, 먼지, 그리고 눈을 감았을 때 보이는 색색의 반점들이 특히 매력적이었다. 처음으로 피스토리우스를 방문한 이후 며칠 동안 나는 이 모든 것을 다시 떠올려 보았다. 나는 어떤 흥분과 기쁨, 내가 지금까지 느끼고 있었던 감정의 격앙이, 활활 타오르는 불을 오랫동안 쳐다봄으로써 형성된 것이라는 사실을 깨달았다. 그것은 이상하게도 편안하고 풍요로워지는 그런 느낌이었다!

그리고 지금까지 나 자신의 삶의 목적을 찾으면서 내가 얻은 얼마 안 되는 경험에 새로운 경험이 끼어들었다. 어떤 형상을 관찰하는 것, 불합리하고 난잡하고 이상한 자연의 형상에 몰두하는 것은 곧 우리 안에서 내면의 일치라는 감정을 만들어낸다. 그것은 이러한 형상을 만드는 어떤 의지와 결합되어 있으며 우리는 곧 우리 자신의 기분과 존재를 유지하기 위한 이 노력을 감지한다. 우리는 우리와 자연 사이의 경계가 진동하고 희미해진 것을 보고 그 느낌을 알게 된다. 다만 그 안에서 우리는 망막에 비친 형상들이 외부 세계에서 온 것인지, 내부 세계에서 온 것인지를 알지 못한다. 이러한 실험에서 우리는 그 어떤 것도 간단하고 쉽게 발견할 수 없다. 우리가 어떤 창조자이고 우리의 영혼이 어떻게 끊임없이 세계의 창조에 관여하고 있는지도 알 수 없다. 우리 내부와 자연 속에서 활동하고 있는 것은 오히려 동일하고 나뉠 수 없는 신이다. 그래서 우리 중 하나가 능력이 있다면 얼마든지 다시 만들 수 있는 것이다. 산과 강, 나무와 나뭇잎, 뿌리와 꽃, 이러한 자연의 모든 형상물은 우리 안에서 만들어진 한 영혼에서 출발한다. 그 영혼의 본질은 영원하지만 우리는 알지 못한다. 하지만 때때로 사랑의 힘과 창조의 힘으로 우리를 이끈다.

몇 년 후에야 나는 이 관찰법이 어떤 책에 증명되어 있음을 알게 되었다. 그 책은 레오나르도 다빈치가 쓴 것이었는데, 그는 많은 사람이 침을 뱉은 담벼락을 보는 것이 얼마나 효과적으로 깊은 자극을 주는지를 말하고 있었다. 그렇게 축축해진 얼룩에서 그는 피스토리우스와 내가 불꽃에서 느낀 것과 동일한 것을 느꼈던 것이다.

다음에 우리가 만났을 때 오르간 연주자는 나에게 이렇게 설명해주었다.

"우리는 우리 개인의 한계를 항상 너무 좁게 만드는 것 같아! 우리는 흔히 우리의 개성을 늘 개별적으로 구분되는 것으로, 아주 다른 것을 인식하는 것으로 정의하곤 하네. 하지만 우리는 세계 전체의 구성물로 되어 있고, 각자는 우리의 육체가 어류, 아니 훨씬 더 이전까지 거슬러 올라가는 진화의 계보를 가지고 있듯, 영혼 속에 우리 인간 영혼이 경험한 모든 것을 지니고 있다고 나는 보네. 그리스인이건 중국인이건 혹은 흑인이건 지금까지 존재했던 모든 신과 악마들은 우리와 함께 존재해왔고, 또한 가능성으로서, 소망으로서, 출구로서 지금도 존재하고 있지. 만약 인류가 모두 사라지고, 단 한 번도 교육을 받은 적이 없는 불완전한 재능을 지닌 어린아이 하나만이 세상에 살아남는다면, 그 아이는 모든 일의 전체 과정을 다시 발견하게 될 걸세. 그것은 신, 악마, 낙원, 계명과 금지, 구약과 신약성서 등으로 나타나겠지. 다시 말해 모든 것을 다시 생산해낼 수 있다는 말이네."

"그렇습니까." 내가 말을 막았다. "그렇다면 개인의 가치는 어디에 있는 겁니까? 우리가 모든 것을 이미 완성했다면 우리는 왜 노력하는 거죠?"

"잠깐!" 피스토리우스가 격렬히 소리쳤다. "자네가 자신 안에 세계를 그저 지니고 있는지 혹은 그것을 알고 있는지, 이 둘 사이에는 엄청난 차이가 있네. 미친 사람도 플라톤을 떠올리게 하는 사상을 말할 수 있고, 헤른후트파(경건주의를 따르는 기독교의 한 종파—역주)의 학교에 다니는 경건한 어린 소년도 그노시스파나 조로아스터교에 나타나는 아주 신비스러운 관계를 창조적으로 깊이 생각해낼 수 있다네. 하지만 그는 그것에 대해서는 아무것도 인지하지 못하지! 그가 그것을 인지하지 못하는 한 그는 나무나 돌, 기껏해야 동물에 불과한 거야. 그러나 만약 이러한 인식의 첫 불꽃이 피어오른다면, 그는 인간이 되네. 자네는 혹시 두 다리로 걸어 다니는 모든 생물을, 단지 그들이 똑바로 걷고 제 새끼를 아홉 달 동안 배 속에 품는다고 해서 모두 인간이라고 생각하는 것은 아닐 테지? 그들 중 상당수는 물고기나 양, 벌레나 거머리일 수 있고, 또는 개미나 벌 떼인 경우도 있지! 물론 그 개별의 존재들에게는 인간이 될 가능성이 있기는 하지만, 그들이 그것을

145

예감하고 또 부분적으로라도 이러한 가능성을 인식하게 될 때 비로소 가능성은 그들의 것이 되는 거라네."

우리는 대충 이런 식의 대화를 나눴다. 이 대화가 나에게 완전히 새로운 무언가나 아주 놀라운 어떤 것을 가져다주지는 않았다. 하지만 모든 대화는, 심지어 가장 진부한 것조차도 조용하지만 꾸준한 망치질을 통해 내 내면의 한 곳을 두들겼다. 그 모든 것은 나를 일깨워 내가 허물을 벗고 알의 껍데기를 깨뜨리는 것을 도와주었다. 매번 나는 고개를 조금 높이 들었고, 좀 더 자유로워졌으며, 곧 나의 노란 새는 아름다운 머리를 파괴된 세계의 껍질 밖으로 내밀었다.

우리는 서로의 꿈에 대해서도 이야기했다. 피스토리우스는 그 꿈을 해석할 수 있었다. 한 가지 신기했던 예가 기억난다. 나는 꿈속에서 날 수가 있었다. 하지만 그것은 날았다기보다는 내가 통제할 수 없는 어떤 거대한 힘에 의해 공중을 부유하는 느낌이었다. 하늘을 나는 것은 감격스러웠지만 곧 내 의지와 상관없이 위협적인 높이에 이르게 되자 공포를 느꼈다. 그때 나는 호흡을 멈추었다가 내쉬는 것을 통해 상승과 하강을 조절할 수 있다는 사실을 발견했다.

그 꿈에 대해 피스토리우스는 이렇게 말했다.

"자네를 날 수 있게 만든 그 힘은 우리 각자가 지닌 위대한 인류의 재산이라네. 그것은 모든 뿌리와 힘이 결합된 감정이지만 동시에 두려움도 자아낼 수 있지. 물론 끔찍하고 위험해! 바로 그 이유 때문에 대부분의 사람은 그렇게 나는 것을 포기해버리기 일쑤이고, 결국에는 법칙에서 정해진 바대로 길을 걷는 것을 선호하게 되는 거지. 하지만 자네는 그러지 않았네. 자네는 계속 날고 있고, 유능한 청년인 것처럼 보여. 그리고 보게나, 자네가 점점 이 비행의 주인이 된다는 것, 그리고 자네를 이끄는 이 거대하지만 일반적인 힘, 미세하고 작지만 특징적인 힘을 통해 하나의 기관이 조종된다는 놀라운 사실을 알게 되지 않았나. 그것은 엄청난 일이라네. 이러한 사실을 발견하지 못한다면 결국에는 힘없이 공중에 떠내려갈 수밖에 없거든. 미친 사람들처럼 말이지. 그들에게는 길 위를 걷는 사람들보다 더 깊은 예감이 주어졌지만 열쇠나 조종대가 없지. 그리고 바닥없는 곳을 날고 있는 거야. 하지만 싱클레어, 자네는 그걸 해내고 있네! 그리고 썩 잘하고 있는 것 같아. 그런데 왜 아직도 모른다는 건가? 자네는 하나의 새로운 기관, 즉 호흡조절기를 달게 되었네. 이제 자네의 영혼이 그 깊이에 있어서 얼마나 '개인적'이지 않은가를 알 수 있을 걸세. 다시 말해, 자네의 영혼 스스로 이러한 기관을 만들어낸 것이 아니란 말일세! 그것은 새로운 발견이 아니야! 단지 수천 년 전부터 있어온 것을 빌린 것에 불과하네. 마치 물고기의 평행기관인 부레처럼 말이야. 사실 소수의 기이하고 보수적인 어류가 오늘날까지 존재하고 있는데, 그들에게는 부레가 일종의 폐의 역할을 하고 있고 상황에 따라서는 호흡을 조절하기도 한다네. 그러니까 자네가 꿈속에서 하늘을 날 때 사용했던 부레도 바로 이러한 폐와 같다고 볼 수 있지!"

그는 심지어 나에게 동물학에 관한 책을 한 권 가져와 옛 어류의 이름과 그림을 보여주었다. 그 그림들을 보자 나는 이상한 전율을 느꼈고 동시에 초기 진화 단계의 한 기능이 나에게 생생히 남아 있음을 느꼈다.

야곱의 투쟁

  나는 그 이상한 음악가 피스토리우스에게서 들은 아프락사
스에 관한 이야기를 간략하게 다시 설명할 수 없다. 하지만
내가 그에게서 배운 가장 중요한 것은 내가 나 자신에게로 가
는 길에 한 발자국 다가갔다는 사실이다. 나는 당시 열여덟
정도 되는 예사롭지 않은 청년이었다. 많은 점에서 조숙했지
만, 또 다른 많은 점에서는 매우 뒤처져 있었고 무력했다. 나
자신을 다른 이들과 비교할 때 나는 종종 자긍심을 느끼고 오
만해졌지만 동시에 우울해지고 굴욕감을 느꼈다. 나는 나 자
신을 때로는 천재로 때로는 미친 사람으로 생각했다. 같은 또
래의 친구들과 삶을 함께하는 것이 어려웠고, 마치 그들과 절
망적으로 분리되어 있는 것처럼 느꼈다. 그리고 삶이 닫혀 있
는 듯한 절망과 걱정에 사로잡혀 기운이 없었다.

제 힘으로 성장한 기인인 피스토리우스는 내게 스스로에 대한 용기와 존경을 가질 것을 가르쳤다. 그는 나의 말 속에서, 나의 꿈 속에서, 그리고 나의 환상과 생각 속에서 끊임없이 가치 있는 것을 발견해주고 그것을 진지하게 받아들여 이야기해주고 내게 예를 들어 설명해주기도 했다.

"자네가 일전에 그랬었지." 그가 말했다. "자네가 음악을 사랑하는 건 음악이 도덕적이지 않기 때문이라고. 내 생각도 그렇다네. 하지만 그렇다고 자네가 도덕가일 필요는 없지! 자네는 자신을 다른 사람과 비교해서는 안 되네. 자연이 자네를 박쥐로 만들었다면 스스로 타조가 되려고 해서는 안 되는 거지. 자네는 때때로 자신을 괴짜라 여기고 대부분의 사람들과 다른 길을 간다고 비난하네. 하지만 그렇게 해서는 안 돼. 불을 한 번 보고 구름을 한 번 보게. 어떤 예감이 생기고 자신의 영혼이 말하는 목소리가 들린다면, 그것에 자신을 맡겨보게나. 선생님이나 아버지, 그리고 어떤 신의 마음에 들 것인가, 그들이 자네를 좋아할 것인가를 묻지 말고 말일세! 그런 물음 때문에 다 망쳐버리는 거야. 그것 때문에 인도에 서서 화석처럼 굳어버릴 셈인가. 싱클레어, 우리의 신은 아프락사스라네. 그는 신이면서 악마이기도 하고, 세계의 밝은 부분과 어두운 부분을 모두 가지고 있어. 아프락사스는 자네의 어떠한 생각이나 꿈에도 이의를 제기하지 않네. 이 사실을 절대 잊지 말게나. 다만 그는 언젠가 자네가 흠잡을 데 없이 평범해지는 날이 오면 떠나버린다네. 자기의 생각을 담아 요리할 새로운 냄비를 찾아 떠나는 거지."

내 모든 꿈 중에서 가장 충실했던 건 그 어두운 사랑의 꿈이었다. 나는 자주, 아주 자주 그 꿈을 꾸었다. 나는 새 모양의 문장 아래를 지나 우리의 옛집으로 들어갔고 어머니는 나를 포옹하려고 했는데, 나는 어머니 대신 몸집이 크고 반은 남자이며 반은 여자인 그런 사람을 끌어안고 있었다. 그 존재가 두려웠지만 또한 가장 빛나는 열망이 나를 그녀에게 이끌었다. 나는 그 꿈에 대해서만은 친구에게 말할 수 없었다. 다른 이야기들은 모두 다 했지만 그 이야기만은 남겨두었다. 그 이야기는 나만의 밀실이자 비밀이고 피난처였다.

나는 우울할 때마다 피스토리우스에게 북스테후데의 파사칼리아를 부탁했다. 나는 저녁의 어두운 교회에 앉아 이 기이하고 감동적인 음악에 빠져 있었다. 음악은 편안했으며, 때로는 영혼의 목소리가 옳다는 생각이 들기도 했다.

이따금 우리는 오르간 소리가 사라지고 난 뒤에도 얼마간 교회에 그대로 앉아 희미한 불빛이 교회의 높은 고딕식 창문을 통해 비쳤다가 사라지는 모습을 바라보기도 했다.

"이상하지 않나." 피스토리우스가 말했다. "예전에 내가 신학생이었고 거의 목사가 될 뻔했다는 사실이 말이야. 하지만 그때 내가 저질렀던 일은 그저 형식상의 과오였을 뿐이지. 목사는 여전히 내 천직이자 목표라네. 단지 아프락사스를 알기 전에 너무 일찍 만족해 여호와에게 나 자신을 맡겼던 것뿐이지. 모든 종교는 아름다운 것이네. 종교는 영혼이야. 우리가 기독교 성찬식을 먹든 메카로 순례를 가든 그것은 하나인 게지."

"그렇다면" 내가 말했다. "그렇다면 정말 목사가 될 수도 있었을 텐데요."

"아니야, 싱클레어. 그렇지 않아. 난 거짓말을 해야 했어. 우리 종교는 너무 많은 권력을 행사했네. 마치 그게 아무것도 아닌 것처럼 말이지. 종교는 또한 이성의 작품인 것처럼 행동하곤 한다네. 나는 필요하다면 가톨릭 신자가 될 수는 있겠지만 기독교 목사가 되는 것은 불가능할 것 같네. 몇몇 실제 신앙심이 있는 자들은—나는 그런 사람들을 알고 있다네—말 그대로를 믿는 것을 좋아하지. 나는 그들에게 예수가 사람이 아니라 한 명의 영웅, 신화이며, 인류 스스로 영원이라는 벽에 그려놓은 거대한 그림자라고 말할 수 없네. 또 다른 사람들, 예를 들어 현명한 조언을 듣기 위해, 의무를 실행하기 위해, 시간을 헛되게 보내지 않기 위해, 아니면 기타 등등의 이유로 교회에 오는 사람들에게 내가 대체 무슨 말을 할 수가 있겠나? 그들을 개종시키라고? 하지만 난 그러고 싶지 않다네. 사제는 개종시키려 하지 않지. 그는 단지 신자들 가운데, 자신과 같은 사람들 사이에서 살고, 우리가 신에게서 느끼는 감정을 표현하고 실행하는 사람이 되기를 원할 뿐이네."

그는 말을 멈췄다. 그리고 계속 이어갔다.

"그런 의미에서 우리가 지금 아프락사스라는 이름을 선택한 새 믿음은 아주 좋은, 사랑스러운 것이라네. 그것은 우리

가 가진 최고의 믿음이지만 아직은 젖먹이에 불과하지! 날개
도 자라지 않았다네. 아, 고독한 종교는 아직 진리가 아니야.
그것은 공동의 것이 되어야 하고 제식과 도취, 의식과 신비스
러움을 가지고 있어야 한다네."

그는 골똘히 자신의 생각에 빠졌다.

"우리가 신비스러운 힘을 혼자서 혹은 최소한의 인원으로
행사할 수는 없을까요?"

내가 망설이면서 물었다.

"가능하지." 그가 고개를 끄덕였다. "나는 이미 오래전부터
그것을 해왔다네. 만약 그것에 대해 사람들이 알게 된다면 감
옥살이를 해야 할지도 모르는 그런 의식이야. 그리고 그것이
옳지 않은 일이라는 것도 알고 있지."

그가 갑자기 내 어깨를 쳐서 나는 몸이 움츠러졌다.

"젊은 양반." 그가 강력히 힘주어 말했다. "자네도 신비스
러운 힘을 지니고 있다네. 나는 자네가 내게 말하지 않은 꿈
이 있다는 것을 알고 있어. 그것이 무엇인지 알고 싶지는 않
네. 다만 꼭 자네에게 말하고 싶은 것은 그 꿈을 간직하라는
거야. 그 꿈을 즐기게. 그 꿈을 위해 제단을 만들게! 그러면
그것이 완전하지는 않지만 하나의 길이 될 걸세. 우리는 자네
와 나 그리고 다른 사람들이 이 세계를 변화시킬 수 있을지
없을지 지켜보아야 해. 하지만 동시에 우리 내부에서는 매일
매일 새로워져야만 한다네. 그렇지 않으면 그것은 우리에게
아무것도 아니게 될 테니 말이야. 그걸 믿게! 자네는 열여덟

살이야, 싱클레어. 자네는 매춘부에게 가는 대신 사랑의 꿈,
사랑의 소망을 지니고 있어야 해. 그것이 자네를 두렵게 할지
도 모르지. 하지만 두려워하지 말게! 그 꿈이야말로 자네가
가지고 있는 최고의 것이니까! 날 믿게. 나는 자네 나이 때
사랑의 꿈을 능멸했기 때문에 많은 것을 잃어버렸어. 그래서
는 안 돼. 아프락사스를 안다면 더 이상 그렇게 하지 않을 거
야. 우리는 어떤 것도 두려워해서는 안 되며, 우리의 영혼이
원하는 어떤 것도 금지해서는 안 된다네."

나는 놀라며 물었다.

"하지만 우리는 생각이 떠오르는 대로 행동해서는 안 되잖
습니까? 어떤 사람이 싫다고 해서 그 사람을 죽일 수는 없잖
아요."

그가 나에게 다가왔다.

"상황에 따라서는 그럴 수도 있을 걸세. 하지만 대부분의
경우 과오에 불과해. 내 말은 머릿속에 떠오르는 모든 것을
단순하게 실행에 옮기라는 뜻이 아니야. 자네에게 좋은 의미
가 있는 생각이 떠올랐을 때 그것을 몰아내고 도덕성을 내세
워 해롭게 만들지 말라는 뜻이야. 우리는 자신이나 다른 사람
을 십자가에 못 박는 대신 포도주를 마시며 엄숙한 사고를 하
고 희생의 신비를 생각할 수 있다네. 또한 이러한 행위 없이
도 우리는 충동과 소위 유혹이라는 것을 조심스럽게 그리고
사랑스럽게 다룰 수 있네. 그렇게 하면 그것들은 그것들만의
의미를 갖게 될 것이며, 모두가 의미 있는 일이 되는 거지. 자

네에게 언젠가 다시 정말 미칠 것 같은 어떤 죄스러운 생각이 떠오른다면, 싱클레어, 그리고 만약 자네가 누군가를 죽이고 싶거나 아주 끔찍한 불결한 행동을 하고 싶어진다면, 잠시만 자네의 내면에서 환상을 만드는 것이 아프락사스라는 사실을 생각해보게! 그러면 자네가 죽이고 싶어 하는 사람은 실재하는 인물이 아니라 그저 겉껍질일 뿐이라는 사실을 알게 될 걸세. 어떤 사람을 미워한다는 것은 그의 모습에서 우리 자신의 내면에 존재하는 무언가를 발견하고 미워하는 거라네. 우리 내면에 없는 것은 우리를 자극하지 않는 법이지."

그동안 피스토리우스는 이렇게 나의 가장 내밀한 곳까지 깊숙이 침투하는 말을 한 적이 한 번도 없었다. 나는 대답할 수 없었다. 하지만 그 순간 나를 가장 강력하고 기이하게 뒤흔들었던 사실은 그의 말이 내가 수년 동안 내 안에 간직하고 있었던 데미안의 말과 일치한다는 것이었다. 비록 그들은 서로 몰랐지만 내게 같은 말을 한 것이다.

"우리가 보는 사물은" 피스토리우스가 나직이 말했다. "우리 내부에 있는 것과 동일한 것이라네. 우리 내부와 다른 현실이란 건 있을 수 없어. 그렇기 때문에 대부분의 사람이 비현실적으로 살고 있는 거라네. 그들은 외부의 모습을 현실이라 여기고 자신의 내부에 있는 세계에 대해서는 말하려 들지 않기 때문이야. 그렇게 해도 행복할 수는 있을 걸세. 하지만 만약 우리가 다른 것을 알게 된다면 우리는 더 이상 보통 사람들이 가는 길을 선택하지 않게 되는 거지. 싱클레어, 대부분의 사람들이 가는 길은 쉽지만 우리의 길은 어려워. 그래도 우리는 그 길로 가려고 하는 거야."

며칠 뒤였다. 두어 번 그를 기다리다 놓친 후에 나는 저녁 늦게 거리에서 그를 만났다. 그는 외로이 차가운 밤바람을 맞으며 골목을 돌아가고 있었는데, 비틀거리는 모습이 술에 몹시 취한 것 같았다. 나는 그를 부르고 싶지 않았다. 그는 나를 보지 못한 채 내 옆을 지나갔다. 그는 마치 미지의 어둠의 부름을 받아 따라가듯 고독한 눈을 빛내며 한 곳을 응시하고 있었다. 나는 한참 그의 뒤를 따라갔다. 그는 눈에 보이지 않는 전선에 끌려가듯 유령처럼 축 처져서 미치광이같이 걷고 있었다. 나는 슬픈 마음으로 집으로, 나의 해결할 수 없는 꿈으로 돌아왔다.

'그는 이제 세계를 바꾸려 하고 있구나!' 나는 생각했다. 그리고 순간 그것이 저속하고도 도덕적인 생각이라는 느낌이 들었다. 나는 그의 꿈에 대해 무엇을 알고 있나? 어쩌면 그는 내가 불안 속에서 길을 찾는 것보다 더 안전하게 자신의 도취 속에서 길을 가고 있었던 건지도 모른다.

수업 사이의 쉬는 시간에 나는 내가 단 한 번도 신경을 써본 적이 없는 친구가 나에게 다가오려 하는 것을 발견했다. 그는 키가 작고 약해 보이는 마른 아이로, 숱이 적은 붉은 금발을 하고 있었는데, 그의 시선과 행동은 어딘지 모르게 좀 특이했다. 어느 날 저녁 내가 집에 가고 있을 때 그는 길에서 나를 기다리고 있었다. 그는 내가 지나가도록 두었다가 나를 다시 따라와서는 우리 집 문 앞에 섰다.

"내게 할 말이 있니?"

내가 물었다.

"그저 너랑 한번 얘기해보고 싶었어." 그가 수줍게 말했다. "나랑 좀 걷지 않을래?"

나는 그를 따라갔다. 그가 아주 격앙되어 있고 기대에 가득 차 있다는 것이 느껴졌다. 그의 손이 떨리고 있었다.

"너 심령론자지?" 그가 갑자기 물었다.

"아니야, 크나우어." 내가 웃으며 말했다. "절대 아니야. 왜 그런 생각을 했니?"

"그럼 넌 견신론자니?"

"아니."

"야, 숨기지 마! 난 네게 뭔가 특별한 것이 있다는 걸 잘 알아. 네 눈에는 그게 담겨 있거든. 난 네가 정령과 교감하고 있다고 확신해. 이건 호기심 때문에 묻는 게 아니야, 싱클레어. 절대로! 나도 탐구자거든. 그래서 나도 외로워."

"더 이야기해봐. 무슨 말이야?"

내가 재촉했다.

"난 정령에 대해서는 아는 바가 없지만, 어쨌든 꿈속에 살고 있어. 그리고 그걸 네가 느낀 것 같아. 다른 사람들도 꿈속에 살지만 그건 자기 자신의 꿈이 아니잖아. 그게 차이점이고."

"그래, 아마도 그렇겠지."

그가 속삭였다.

"우리가 살고 있는 그 꿈이 어떤 꿈인지가 관건이겠지. 하얀 마술에 대해 들어본 적이 있니?"

나는 고개를 흔들어야 했다.

"자신을 지배하는 것이 바로 하얀 마술이야. 만약 이 방법을 배운다면 우리는 죽지 않을 수도, 마법을 부릴 수도 있을 거야. 그런 마법을 연습해본 적 있어?"

내가 이 연습에 대해 호기심 어린 질문을 하자 그는 처음으로 머뭇거렸다. 내가 돌아가려 하자 그제야 말을 꺼냈다.

"예를 들어 내가 잠을 자거나 집중을 하고 싶을 때, 난 그런 연습을 해. 무엇이든 생각해내는 거지. 이를테면 어떤 단어나 이름, 또는 기하학적인 형태 같은 것을 말이야. 나는 아주 강하게 내 마음속에서 그것들을 생각하고, 내 머릿속에서 상상하려고 노력해. 내가 그것의 존재를 확실히 느낄 수 있을 때까지 계속하는 거야. 그러다 보면 그것이 목까지 차오르는 것이 느껴지지. 그것이 완전히 가득 찰 때까지 계속 생각하면 나는 아주 강한 확신에 차게 되고, 그 어떤 것도 나를 방해할 수 없게 돼."

나는 그의 말을 조금은 이해할 수 있었다. 또한 그가 가슴에 다른 생각을 품고 있음을 느낄 수도 있었다. 그는 이상하리만치 흥분해 있었고 서두르는 것 같았다. 그래서 나는 그가 쉽게 질문할 수 있도록 노력했다. 그러자 얼마 안 되어 그는 자신의 문제를 이야기하기 시작했다.

"너도 금욕하고 있지?"

그가 나에게 불안하게 물었다.

"그게 무슨 뜻이야? 성적인 것을 말하는 거야?"

"그래, 맞아. 나는 2년 전부터 금욕하고 있어. 바로 내가 이 이론을 알기 시작한 이후부터. 이전에도 나는 한 번도 악덕을 행사한 적이 없어. 너도 여자와 잔 적이 한 번도 없니?"

"없어." 내가 말했다. "좋은 여자를 만나지 못했거든."

"그 말은 네가 좋은 여자를 만났다면, 그러니까 네가 좋은 사람이라 느끼는 여자를 만났다면 그녀와 잠을 잤을 거란 뜻이니?"

"물론, 그녀만 싫어하지 않는다면."

약간 조롱하듯 내가 말했다.

"그래? 그렇다면 넌 잘못된 길을 가고 있는 건데! 우리는 완벽한 금욕을 할 때에만 내면의 힘을 만들 수 있어. 나는 2년 동안 금욕했지. 2년하고 한 달 정도 지난 것 같다. 정말 힘들었어! 가끔 더 이상 견딜 수 없을 것 같은 순간이 오기도 했거든."

"크나우어, 난 금욕이 그렇게까지 중요하다고 생각하지 않아."

"나도 알아." 그가 내 말을 막았다. "모두가 그렇게 얘기하지. 하지만 네게서 그런 말을 기대하진 않았는데. 보다 높은 정신의 길을 가려는 자는 순결을 지켜야만 해. 무조건!"

"그래, 그럼 그렇게 해! 하지만 난 성을 억제하는 그 사람이 다른 사람보다 더 '순수'하다는 말은 이해할 수 없어. 그렇다면 넌 모든 생각과 꿈에서 성적인 것을 완전히 없앨 수 있다고 생각하니?"

그가 실망한 듯 나를 바라보았다.

"아니, 물론 아니지만! 세상에, 당연히 그래야만 해. 난 나 자신에게도 설명할 수 없는 그런 꿈을 꾼 적도 있어! 정말 끔찍한 꿈이었다고!"

그 순간 나는 피스토리우스가 내게 했던 말이 생각났다. 그의 말이 정말 옳다고 생각되었지만 그것을 다른 이에게 다시 설명할 수는 없었다. 나 자신의 경험에서 나온 것도 아니고, 내가 스스로 그것을 따를 수 있을 만큼 성숙해 있지 않았기에 어떤 충고도 할 수 없었던 것이다. 그래서 나는 말하지 않았다. 하지만 누군가가 나에게 충고를 구하고 있는데 그것에 대해 아무것도 해줄 수 없다는 사실에 자존심이 상했다.

"난 모든 것을 시도해봤어!" 크나우어가 내 옆에서 불평했다. "사람들이 할 수 있는 모든 것을 다 해봤지. 냉수마찰도 하고 심지어 눈으로 몸을 문지르기도 했어. 체조와 달리기도 했지. 하지만 어떤 것도 소용이 없었어. 매일 밤 나는 내가 감히 생각해서는 안 되는 꿈들을 꾸다가 깨어났지. 그리고 가장 끔찍한 게 뭔 줄 알아? 그것 때문에 내가 정신적으로 배웠던 것이 점점 없어진다는 사실이야. 나는 집중하거나 다시 잠드는 일을 더 이상 할 수 없어서 종종 밤새도록 깨어 있기도 했어. 정말 더는 못 견디겠어. 내가 만약 이 투쟁을 끝까지 이겨

내지 못한다면, 그리고 내가 유혹에 굴복해 나 자신을 더럽힌다면, 난 단 한 번도 투쟁하지 않은 사람보다 더 나쁜 사람이 되는 거야. 이해할 수 있겠어?"

나는 고개를 끄덕였다. 하지만 거기에 대고 아무 말도 할 수가 없었다. 그는 나를 피곤하게 만들었다. 나는 그의 노골적인 고통과 절망감이 내게 깊은 인상을 주지 않았다는 사실에 놀랐다. 그 순간 내가 느낀 것은 그저 '난 너를 도울 수가 없어'가 다였다.

"아직도 나에게 할 말이 없니?" 그가 마침내 지친 듯 슬프게 말했다. "정말 아무것도 없다고? 너만의 방법이 있을 텐데! 넌 어떻게 하고 있니?"

"난 정말 네게 말해줄 게 없어, 크나우어. 우리는 이 문제를 서로 도울 수 없어. 나 역시 누구한테도 도움을 받지 않았고. 넌 너 자신에 대해 잘 생각하고 네 본질에서 실제로 나오는 것을 하면 되는 거야. 그것 말고는 방법이 없어. 너 스스로 발견하지 못한다면, 결국 어떤 정신도 발견할 수 없을 거야. 난 그렇게 생각해."

실망한 듯 그는 말없이 나를 바라보았다. 그러곤 갑자기 증오심에 불타오른 시선으로 얼굴을 찡그리며 화난 듯 소리쳤다.

"흥, 멋진 성자 나셨군! 너도 악덕을 행한 적 있지? 나도 알아! 현자인 척하지만 너도 나나 다른 사람들처럼 똑같이 오물을 뒤집어쓰고 있을 거야. 너는 돼지야. 나랑 똑같아. 우린다 돼지라고!"

나는 자리를 피했고 그는 그대로 서 있었다. 그는 두세 걸음 나를 쫓아오는 듯하더니 그대로 멈춰 서서는 돌아서 뛰어가 버렸다. 동정과 혐오감이 동시에 느껴져 역겨웠다. 그리고 그 느낌은 나를 떠나지 않았다. 나는 집으로 돌아와 내 작은 방에 들어갔다. 몇 장의 그림을 내 주위에 흩어놓고 간절한 마음으로 노력했지만 꿈속에 들어갈 때까지 그 느낌은 계속되었다. 내 꿈은 곧 다시 모습을 드러냈다. 그것은 대문과 문장, 어머니와 낯선 여인에 관한 꿈이었다. 그 여자의 모습이 분명하게 보였기 때문에 그날 밤 다시 그녀의 모습을 그리기 시작했다.

꿈의 시간과 무의식적인 그리기를 통해 며칠 뒤 그림이 완성되었을 때, 나는 그것을 내 방 벽에 걸어놓았다. 그리고 스탠드 등불을 가까이 대고 그림이 마치 결판이 날 때까지 싸워야 하는 정령인 것처럼 그 앞에 서 있었다. 그것은 예전의 것과 비슷했고, 데미안의 얼굴과도 비슷했으며, 나 자신의 모습과도 비슷했다. 한쪽 눈이 다른 쪽보다 훨씬 높은 곳에 있었고, 내리깐 채 무언가를 응시하고 있는 시선은 운명으로 가득 차 보였다.

나는 그 앞에 섰다. 내면의 긴장으로 가슴속까지 차가워졌다. 나는 그림에게 질문을 했고, 욕을 하기도 했으며, 사랑스럽게 만지기도 하고, 부탁을 하기도 했다. 그것을 어머니라 부르고, 애인이라 부르고, 매춘부 또는 천한 여자라 부르고, 아프락사스라고 불렀다. 그러는 사이에 피스토리우스의 말—

또는 데미안의 말—이 불현듯 떠올랐다. 언제 그 말을 들었는지는 기억할 수 없었지만 그 말을 다시 듣고 있는 것 같았다. 그것은 야곱과 하느님의 천사와의 싸움에 관한 이야기로, "나를 축복해주지 않는다면, 당신을 놓아주지 않겠다"라는 것이었다.

그림은 등불의 빛을 받으며 내가 원하는 대로 모습을 바꾸었다. 그것은 밝고 환해졌다가, 다시 어둡고 음울해졌고, 눈꺼풀이 생기 없는 눈을 덮는가 하면 다시 열려 불타는 눈빛을 쏘기도 했다. 그것은 여자이며 남자였고, 소녀이자 어린아이였으며, 동물이기도 했다. 또한 반점으로 사라졌다가 다시 크고 명확한 모습이 되기도 했다. 결국 나는 강력한 내면의 부름에 따라 눈을 감고 그림을 마음속으로 바라보기 시작했다. 나는 더욱 강하고 힘 있게 바라보았다. 그 그림 앞에서 무릎을 꿇고 싶었다. 하지만 그것은 내 마음 깊은 곳에 있었기 때문에 마치 그것이 완전한 내가 된 것처럼 나로부터 분리할 수가 없었다.

그때 나는 봄날의 폭풍 같은 어둡고 무거운 바람 소리를 들었고 형용할 수 없는 공포와 체험의 새로운 감정으로 몸이 떨렸다. 별이 눈앞에서 깜빡거리다가 사라졌다. 나의 첫 기억, 그러나 잃어버렸던 유년 시절의 기억으로 되돌아갔고, 심지어 태어나기 이전과 생의 초기 단계까지 내 옆에 몰려왔다. 하지만 이렇게 내 전 생애를 가장 비밀스러운 것까지 반복하는 것처럼 보이는 기억들은 단순히 어제와 오늘로 끝나는 것이 아니었다. 그것은 계속 진행되어 미래에도 이어졌고, 나를 오늘로부터 떨어뜨려 새로운 삶의 형태로 끌고 갔다. 그 모습은 아주 눈부시고 밝았지만 나중에 그것에 대해 떠올렸을 때는 정말이지 아무것도 생각나지 않았다.

밤에 잠에서 깼다. 나는 옷을 입은 채 침대 위에 뻗어 있었다. 불을 켜고 중요한 것을 생각해내야 한다는 느낌이 들었다. 불과 몇 시간 전의 일이 생각나지 않았다. 불을 켜자 그제야 기억이 점점 돌아오는 것 같았다. 나는 그림을 찾았다. 그것은 더 이상 벽에 걸려 있지도 책상에 놓여 있지도 않았다. 그 순간 내가 그것을 불태웠다는 사실이 흐릿하게 생각났다. 혹시 내 손에서 불태워 그 재를 먹은 것이 꿈이 아니었던 것일까?

거대한 불안감이 나를 흔들었다. 나는 모자를 쓰고 나가 마치 누군가의 강요에 이끌린 듯 집과 골목을 지나 폭풍우를 등진 것처럼 거리와 광장을 뛰고 또 뛰었으며, 내 친구의 음울한 교회 앞에서 귀를 기울이며, 내가 무엇을 찾는지도 알지 못한 채 그저 어둠의 충동 속에서 찾고 또 찾았다. 결국 나는 사창가가 있는 교외의 마을에 갔다. 그곳에는 늦은 시간이었음에도 아직도 이곳저곳에 불이 켜져 있었다. 또 새로 지은 집과 벽돌 더미도 보였고, 어떤 곳은 잿빛 눈으로 뒤덮여 있기도 했다. 나는 황량한 충동감에 이끌려 돌아다니는 몽유병자같이 헤매다 문득 이 낯선 공간이 고향의 공사장과 비슷하다고 느꼈다. 불한당 크로머는 첫 번째 계산을 위해 그곳에 나를 끌고 갔었다. 그것과 비슷한 건물이 밤의 불빛 속에 내 앞에 서서 시커먼 문구멍을 내게 벌리고 있는 것 같았다. 나는 그 안으로 이끌렸다. 그리고 그것을 피하려다 모래와 자갈에 걸려 비틀거렸다. 하지만 들어가고 싶은 욕망이 더 강했다. 나는 들어가야 했다.

결국 판자와 깨진 벽돌 너머의 황량한 공간으로 나는 들어갔다. 축축한 냉기가 감도는 그곳에서는 돌 냄새가 났다. 모래 더미는 잿빛 덩어리 같았다. 그것 말고 다른 것들은 모두 캄캄했다.

그때 놀란 목소리가 나를 불렀다.

"세상에, 싱클레어. 어떻게 여기에 온 거야?"

어둠 속에서 한 사람이 내 옆으로 다가왔다. 작고 마른 소년이었는데, 처음에는 마치 유령 같아 보였다. 나는 머리카락이 곤두서는 것 같았지만 이내 그가 같은 반 친구 크나우어라는 것을 알 수 있었다.

"어떻게 여기에 왔어?" 그는 흥분하여 미친 사람 같은 말투로 물었다. "날 어떻게 찾은 거야?"

나는 이해가 되지 않았다.

"난 널 찾은 게 아니야."

내가 당황하여 말했다. 한 마디 한 마디 하는 것이 너무나 힘들었다. 나는 생기 없고 약하디약한 얼어붙은 입술을 억지로 떼며 말했다.

그는 나를 쳐다보았다.

"날 찾은 게 아니라고?"

"응, 아니야. 무언가가 나를 이쪽으로 끌고 왔어. 네가 나를 부른 거니? 그래, 네가 나를 부른 게 틀림없어. 그런데 너 여기서 뭐 하고 있었던 거야? 한밤중인데."

그는 야윈 팔로 나를 힘 있게 끌어안았다.

"그래, 맞아. 한밤중이야. 그리고 곧 아침이 되겠지. 오, 싱클레어, 네가 나를 잊지 않고 있었다니! 내가 용서가 되니?"

"뭐가?"

"아, 정말 난 형편없었어!"

그제야 나는 우리의 대화가 떠올랐다. 사오일 전이었던가? 내게는 한생이 지난 것처럼 오래전 일같이 느껴졌다. 이제 비로소 나는 모든 것을 제대로 이해할 수 있었다. 우리 사이에 있었던 일이며 내가 여기에 왜 왔는지, 그리고 크나우어가 이런 곳에서 뭘 하려고 했는지를 말이다.

"그러니까 너, 죽으려고 했구나, 크나우어?"

그는 추위와 불안감으로 몸을 떨었다.

"맞아, 그러려고 했어. 내가 그걸 할 수 있었을지는 나도 모르겠어. 하지만 난 아침까지 기다리려고 했지."

나는 그를 밖으로 데리고 나왔다. 형용할 수 없는 냉기 속에서 새벽빛이 잿빛 대기를 가로지르며 희미하게 빛나고 있었다.

나는 그의 팔을 잡고 먼 곳까지 데리고 갔다. 내가 먼저 말을 꺼냈다.

"이제 집에 가. 그리고 아무에게도 말하지 마! 넌 잘못된 길을 갔던 거야, 잘못된 길을! 우리는 네가 생각하는 것처럼 돼지가 아니야. 우리는 인간이야. 우리는 신을 만들어서 그들과 투쟁하고, 그들은 우리에게 축복을 내리는 거야."

우리는 말없이 계속 걷다가 헤어졌다. 집에 도착했을 때에는 이미 낮이었다.

성 ○○시에서 보낸 모든 시간 중 최고의 순간은 피스토리우스와 오르간 앞에서 보낸 시간과 벽난로 불 앞에서 보낸 시간이었다. 우리는 함께 그리스어로 된 아프락사스에 대한 글을 읽었고, 그는 베다의 번역문 일부를 읽어주기도 했으며, 성스러운 말인 '옴'도 가르쳐주었다. 그중에서 가장 나의 마음을 끌었던 것은 그의 해박함이 아니라 오히려 그 반대의 것이었다. 내가 스스로 앞으로의 길을 찾아가는 것, 나 자신의 꿈, 생각, 예감에 대한 믿음이 점점 커진 것과 나의 내면에 어떤 힘이 있다는 사실을 점차로 알게 된 것은 나를 즐겁게 해주었다.

피스토리우스와 나는 어떤 방법으로든 서로를 이해했다. 가령 내가 그를 열렬히 생각하고 있으면, 틀림없이 그가 오거나 그의 안부가 전해졌다. 나는 과거에 데미안에게 그랬듯 그에게 어떤 것도 물을 수 있었다. 설령 그가 그곳에 없다고 하더라도. 나는 단지 확실한 생각을 보내고 열심히 집중하여 내 질문을 그에게 향하기만 하면 되었다. 그러면 질문 속에 녹아 있던 내 모든 영혼의 힘이 대답이 되어 다시 나에게 돌아왔다. 내가 마음속으로 상상했던 것은 피스토리우스나 데미안과 같은 인물이 아니라, 내가 꿈꾸고 그렸던 그림이었다. 그리고 그것은 내가 부르지 않을 수 없었던 반은 남자 반은 여자인 내 영혼의 모습이었다. 그 모습은 이제 더 이상 내 꿈속에 살거나 종이에 그려져 있지 않고, 대신 소망의 모습으로, 그리고 나 자신의 더 나은 모습으로 존재했다.

특이하고 때로는 우스웠던 사실은 자살이 실패로 돌아간 크나우어와 나의 관계였다. 내가 그에게 갔던 그날 밤부터 그는 나의 충실한 하인이나 개처럼 행동했고, 자신의 삶을 나의 삶과 연결시키려 했으며, 맹목적으로 나를 따랐다. 그리고 이상한 질문들과 소원들을 가지고 내게 왔다. 그는 정령을 보고 싶어 하고 카발라를 배우려고 했는데, 내가 그 모든 것을 잘 알지 못한다고 분명하게 잘라 말해도 믿지 않았다. 그는 내게 모든 힘이 있다고 믿었다. 다만 신기했던 것은 내가 내 마음속의 어떤 매듭을 풀려고 할 때마다 그가 이상하고 멍청한 질문을 가지고 내게 왔고, 그의 변덕스러운 생각과 관심사가 종종 내 문제를 해결하는 열쇠가 되었다는 사실이다. 물론 크나우어가 귀찮게 느껴진 나머지 때때로 위압적으로 그를 쫓아내기도 했다. 하지만 나는 그가 나에게 보내졌다는 것과, 내가 그에게 준 것이 두 배가 되어 나에게 돌아왔으며 그 역시 나의 길을 이끌어주는 사람이나 길임을 느낄 수 있었다. 또한 그가 행복을 찾기 위해 나에게 가져온 멋진 책들과 글들은 내가 그 순간에 볼 수 있었던 것보다 더 많은 것을 가르쳐주었다.

다만 크나우어는 이후 전혀 알지 못하는 사이에 나의 길에서 멀어졌다. 그와의 대결은 필요하지 않았다. 하지만 피스토리우스와는 달랐다. 그와 나는 성 ○○시에서의 학업이 끝날 즈음에 좀 특이한 경험을 하게 되었다.

물론 악의 없는 사람이라도 일생에 한 번 혹은 여러 차례 경건과 감사라는 아름다운 미덕과 충돌하는 일이 생긴다. 누구나 한 번은 아버지, 선생님으로부터 한 걸음 떨어져 나와야 하며, 누구나 혹독한 외로움을 견뎌야만 한다. 비록 대부분의 사람들이 그것을 견디지 못하고 다시 어딘가에 숨어버리지만 말이다. 부모님과 부모님의 세계, 내 아름다운 어린 시절의 '밝은' 세계와 나는 격렬한 투쟁을 통해서가 아니라 천천히 그리고 거의 눈에 띄지 않게 멀어졌으며 이내 낯설어졌다. 그것은 내게 고통스러운 일이었고, 내가 고향을 방문할 때면 종종 쓰리게 느꼈지만 쓰라림이 마음속까지 침투하진 않았다. 그저 견딜 만한 고통이었다.

하지만 만약 우리가 일상적 습관이 아니라 자신의 충동에 의해 사랑과 존경심을 바쳤다면, 우리가 마음으로부터 우러나와 사도가 되고 친구가 되었다면, 문득 우리 안에 사랑하는 사람으로부터 떠나려 하는 마음의 소용돌이가 인다는 것을 깨닫게 되는 그 순간은 매우 쓰리고 끔찍할 것이다. 그때는 친구와 선생님에게 받아들여지지 않았던 모든 생각이 독 묻은 가시와 함께 우리 마음을 향하게 되며, 필사적으로 저항해도 이내 자신의 얼굴까지 미치고 만다. 그 순간 자기 자신의 내면에 도덕이 있다고 믿었던 우리에게 이 '불성실'과 '배은망덕'이라는 이름은 수치스러운 명칭이나 낙인처럼 다가온다. 그때 놀란 가슴은 유년 시절 미덕의 골짜기로 불안하게 도망가기 마련이며 이러한 단절을, 이러한 연대의 결렬을 믿지 못하게 된다.

내 마음속에서도 천천히 내 친구 피스토리우스를 무조건적인 지도자로 인정하지 않으려 하는 소용돌이가 일기 시작했다. 내 사춘기 시절에서 가장 중요했던 몇 개월 동안 내가 체험했던 것은 그와의 우정, 그의 충고, 그의 위로, 그와의 친밀함이었다. 신은 그를 통해 나에게 말했다. 그의 입을 통해 나의 꿈은 내게 다시 돌아왔으며, 명확해졌고, 숨겨진 뜻을 알게 되었다. 그는 나에게 나 자신에 대한 용기를 심어주었다. 아, 그렇지만 나는 점점 더 그에 대한 반항심이 커지는 것을 느꼈다. 나는 그가 너무 많은 교훈을 이야기한다고 생각했고, 결국에는 그가 이해하는 건 그저 나의 일부에 불과하다는 느낌마저 받았다.

우리 사이에는 논쟁이나 사소한 싸움도 없었으며 단절이나 절교 같은 것도 없었다. 나는 그에게 단지 단 한 번, 악의 없는 말을 했을 뿐이다. 하지만 우리 사이의 환상이 화려한 조각으로 부서진 순간은 있었다. 이미 얼마 전부터 어떤 예감이 나를 억누르고 있었는데, 어느 일요일 그의 낡은 서재에서 이 감정이 뚜렷해졌다. 우리는 불 앞에 엎드려 있었고 그는 신비와 종교 형태에 대해 말하고 있었다. 그는 그것을 연구하고 있었고, 그것에 대해 진지하게 생각하고 있었으며, 그것의 있을 법한 미래에 몰두하고 있었다. 하지만 나에게 이 모든 일은 중요한 삶의 과업이라기보다는 그저 신기하고 흥미로운 일에 불과했다. 그것은 학술적인 느낌이 풍기는 데다 이전 세계의 폐허의 잔재에서 이루어지는 피곤한 탐구였다. 그리고 마침내 나는 이 모든 방법에 대한 혐오감, 문화의 신비스러움에 대한 반감, 전통적인 믿음의 형태를 모자이크처럼 짜 맞추는 데 대한 거부감을 느꼈다.

"피스토리우스!" 내가 갑자기 나 자신도 놀랄 만큼 감정을 분출하며 말했다. "다시 한 번 밤에 꾸었다는 진짜 꿈 이야기를 해주세요. 지금 이야기하는 것들은 아주아주 고리타분해요!"

그는 내가 이런 식으로 말하는 것을 한 번도 들어본 적이 없었다. 심지어 나 자신조차 지금 내가 그에게 쏜 화살이 그의 무기고에서 가져온 것이란 사실이 번개처럼 떠올라 수치와 공포에 질렸을 정도였다. 그 화살은 그가 종종 반어적인 투로 말하던 자기비난이었는데, 지금은 내가 그에게 날카롭게 던진 것이다.

그 역시 순간 그것을 감지하고는 말이 없어졌다. 나는 불안하게 그를 바라보았고 그의 얼굴이 창백해지는 것이 보였다.

오래고 무거운 침묵이 지나고 그가 새 장작을 불에 던지면서 내게 조용히 말했다.

"자네 말이 맞네, 싱클레어. 자네는 영리한 소년이지. 이젠 자네에게 고리타분한 이야기는 꺼내지 않겠네."

그는 아주 차분해졌다. 하지만 고통스러운 상처의 소리가 들렸다. 내가 대체 무슨 짓을 한 걸까!

나는 눈물이 나올 것 같았다. 그에게 진심으로 사과하고 싶었으며 나의 사랑과 애정 어린 감사를 전하고 싶었다. 수많은 감동적인 말들이 내 머릿속에 떠올랐다. 하지만 그것을 말할 수가 없었다. 나는 엎드린 채 불을 바라보며 침묵했다. 그도 침묵했다. 그렇게 우리는 엎드려 있었다. 불은 다 타서 천천히 꺼졌다. 그리고 서서히 사라지는 불빛을 보면서 나는 다시는 돌아오지 않을 어떤 아름다운 것과 다정한 것이 날아가는 것 같은 느낌이 들었다.

"제 말을 오해하신 건 아닌지 걱정됩니다."

나는 끝내 압박감을 느끼고 입은 바짝 마른 채 약간 쉰 목소리로 말했다. 이 멍청하고 의미 없는 말은 마치 신문 연재소설을 읽는 것처럼 기계적으로 입술에서 튀어나왔다.

"나는 자네가 아주 옳다고 생각하네." 피스토리우스가 나직이 말했다. "자네 말이 맞아." 그는 말을 멈추었다. 그러곤 다시 천천히 이어나갔다. "인간이 다른 인간에 대해서 옳다고 할 수 있는 한은 말이지."

아니, 아니, 나는 마음속으로 외쳤다. 제가 틀렸습니다! 하지만 나는 아무것도 말할 수 없었다. 내가 한 이 유일하고 사소한 말이 그의 본질적인 약점과 고뇌, 그리고 상처를 건드렸음을 나는 알았다. 나는 그 자신도 믿지 않으려 했던 그런 부분들을 건드린 것이다. 그의 생각들은 '고리타분했고', 그는 뒤처진 탐구자이자 낭만주의자였다. 그리고 갑자기 나는 마음속 깊이 느꼈다. 나에게 존재했던 피스토리우스는 그 자신에게서는 존재하지 않고, 그가 나에게 주었던 것 역시 자신에게는 줄 수 없다는 사실을. 그는 지도자인 그 자신조차도 넘어서지 못하고 떠나야 했던 길로 나를 이끌어주었던 것이다.

세상에, 내가 대체 무슨 말을 한 것인가! 나는 조금도 나쁜 의미로 그런 말을 한 것은 아니었다. 그리고 이런 혼란은 예상하지 못했다. 나는 말하고 있는 그 순간에도 내가 무슨 말을 하는지 알지 못하는 것들을 입에 담았던 것이다. 나는 사소하고 약간 재치 있고 약간의 심술이 담긴 생각을 따랐을 뿐인데, 그것이 운명적인 일이 되어버리다니. 이 사소하고 부주의했던 거친 말이 그에게는 심판이 되어버렸다.

오, 그때 나는 얼마나 그가 화를 내고 변명을 하고 나에게 소리를 지르기를 원했는지! 하지만 그는 내가 마음속으로 상상한 그런 일들을 아무것도 하지 않았다. 할 수 있었다면 그는 아마 미소를 지었을 것이다. 하지만 그는 그렇게 할 수 없었으며 나는 그것을 보고 내가 얼마나 그를 아프게 했는지를 깨달을 수 있었다.

피스토리우스는 자신의 버릇없고 배은망덕한 제자인 나로부터 받은 타격을 말없이 받아들임으로써, 침묵으로 내 말이 옳다고 인정하고 이 또한 운명이라고 시인함으로써 내가 나자신을 증오하게 만들었고 나의 경솔한 행동을 천 배나 확대시켰다. 나는 누군가를 가격할 때 항상 강하고 방어력 있는 자를 겨냥했다. 하지만 침묵하고 있는 그는 조용히 견디는 사람, 방어하지 못하는 사람이었다.

우리는 오랫동안 사그라지는 불 앞에 엎드려 있었다. 불이
타는 모습, 재가 되어가는 장작 속에서 나는 행복하고 아름답
고 풍요로웠던 기억의 순간들을 떠올렸다. 피스토리우스에
대한 나의 의무를 저버린 죄책감은 점점 더 커졌다. 결국 나
는 더 이상 견디지 못하고 일어서서 나왔다. 그리고 오랫동안
그의 방문 앞에 서서, 음침한 계단에 서서, 그리고 집 밖에 서
서 혹시 그가 나를 따라오지는 않을까 기다렸다. 하지만 그는
나오지 않았고 나는 몇 시간이고 시내와 교외, 공원과 숲을
밤이 될 때까지 달리고 또 달렸다. 그때 나는 처음으로 내 이
마 위에 카인의 표적이 있음을 느꼈다.

그 후 시간이 흐르면서 나는 차츰 그때의 일을 되짚어볼 수
있게 되었다. 나의 생각은 나를 질책하고 피스토리우스를 변
호할 의향을 가지고 있었다. 하지만 이미 모든 것은 그 반대
로 결말이 난 뒤였다. 나는 천 번이고 내가 한 말을 후회했고,
취소할 용의가 있었다. 하지만 내 말은 진실이기도 했다. 이
제야 나는 피스토리우스를 이해하게 되었고, 그의 모든 꿈을
내 앞에 세울 수 있었다. 그 꿈은 성직자가 되는 것, 새로운
종교를 알리는 것, 새로운 형식의 행복, 사랑, 예배를 제시하
는 것, 새로운 상징을 세우는 것이었다. 하지만 그것은 그의
힘과 역할에 맞지 않았다. 그는 과거에 지나치게 안주하고 있
었고, 이집트, 인도, 미트라스, 그리고 아프락사스에 대해 너
무 많은 것을 알고 있었다. 그의 사랑은 이미 지상에서 볼 수

있는 그런 모습과 연결되어 있었다. 또한 그는 동시에 마음속 깊이 알고 있었다. 새로운 것이란 아주 색다른 것이며, 그것은 새로운 땅에서 솟아오르는 것이지 결코 수집품이나 도서관에서 창조되어서는 안 된다는 사실을. 그의 역할은 어쩌면 나에게 일러주었던 것처럼 사람들이 스스로의 길을 찾아가도록 도와주는 데 있었는지도 모르겠다. 그들에게 미지의 것을 주는 일, 새로운 신을 알려주는 일은 그의 역할이 아니었다.

갑자기 날카로운 불길 같은 인식이 불타올랐다. 우리 모두에게는 '역할'이 있다. 하지만 그 누구도 그것을 자기 스스로 선택할 수 없으며, 변형시키거나 임의로 관리해서도 안 된다. 새로운 신을 원하는 것은 잘못이고, 세계에 무언가를 주려고 하는 것도 완벽한 잘못이다! 각성된 사람에게는 자신을 찾고, 자신에 대해 확고해지며, 앞에 놓인 자신이 가려고 하는 길을 더듬어 찾아가는 것 말고 다른 의무는 결코 없다. 이 생각은 나를 깊이 흔들었다. 이것은 또한 그동안의 경험이 나에게 준 결실이었다. 종종 나는 미래의 영상과 놀았다. 나는 작가 혹은 예언자, 또는 화가, 또는 그 어떤 것이든 간에 나에게 부여될 역할에 대한 꿈을 꾸었다. 모든 것은 아무것도 아니었다. 나는 글을 쓰거나 설교를 하거나 그림을 그리기 위해 존재하는 것이 아니었다. 그것은 나뿐 아니라 다른 사람들도 마찬가지였다. 이 모든 것은 단지 부차적으로 일어날 수 있는 일이다. 우리에게 주어진 진정한 소명은 자기 자신을 찾아가는 것뿐이다. 그가 작가이든 미친 사람이든 예언자 또는 범죄자로 생을 마감하든 괜찮다. 그것은 그의 일이 아니며, 결국에는 아무런 의미도 없다. 그의 일은 임의적인 운명이 아닌 자신의 운명을 발견하는 것이며, 그것을 온전하게 그리고 확고히 자신 안에서 지키는 것이다. 그 외의 다른 일들은 반쪽자리에 불과하다. 가령 위험을 벗어나기 위한 시도나, 대중의 이상으로 도망가는 것, 자신을 그것에 맞게 바꾸는 것, 자신의 내면에 대해 불안해하는 것 따위 말이다. 결국 끔찍하지만 성스러운 새로운 영상이 내 앞에 나타났다. 나는 그것을 백 번이고 예상했고, 어쩌면 이미 말을 걸었을지도 모르지만 직접 경험한 것은 처음이었다. 나는 자연으로 던져졌다. 불확실함 속으로 던져진 것이요, 어쩌면 새로운 것, 아니면 아무것도 아닌 것으로 던져진 것일 수도 있다. 그리고 아주 깊은 내면에서 이러한 투척을 느끼도록 만들어, 그것의 의지를 나의 내면에서 느낄 수 있게 하고 완전히 나의 것으로 만들게 하는 것이 내 일이었다. 바로 그것만이!

나는 이미 지독한 외로움을 맛보았다. 하지만 그럼에도 나는 더 깊은 고독이 있다는 것을, 그리고 그것으로부터 달아날 수 없으리라는 사실을 예감했다.

나는 피스토리우스와 화해하려고 노력하지 않았다. 우리는 여전히 친구였으나 관계는 달라졌다. 단지 한 번 그것에 대해 이야기를 나눴는데 그때 그는 이렇게 말했다.

"자네도 알다시피 나는 성직자가 되려는 소망을 갖고 있네. 나는 무엇보다 우리가 아는 무수한 예감을 지닌 새로운 종교의 성직자가 되고 싶다네. 하지만 그건 불가능하지. 나는 그 사실을 알고 있었다네. 정말 인정하기 싫지만 아주 오래전부터 말이야. 그러니 나는 다른 방식으로 성직의 일을 행할 거라네. 오르간이나 그런 것들로 말이지. 하지만 나는 항상 내가 아름답고 신성하다고 생각하는 것들, 이를테면 오르간 음악과 신비, 상징과 신화에 둘러싸여 있을 거야. 나는 이들이 필요하고 이들로부터 떠나고 싶지 않거든. 이것이 나의 취약점이지. 이러한 소원이 사치이고 내 약점이라는 사실을 알고 있으니까 말이야. 만약 내가 아주 단순하게 어떠한 요구도 없이 운명에 나를 맡긴다면 더 위대하고 더 정직한 사람이 될 수 있을 걸세. 하지만 나는 그것을 할 수 없다네. 그것은 내가 할 수 없는 유일한 것이지. 어쩌면 언젠가 자네가 그것을 할 수 있을지도 모르겠네. 그것은 어려운 일이야. 세상에 존재하는 단 하나의 어려운 일이지. 나는 종종 그것에 대한 꿈을 꾸었지만 그것을 할 수 없었네. 오히려 공포를 느꼈지. 완전히 벌거벗고 서있는 것 같은 외로운 일을 나는 할 수 없다네. 나는 약간의 온기와 먹을 것이 필요하고 때때로 동족과의 친밀감을 느끼고 싶어 하는 그런 불쌍하고 연약한 한 마리의 개일 뿐이거든. 자신의 운명 말고는 다른 것을 원하지 않는 사람은 더 이상 동족을 가질 수 없고 완전히 혼자가 된다네. 그리고 그의 주변에는 차가운 세계만이 있지. 자네도 알다시피 겟세마네 동산의 예수가 바로 그런 사람이었지. 그리고 기꺼이 십자가에 못 박힌 순교자들도 그러한 사람들이라 할 수 있네. 하지만 그들은 영

177

웅이 아니었으며 자유롭지도 못했어. 그들 또한 자신에게 편안하고 고향처럼 느껴지는 무언가를 원했고, 그들은 모범을, 이상향을 가지고 있었던 것뿐이야. 단지 운명만을 믿는 사람들은 모범도 이상도 없고, 사랑도 위안도 없지. 그래도 우리는 그러한 길을 걸어가야만 한다네. 나나 자네 같은 사람들은 정말 외롭지. 하지만 우리는 아직 서로가 있고, 우리가 조금 다르다는 것, 저항할 수 있다는 것, 그리고 특별한 것을 원한다는 점에서 은밀한 만족을 느끼고 있지 않은가. 그러나 우리가 길을 완벽하게 가고자 한다면 이러한 것들을 버려야만 해. 우리는 혁명가, 모범을 제시하는 자, 순교자가 되기를 원해서는 안 돼. 그런 것은 절대 생각할 수도 없는 일이지."

그렇다. 그것은 정말 생각할 수 없는 일이다. 하지만 그것은 꿈꿀 수 있고, 미리 느낄 수 있고, 예감할 수는 있다. 실제로 나는 여러 번 아주 고요한 시간 속에서 그런 것을 느낀 적이 있었다. 그럴 때면 나는 나의 내면을 들여다보고 내 운명의 영상을 크게 뜬 눈으로 바라보았다. 그것은 현자의 모습이기도 했고, 광신자의 모습이기도 했으며, 사랑으로 빛나거나 지독한 악의에 차 있는 모습이기도 했다. 그리고 그 모습은 다 마찬가지였다. 어떤 것도 선택할 수 없었으며, 어떤 것도 원해서는 안 되었다. 오로지 자신만을, 자신의 운명만을 원할 수 있었다. 피스토리우스는 내가 이러한 길로 나아가도록 안내자로서의 역할을 수행했던 것이다.

그때 나는 맹목적으로 주변을 뛰어다녔고, 내 마음속에선 폭풍우가 일었으며, 내가 내딛는 모든 걸음이 위태로웠다. 내 앞에는 지금까지의 모든 길이 흘러들어 가 가라앉는 심연의 암흑밖에 없었다. 나는 내면에서 안내자의 형상을 보았다. 그것은 데미안의 모습과 같았고, 그의 눈에서는 나의 운명이 보였다.

나는 종이에 썼다.

"어떤 안내자가 나를 버렸습니다. 나는 칠흑 같은 어둠 속에 서 있습니다. 혼자서는 한 걸음도 나아갈 수 없습니다. 도와주세요!"

나는 이것을 데미안에게 보내려고 했다. 하지만 그러지 않았다. 내가 그러려고 할 때마다 그렇게 하는 것이 멍청하고 의미 없는 일로 보였기 때문이다. 하지만 나는 이 짧은 기도문을 외우고 그것을 마음속으로 종종 되뇌곤 했다. 그것은 항상 나와 함께했다. 나는 내가 기도하는 것을 감지하기 시작했다.

그렇게 나의 학창 시절은 끝났다. 방학 동안 여행을 다닐 계획이었고 그 후에는 아버지의 생각대로 대학에 갈 예정이었다. 어느 학과로 갈지는 아직 결정하지 못했다. 우선 한 학기 동안 철학을 공부하는 것이 허락되었다. 다른 어떤 과목이었어도 나는 만족했을 것이다.

에바 부인

　방학 중에 나는 예전에 막스 데미안이 자신의 어머니와 함께 살았던 집에 가보았다. 늙은 부인이 정원을 산책하고 있었는데, 그녀에게 말을 걸어 그녀가 집주인이라는 것을 알게 되었다. 나는 데미안의 가족에 대해 물었다. 그녀는 그들을 잘 기억하고 있었지만 지금은 어디에 살고 있는지 몰랐다. 그 대신 그녀는 나에게 흥미를 느꼈는지 나를 기꺼이 집으로 데려가 가죽으로 된 앨범을 꺼내 데미안 어머니의 사진들을 보여주었다. 나는 데미안 어머니의 모습이 더 이상 기억나지 않았다. 하지만 그 작은 사진을 보자 내 가슴은 쿵 내려앉는 것 같았다. 그것은 내 꿈에 나타난 모습이었다. 키가 크고 거의 남자처럼 보이는 여자, 자신의 아들을 닮은, 모성을 지닌, 엄격한, 깊은 열정에 사로잡힌 얼굴, 아름답고 매력적이고, 아름답고 접근할 수 없는, 악령이면서 어머니인 그리고 운명이면서 애인인 그녀였다. 바로 그녀!

내 꿈속의 영상이 지상에 살아 있다는 것을 알게 되었을 때, 나는 놀라움에 가슴이 얼마나 떨렸는지 모른다. 저런 모습의 여자가, 내 운명의 모습을 지닌 여자가 있었다니! 그녀는 어디에 있을까? 게다가 그녀는 데미안의 어머니였다.

나는 곧 여행을 떠났다. 사실 여행이라기엔 좀 이상한 일정이었다. 나는 무엇에 쫓기듯 이곳에서 저곳으로, 그리고 생각이 이끄는 대로 계속해서 그 여인을 찾아다녔다. 어느 날에는 그 여자를 연상시키는, 그 여자와 닮은 모습을 만나기도 했는데, 그 모습은 나를 낯선 도시의 거리로, 기차역으로, 열차 안으로 유혹했으며 그것은 뒤엉킨 꿈과도 같았다. 그러다 또 다른 날에는 이렇게 무작정 찾아다니는 것이 얼마나 허무한 일인지를 깨닫기도 했다. 그러면 나는 할 일 없이 공원이나 호텔 정원, 대합실 어딘가에 앉아 나의 내면을 살펴보고 내 마음속에 있는 그림을 생생하게 만들려고 노력했다. 하지만 이제 그 모습은 수줍음을 느끼고 나에게서 도망가려 하는 것 같았다. 나는 거의 잠을 잘 수가 없었다. 낯선 풍경을 달리는 기차 안에서 잠깐 눈을 붙이는 게 다였다. 한번은 취리히에서 한 여자가 나를 따라왔다. 예쁘지만 좀 얌체 같은 느낌을 주는 여자였다. 하지만 나는 그녀가 공기라도 되는 것처럼 쳐다보지도 않은 채 그냥 걸어갔다. 다른 여자에게 잠시라도 관심을 갖느니 그냥 죽어버리는 것이 나았다.

나는 내 운명이 나를 이끄는 것을 감지했고, 그것의 실현이 가까이 왔음을 느꼈다. 나는 초조감 때문에 미칠 것 같았으며, 아무것도 할 수 없었다. 내 기억에 인스브루크 역이었던 것 같다. 나는 막 떠나려는 기차의 창문에서 그 여자를 연상시키는 모습을 보고 나서 하루 종일 우울했다. 그리고 그 모습은 갑자기 밤중에 내 꿈에 나타났다. 그 후 나는 이렇게 쫓는 것이 얼마나 무의미한 일인지 부끄럽고 공허하게 깨닫고는 곧장 집으로 돌아왔다.

몇 주 후에 나는 H 대학에 입학했다. 모든 것이 나를 실망시켰다. 내가 듣는 철학 강의는 대학생들의 행동처럼 본질을 상실했고 기계적이었다. 모든 것이 아주 판에 박힌 것처럼 답답했다. 모두가 똑같이 행동했고, 소년의 얼굴에 있던 열띤 즐거움은 슬프게도 아예 비어버린 채 전부 고갈된 것처럼 보였다. 하지만 나는 자유로웠다. 나는 하루 종일 혼자 있었으며, 조용하고 아름다운 도시의 옛 성벽 안에 살고 있었고, 내 책상 위에는 니체의 책이 몇 권 놓여 있었다. 나는 그와 함께 살며 그의 영혼의 고독을 느꼈다. 그가 끊임없이 몰아냈던 운명을 느끼며 그와 함께 괴로워했다. 그리고 그렇게 냉정하게 자신의 길을 걸어간 사람이 있었다는 것에 고마움을 느꼈다.

어느 날 늦은 저녁, 나는 하늘거리는 가을바람에 몸을 맡긴 채 시내를 어슬렁거렸다. 한 술집에서 대학생들의 노래가 들려왔다. 열린 창으로 담배 연기가 구름처럼 솟아 나왔고, 크고 뻣뻣하면서도 활기 없고 생기 없는 노랫소리가 파도처럼 흘러나왔다.

나는 길모퉁이에 서서 귀를 기울였다. 두 개의 술집에서 정확하게 연습한 것 같은 청년들의 목소리가 흘러나와 밤의 공기 속으로 부풀어 올랐다. 어디에나 유대감이, 어디에나 공동의 삶이, 어디에나 운명의 버림이, 어디에나 따뜻한 군중 속으로의 도피가 있었다.

내 뒤로 두 남자가 천천히 지나가고 있었다. 나는 그들의 대화를 조금 들을 수 있었다.

"여기는 마치 흑인 마을의 젊은이 집 같지 않습니까?"라고 한 남자가 말했다.

"맞아요. 심지어 문신도 유행이라지요. 보세요, 이것이 유럽 젊은이들의 모습입니다."

그 목소리는 이상하게도 내게 경고하는 것같이 들렸다. 그것은 익숙한 목소리였다. 나는 어두운 골목으로 두 남자를 따라갔다. 그중 한 명은 일본인이었다. 키가 작았지만 품위 있어 보였다. 나는 노란 가로등 불빛 아래서 그의 얼굴이 빛나는 것을 보았다.

다른 사람이 말을 이었다.

"당신네 나라 일본의 상황도 더 낫지는 않을 겁니다. 군중을 따라가지 않는 사람은 어디에나 드무니까요. 여기에도 그런 사람들이 있긴 하지만요."

그가 하는 말들은 아주 놀랍게 내 안에 스며들었다. 나는 말하는 그 사람이 누구인지 알고 있었다. 그는 데미안이었다. 바람이 부는 밤에 나는 그와 일본인을 따라 어두운 골목으로 들어갔고, 그들의 대화에 귀를 기울이고 데미안의 목소리를 즐겼다. 그의 목소리는 예전의 음성 그대로였다. 예전의 안정감과 차분함이 그대로 남아 있었고, 나를 사로잡는 힘이 있었다. 이제 모든 것이 다 잘될 것이다. 내가 그를 찾아낸 것이다.

교외 거리의 끝에서 일본인은 작별 인사를 하고 어느 집의 문을 열었다. 데미안은 길을 다시 돌아왔다. 나는 길 한복판에 그대로 서서 그를 기다렸다. 심장이 두근거렸다. 갈색 비단 외투를 입고 팔에는 가는 지팡이를 건 그가 나를 향해 곧은 자세로 유연하게 다가오는 것이 보였다. 그는 자신의 규칙적인 걸음걸이를 바꾸지 않고 바로 내 앞까지 오더니 모자를 벗었다. 그리고 나에게 결단력 있는 입과 환하고 넓은 이마를 가진, 예의 밝은 얼굴을 보여주었다.

"데미안!"

나는 소리쳤다.

"아, 너구나, 싱클레어! 널 기다리고 있었어."

"내가 여기에 있는 걸 알고 있었어?"

"알지는 못했지만 그게 맞기를 희망했지. 너를 발견한 건 오늘 밤이 처음이지만 말이야. 너 지금까지 우리를 계속 따라왔지!"

"나를 금방 알아본 거야?"

"물론이지. 좀 변하긴 했지만 넌 표식을 달고 있잖아."

"표식? 무슨 표식?"

"우리는 예전에 그걸 카인의 표식이라고 불렀지. 네가 기억하고 있는지 모르겠다. 그게 우리의 표식이야. 너는 항상 그것을 가지고 있었어. 그래서 내 친구가 되었던 거고. 그런데 지금은 더 뚜렷해졌네."

"나는 몰랐어. 아니, 어쩌면 알고 있었는지도. 언젠가 나는 네 얼굴을 그린 적이 있어, 데미안. 그런데 그 그림이 나하고도 닮았다는 사실에 놀랐었어. 그게 바로 표식이었을까?"

"그래, 맞아. 너를 여기서 만나다니 기쁘구나! 어머니도 기뻐하실 거야."

나는 깜짝 놀랐다.

"네 어머니가? 여기에 계셔? 나를 모르시잖아."

"아니, 널 알고 계셔. 네가 누구라는 것을 말씀드리지 않아도 어머니는 너를 알아보실 거야. 정말 오랫동안 네 소식을 듣지 못했구나."

"아, 가끔 편지를 쓰려고 했지만 잘 되지 않았어. 하지만 얼마 전부터 너를 곧 찾게 되리라는 느낌이 들었지. 그 뒤로 매일 너를 만나기를 기다렸어."

그는 자신의 팔을 내게 걸고 나와 함께 계속 걸었다. 그러자 그의 차분함이 나에게도 전달되었다. 우리는 곧 예전처럼 이야기를 나누었다. 우리는 우리들의 학창 시절, 견진성사 시간, 그 당시 방학 중에 있었던 불행했던 만남 등을 떠올렸다. 하지만 우리 둘 사이를 가장 긴밀하게 이어줬던 가장 오래된 이야기인 프란츠 크로머에 대해서는 둘 다 아무 말도 하지 않았다.

뜻밖에도 우리는 이상하고 예감 가득한 대화 속으로 들어가 있었다. 우리는 데미안이 그 일본인과 나누었던 이야기를 했고, 대학 생활에 대해서도 이야기했으며, 다른 주제로도 넘어갔다. 이것은 동떨어진 이야기 같았다. 하지만 데미안의 말에 따르면 이것도 긴밀하게 관계를 맺고 있었다.

그는 유럽의 정신에 대해 이야기했고, 이 시대의 상징에 대해서도 이야기했다. 또한 도처에 지배적인 집단과 군중이 있지만 어느 곳에도 자유와 사랑이 없다고 말했다. 학생 단체와 합창단에서부터 국가에 이르기까지 이 모든 공동체는 모두 강제적으로 형성된 것이며, 불안, 공포, 절망감으로 만들어져 내부에서부터 썩고 낡고 붕괴되고 있다고 했다.

"공동체는" 데미안이 말했다. "좋은 거야. 하지만 우리가 도처에서 번성하고 있다고 보는 공동체들은 사실 아무것도 아니야. 공동체는 개인의 서로에 대한 이해를 기반으로 만들어져야 해. 얼마 동안은 세상을 변화시킬 수 있겠지. 지금 공동체로 존재하는 이런 것들은 결국은 그냥 군중의 집합에 지나지 않아. 사람들은 서로에 대해 두려워하고 있기 때문에 서로에게로 도망가는 거야. 상류 계급은 상류 계급끼리, 노동자는 노동자들끼리, 학자는 학자들끼리 그렇게 말이야. 그런데 그들은 왜 불안해하는 걸까? 우리는 자신과의 공통점을 찾지 못할 때 불안감을 느껴. 공동체는 바로 이렇게 자기 내부에 있는 미지의 것에 불안을 느끼는 사람들의 집단이야. 그들 모두는 자신의 생활 법칙이 더 이상 맞지 않는다는 것을, 자기들이 옛날의 판에 박힌 규칙에 따라 살고 있다는 것을 느끼고 있어. 그리고 실제로 그들의 종교나 윤리 중 그 어떤 것도 우리가 필요로 하는 것과는 맞지 않아. 수백 년 동안 유럽은 그저 공부만 하고 공장만 세웠어. 그들은 한 사람을 죽이기 위해 몇 그램의 화약이 필요한지를 정확하게 알고 있어. 하지만 신에게 어떻게 기도해야 하는지는 모르지. 그리고 어떻게 한 시간을 즐겁게 보낼 수 있는지조차도 모르고 있어. 저 학생들이 가는 술집을 좀 봐! 아니면 부자들이 드나드는 유흥가를! 희망이 없어! 싱클레어, 어느 곳이든 밝은 데가 없는 것 같아. 공포에 떨며 똑같이 행동하는 이 사람들은 너무나 두려움과 악의로 가득 차 있어서 다른 사람들을 믿지 않아. 그들은 이제 이상이 아닌 이상에 매달리고 있고, 새로운 이상을 세우려는 자들에게 돌을 던지고 있어. 난 곧 싸움이 시작될 거라는 게 느껴져. 곧 그렇게 될 거야. 내 말을 믿어. 곧 그렇게 될 테니까! 물론 세계가 '개선'되는 것은 아니야. 노동자가 공장주를 죽이든, 러시아와 독일이 서로를 겨냥하든, 그냥 지배자가 바뀌는 것일 뿐이야. 하지만 까닭 없이 그런 일이 일어나지는 않아. 오늘날 이상의 무가치성이 명백해질 거고, 석기시대 신들도 제거될 거야. 지금과 같은 이런 세계는 죽게 되고 멸망하는 거지. 그렇게 될 거야."

"그럼 우리는 어떻게 되는 거야?"

내가 물었다.

"우리? 아마도 함께 멸망하게 되겠지. 우리 같은 사람들은 죽임을 당할 수도 있어. 그렇다고 해서 우리가 끝나는 것은 아니야. 우리에게서 남은 것 주변에, 또는 우리 중 살아남은 자의 주변에 미래에 대한 의지가 모일 거야. 우리 유럽이 얼마 동안 기술과 학문의 시장으로 가렸던 인간성의 의지가 나타날 거야. 그렇게 되면 인간성의 의지가 국가와 국민, 단체와 교회 같은 오늘날의 공동체와는 결코 같지 않다는 점도 드러날 거야. 자연이 인간에게 원하는 것은 공동체가 아닌 개인에게, 바로 너와 나의 마음속에 쓰여 있어. 그것은 예수의 마음속에도, 니체의 마음속에도 있어. 만약 오늘날의 공동체가 무너지고 나면 이러한 유일무이하고 중요한 흐름에—물론 매일매일 다른 모습이겠지만—하나의 공간이 생길 거야."

우리는 늦은 시간에야 강가의 정원에 멈춰 섰다.

"여기가 우리 집이야." 데미안이 말했다. "조만간 한번 와! 기다리고 있을게."

나는 차가워진 밤공기를 맞으며 기쁜 마음으로 먼 길을 돌아왔다. 시내에는 집으로 돌아가는 학생들이 여기저기서 소리를 지르며 비틀거리고 있었다. 나는 결핍된 무언가를 느끼며 때로는 비웃으며, 자주 그들의 우스꽝스러운 쾌활함과 나의 고독한 삶 사이에서 이질감을 느꼈다. 하지만 나는 단 한 번도 오늘처럼 침착하고 신비하게, 이 모든 일이 나와 얼마나 무관한지, 이 세계가 나와 얼마나 동떨어진 세계인지를 느껴본 적이 없었다. 나는 문득 내 고향의 관리들과 상류 계층들을 떠올렸다. 그들은 술집을 드나들며 보낸 대학 시절에 대한 기억과 행복한 낙원에 대한 기억에 매달렸고 사라져버린 학창 시절의 '자유'를 우상화하고 있었다. 마치 작가나 낭만주의자들이 유년 시절에 매달리는 것처럼 말이다. 어디에서나 마찬가지였다! 어디에서나 그들은 '자유'와 '행복'을 찾으려 했는데, 이것은 단지 자신의 책임을 기억하고 자신의 길을 가도록 강요받게 될지도 모른다는 불안감 때문이었다. 이렇게 몇 년을 사람들은 술을 마시고 환호하다가, 움츠리고 앉아서 품위 있는 국가 공무원이 되었던 것이다. 그래, 정말 부패했다. 우리는 부패했다. 그러나 이러한 대학생들의 멍청함은 적어도 다른 수백 가지 일보다는 덜 어리석고 덜 나쁜 일일 것이다.

하지만 내가 시내에서 떨어져 있는 집에 도착해서 침대에 누우려고 했을 때, 이 모든 생각은 사라졌다. 나의 모든 정신은 이날 내가 받은 거대한 약속에 집중되어 있었다. 내가 원하기만 하면, 내일이라도 데미안의 어머니를 만날 수 있는 것이다. 학생들이 술집에 기거하든, 얼굴에 문신을 새기든, 세계가 부패했든 몰락했든, 그것은 나와 상관이 없었다! 나는 단지 내 운명이 새로운 모습으로 나에게 다가올 것을 기다렸다.

나는 다음 날 아침 늦게까지 잤다. 새로운 날은 마치 내가 소년 시절의 크리스마스 이후로 겪지 못했던 그런 엄숙한 축제의 날처럼 내게 다가왔다. 나는 마음속으로는 매우 불안했지만, 두렵지는 않았다. 나에게 중요한 날이 시작되고 있음을 느꼈고, 나를 둘러싼 세계가 얼마나 변화무쌍하고 새로운 것이며 의미가 많고 경건한 것인지를 보고 느꼈다. 조용히 내리는 가을비는 아름다웠으며 아주 기쁜 축제의 음악 같았다. 처음으로 외부의 세계가 나의 내면의 세계와 완전하게 일치했던 것이다. 그것은 바로 내 영혼의 축제일이었으며, 나는 세상이 아직도 살 만한 가치가 있는 것처럼 느껴졌다. 어떤 집도 어떤 진열장도 거리를 걷는 어떤 얼굴도 나를 방해하지 못했고, 모든 것은 그렇게 있어야 하는 것처럼 존재할 뿐이었으며, 일상적이고 습관적인 공허한 표정을 짓고 있지 않았다. 모두 누군가를 기다리는 표정이었고, 외경심에 가득 차 운명을 기다리며 서 있는 것 같았다. 내가 이러한 세계를 본 것은 어린 시절의 크리스마스나 부활절 같은 대축제일 아침이었다. 나는 아직도 이러한 세계가 이렇게 아름다울 수 있다는 것을 몰랐다. 그동안 나는 나의 내부로 들어가 밖에서 잃어버린 의미를 찾는 것에 익숙해져 있었다. 그래서 유년 시절이 끝남과 동시에 자연스럽게 그것과 운명적인 관계를 맺고 있는 빛나는 색채 또한 상실하고 말았다. 우리는 영혼의 자유와 남성성을 얻기 위한 대가로 이 고귀한 빛을 포기하는 데 아주 익숙해져 있었으니까. 나는 지금이라도 모든 것이 단지 어둠에 가려져 있었을 뿐이고, 자유로워진 사람도 유년 시절의 행복을 포기한 사람도 세계가 빛나는 것을 볼 수 있고, 어린 시절의 모습과 같은 내적 전율을 맛볼 수 있다는 사실을 알게 되어 기뻤다.

시간이 되었다. 나는 그날 밤 막스 데미안과 작별 인사를 했던 교외의 정원에 다시 찾아갔다. 비에 젖어 잿빛이 된 높은 나무 뒤쪽에 밝고 살기 좋은 작은 집이 숨겨져 있었다. 커다란 유리 벽 뒤에 높이 자란 꽃나무가 보였고, 투명한 유리창 뒤에는 그림과 책장이 있는 어두운 벽이 보였다. 검은 옷에 하얀 앞치마를 두른 말 없는 늙은 하녀가 나를 거실로 안내한 뒤 내 외투를 받아 들었다.

그녀가 나를 거실에 홀로 남겨두고 나가자 나는 주위를 둘러보았다. 그리고 곧 꿈의 중심으로 돌아왔다. 문 위의 검은 나무 벽에 검은 틀의 낯익은 그림이 걸려 있었다. 그것은 세계의 껍질을 부수고 날아오르려 하는 황금빛 매의 머리를 한 새 그림이었다. 나는 깊은 감동을 느끼며 서 있었다. 이 순간 내가 행동하고 체험했던 모든 것이 해답을 갖고 또 실현되어 나에게 돌아온 것 같아 너무나 기쁘고 가슴이 뜨거워졌다. 나는 한 무리의 형상들이 내 영혼 앞을 번개처럼 스쳐 지나가는 것을 보았다. 문 위에 낡은 석조 문장이 매달려 있는 고향 아버지의 집, 그 문장을 그리던 소년 데미안, 나의 적 크로머의 악한 올가미에 걸려 공포에 떨던 소년이었던 나, 기숙사 작은 방에서 조용히 책상에 앉아 동경하던 새를 그리던 청년 시절의 나, 동경의 실로 짜인 그물에 걸린 영혼, 그리고 모든 것이, 지금 이 순간까지의 모든 것이 내 안에서 저항했고, 인정을 받았고, 대답했고, 정당한 것으로 여겨졌다.

나는 촉촉이 젖은 눈으로 내 그림을 바라보며 내 마음을 읽어보았다. 그때 내 시선이 아래로 향했다. 새 그림 옆에 있는 열린 문에 검은 옷을 입은 키가 큰 여인이 서 있었다. 그녀였다.

나는 한마디도 할 수가 없었다. 자신의 아들과 마찬가지로 시간과 나이를 잊은 것 같은, 의지로 가득한 얼굴을 한 아름답고 품위 있는 여인이 나에게 친절하게 미소 짓고 있었다. 그녀의 눈빛은 충만함이었고, 그녀의 인사는 내게 고향에 돌아옴을 의미했다. 나는 말없이 그녀에게 두 손을 내밀었다. 그녀는 내 두 손을 따뜻한 그녀의 손으로 꼭 잡았다.

"싱클레어죠! 바로 알아보았어요. 만나서 반가워요!"

그녀의 목소리는 깊고 따뜻했다. 나는 달콤한 포도주처럼 그것을 음미했다. 그러고는 고개를 들어 그녀의 평온한 얼굴, 검고 신비스러운 눈, 아름답고 성숙한 입술, 표식을 달고 있는 넓고 군주다운 이마를 바라보았다.

"저도 무척 반갑습니다." 나는 그녀에게 말하며 손등에 입을 맞추었다. "저는 지금까지의 삶 동안 떠돌아다니기만 했던 것 같습니다. 그리고 이제야 집으로 돌아온 것 같습니다."

그녀는 어머니와 같은 미소를 지었다.

"집으로 돌아온 것은 아니지요." 그녀는 친절하게 말했다. "하지만 친근한 길에 들어서면 얼마간은 온 세계가 마치 고향에 온 것처럼 친근하게 보이는 법이랍니다."

그녀는 내가 이곳에 오는 동안 내내 생각했던 것을 말했다. 그녀의 목소리와 말투는 데미안과 매우 비슷했지만 어떤 면에서는 전혀 다르기도 했다. 모든 점에서 훨씬 더 성숙하고 따뜻했으며 확신에 차 있었다. 하지만 예전에 데미안이 누구에게도 소년의 인상을 주지 않았던 것처럼, 그의 어머니도 다 자란 아들이 있는 여성처럼 보이지 않았다. 그녀의 얼굴과 머리카락의 분위기는 너무나 젊고 달콤했으며 그녀의 황금빛 피부는 매끄럽고 주름이 없었다. 입술은 마치 꽃봉오리 같았다. 꿈에서 본 것보다 훨씬 더 여왕 같은 모습으로 그녀는 내 앞에 서 있었다. 나는 그녀의 곁에 있다는 것이 정말 행복했고, 그녀의 눈빛은 모든 것을 실현시켜주었다.

이것이 내 운명이 나에게 보여준 새로운 모습이었다. 나는 이제 더 이상 엄격하지도 않았고, 홀로 있지도 않았으며, 성숙하고 기쁨에 넘치고 있었다. 나는 이제 결심할 필요가 없었고 맹세도 하지 않았다. 나는 비로소 목적지에 도착한 것이다. 아니, 그것보다 더 나아갈 수 있는 더 높은 지점에 이른 것이다. 그곳으로부터 난 길은 약속이 보장된 나라로 뻗어 있었다. 그 길은 행복의 나무 그늘이 드리워져 있으며 모든 쾌락의 정원으로부터 냉정해진 길이었다. 나는 어떻든 상관없었다. 그저 이 여인을 이 세상에서 알고 그녀의 목소리에 취하고 그녀 옆에서 숨 쉴 수 있다는 사실이 행복했다. 그녀가 나의 어머니, 애인, 신이 된다면, 아니 그녀가 있는 것만으로도 좋았다! 단지 나의 길이 그녀의 길 가까이에 있는 것만으로도 좋았다.

그녀는 내가 그린 매 그림을 가리켰다.

"우리 막스가 당신의 이 그림을 받았을 때 얼마나 기뻐했는지 몰라요." 그녀는 곰곰이 생각하며 말했다. "물론 나도 그랬고요. 우리는 당신을 기다렸어요. 그리고 그림이 도착했을 때 당신이 우리에게 오고 있다는 것을 알았지요. 당신이 어린 소년이었을 때 내 아들이 어느 날 학교에서 돌아와서 말했어요. 이마에 표식이 있는 아이가 있는데, 그 아이는 제 친구가 될 거라고요. 그 애가 바로 당신이에요. 당신의 길은 쉽지 않았지만 우리는 당신을 믿었어요. 언젠가 방학 때 막스를 만난 적이 있지요. 그때가 아마 당신이 열여섯 살쯤이었던 때일 거예요. 막스가 그 이야기를 해주었어요."

나는 말을 중단시켰다.

"오, 그때 이야기를 해주었다고요? 그때는 제가 가장 비참했던 시절이었어요!"

"알아요, 막스도 그렇게 말했어요. '지금 싱클레어는 가장 어려운 상황에 놓여 있어요. 그는 다시 한 번 공동체로 도망가려 하고 있어요. 심지어 술집 단골까지 되었지요. 하지만 그는 끝까지 그러지 못할 거예요. 그의 표식은 가려져 있지만 은밀하게 그것을 불태우고 있답니다'라고요. 내 말이 맞죠?"

"아, 맞아요. 정확합니다. 그래서 저는 베아트리체를 발견했고, 결국 안내자가 나타나 저를 이끌어주었지요. 그의 이름은 피스토리우스입니다. 그때야 저는 비로소 제 어린 시절이 막스와 긴밀하게 연결되어 있고, 왜 제가 그로부터 달아날 수 없는지를 깨달았습니다. 아주머니, 아니 어머니, 저는 그 당시 생을 끝내려고까지 생각했습니다. 그것도 자주요. 그 길은 누구에게나 이렇게 어려운 건가요?"

그녀는 공기처럼 가볍게 손으로 내 머리카락을 쓰다듬었다.

"태어난다는 것은 어려운 일이지요. 당신도 새가 알에서 나오려면 온 힘을 다해야 한다는 것을 알지요? 돌이켜 생각하고 물어보세요. 정말 그 길이 그토록 어려웠던가요? 그저 어렵기만 했나요? 아름답지는 않았나요? 당신은 더 아름답고 더 쉬운 길을 알고 있었나요?"

나는 고개를 흔들었다.

"어려웠습니다." 나는 꿈을 꾸듯 말했다. "그 꿈이 오기까지는 정말 어려웠습니다."

그녀는 고개를 끄덕이고는 나를 뚫어지게 보았다.

"맞아요. 인간은 자신의 꿈을 찾아야 해요. 그러면 길이 쉬워지죠. 하지만 영원한 꿈은 없어요. 다른 새로운 꿈이 나타나죠. 우리는 어떠한 꿈이든 붙잡아 두려고 하면 안 돼요."

나는 정말 놀랐다. 이 말은 일종의 경고인가? 아니면 방어인가? 하지만 그게 무엇이든 상관없었다. 나는 목적을 묻지 않고 그녀에게 나의 길을 맡길 준비가 되어 있었다.

"모르겠습니다." 나는 말했다. "얼마나 오래 제 꿈이 지속될지 말입니다. 저는 그것이 영원하기를 바라고 있습니다. 새 그림 아래에서 제 운명은 마치 어머니처럼 그리고 애인처럼 저를 맞이해주더군요. 저는 그 운명에 속해 있다고 생각합니다. 하지만 다른 것들은 모르겠습니다."

"그 꿈이 당신의 운명인 한 당신은 그것에 충실해야 해요."

그녀가 진지하게 말했다.

슬픔이 나를 사로잡았고, 이 행복한 시간에 죽고 싶다는 생각이 들었다. 눈물이—얼마나 오랫동안 울지 않았던가!—하염없이 흘러내려 나를 압도하고 있었다. 나는 격렬하게 그녀로부터 몸을 돌려 창가로 다가가 눈물 때문에 보이지 않는 화분 너머를 응시했다.

등 뒤에서 그녀의 목소리가 들렸다. 그녀의 목소리는 잔 테두리까지 가득 채워진 포도주처럼 애정으로 가득 차 있었다.

"싱클레어, 당신은 아이로군요! 당신의 운명은 당신을 정말 사랑하고 있어요. 당신이 그것에 충실하기만 하면 당신이 꿈꾼 대로 언젠가는 완전히 당신의 것이 될 거예요!"

나는 겨우 눈물을 멈추고 다시 그녀 쪽으로 얼굴을 돌렸다. 그녀가 내게 손을 내밀었다.

"내겐 몇몇 친구가 있어요." 그녀가 미소를 지으며 말했다. "아주 친하게 지내는 몇 안 되는 친구들인데, 그들은 나를 에바 부인이라고 부른답니다. 당신도 원한다면 나를 그렇게 불러요."

그녀는 나를 문 쪽으로 데려가 문을 열고 정원을 가리켰다.

"저쪽에 막스가 있을 거예요."

나는 높은 나무 아래에서 마비된 것처럼 몸을 떨며 서 있었다. 깨어 있는 건지 꿈을 꾸고 있는 건지 알 수 없었다. 나뭇가지에서 빗방울이 떨어졌다. 나는 강을 따라 길게 뻗어 있는 정원으로 들어갔다. 그리고 마침내 데미안을 만났다.

그는 상의를 벗은 몸으로 정원의 정자에 매달아 놓은 모래 주머니 앞에서 권투 연습을 하고 있었다.

깜짝 놀라 나는 주춤했다. 데미안은 무척 멋있어 보였다. 넓은 가슴, 단단하고 남성적인 머리, 들어 올린 팔에는 탄력 있는 근육이 생겨 강해 보였고, 근육은 허리, 어깨, 팔꿈치에서 샘솟는 분수처럼 꿈틀거렸다.

"데미안!" 나는 그를 불렀다. "거기서 뭐 해?"

그가 즐겁게 웃었다.

"연습 중이야. 그 작은 일본인과 권투 시합을 하기로 했는데, 그 사람은 고양이처럼 민첩하고 빈틈이 없거든. 난 지고 싶지 않아. 약간 굴욕적이긴 하지만 그에게 뒤지고 있어."

그는 셔츠를 입었다.

"어머니를 벌써 만난 거야?"

"응. 어머니 정말 멋지시더라! 에바 부인이라고 하셨지! 딱 맞는 이름이야. 모든 존재의 어머니 같으셨어."

그는 내 얼굴을 유심히 보더니 말했다.

"벌써 그 이름을 알고 있어? 영광으로 알아! 어머니가 처음 만난 사람에게 이름을 가르쳐준 건 네가 처음이야."

나는 그날 이후로 아들처럼, 형제처럼, 그리고 애인처럼 그 집을 드나들었다. 나는 현관에 들어설 때마다, 정원의 높이 솟은 나무를 볼 때마다 풍족해지고 행복해졌다. 밖에는 '현실'이 있었고 거리와 집, 사람들과 규칙, 도서관과 강의실이 있었지만, 이 집에는 사랑과 영혼, 동화와 꿈이 살아 있었다. 그렇다고 해서 우리가 세상과 단절된 채 대부분의 사람들과 분리되어 살았던 것은 아니다. 우리는 사유와 대화를 통해 세상의 한가운데에 서 있었으며, 우리는 보통의 사람들과 분리된 것이 아니라 단지 다른 영역에서 다른 방식으로 세상을 바라보았을 뿐이다. 우리의 과제는 세상에 존재하는 하나의 섬을 그리는 것이었다. 아마도 하나의 모범이 될 수도 있을 것이다. 어쨌든 다른 삶의 가능성을 보여주는 것이 우리의 과제였다. 오랫동안 외롭게 지내온 나는 완전한 고독을 맛본 사람들 사이에서만 유대감을 느꼈다. 나는 이제 행복한 사람들의 식탁이나 즐거운 축제의 장을 돌아보지 않았다. 함께 있는 다른 사람들의 모습에서도 질투나 향수를 느끼지 않았다. 그리고 나는 천천히 이 '표식'을 달고 있는 사람들의 비밀을 알게 되었다.

이 표식을 달고 있는 우리를 세상은 기이하게 여기고 미친 혹은 위험한 자들로 간주할 수 있다. 우리는 깨어난 자 또는 깨어나고 있는 자들로, 우리의 노력은 더욱 완전한 깨어 있음에 향하고 있다. 하지만 다른 이들의 노력과 행복에 대한 추구는 그들의 생각, 이상향, 의무, 그리고 그들의 삶과 행복을 군중의 것과 더 밀착시키려는 것 같다. 물론 그곳에도 노력이 있고 그것 역시 힘 있고 위대한 것이기는 하다. 하지만 우리 표식을 달고 있는 사람들은 우리의 생각대로 자연의 의지를 새로운 것, 분리된 것, 그리고 미래의 것으로 나타내는 반면에 다른 사람들은 인내의 의지 속에 살고 있다. 비록 그들도 우리처럼 사랑하는 인류를 완성품으로 생각하고, 그것이 유지되고 보호되어야 한다고 생각한다. 우리에게 있어 인류는 아주 먼 미래이며, 우리는 모두 그것을 향해 가고 있는 중이다. 그것의 모습은 아무도 모르며, 그것의 법칙은 어떤 곳에도 쓰여 있지 않다.

에바 부인, 막스, 그리고 나 이외에도 우리 모임에는 정도의 차이는 있지만 다른 방식의 탐색을 추구하는 사람들이 있었다. 그들 중 상당수는 독특한 길을 가고 있었고, 고립된 목적을 가지고 있었으며, 특별한 생각과 의무에 의지하고 있었다. 그중에는 점성학자와 카발리스트(여기서는 마법이나 주술에 심취한 사람들을 말함—역주)와 톨스토이 백작의 추종자가 있었고, 연약하고 수줍음을 잘 타며 상처받기 쉬운 사람들이 있었으며, 새로운 종파의 사람들, 인도식의 수련을 하는 사람, 채식주의자 같은 다양한 사람들이 있었다. 이들과 우리는 정신적으로 각자 비밀스러운 인생의 꿈을 지니고 있다는 점에서 공통점을 갖고 있었다. 신과 새로운 세계에 대한 인간의 탐색을 과거에서 좇으려는 자들은 우리와 더 가까웠는데, 그들의 연구는 종종 피스토리우스를 연상시켰다. 그들은 책을 가져와 고대어를 번역하고 고대의 상징물이나 제례 의식을 그린 그림을 가리키며 우리에게 인류가 지금까지 간직했던 이상은 무의식적인 영혼의 꿈과, 인류가 그 안에서 미래의 가능성을 예감하고자 따르는 꿈으로 이루어져 있음을 알려주었다. 그래서 우리는 고대 세계에 존재했던 수천 개의 머리가 달린 신기한 신에서부터 기독교 개종의 시작에 이르기까지 두루 알 수 있었다. 또한 고독한 종교인의 고백과, 민족에서 민족으로 종교가 옮겨 간 사실도 알게 되었다. 우리가 수집한 모든 자료에는 우리 시대와 현재의 유럽에 대한 비판이 있었다. 그것은 바로 유럽은 굉장한 노력을 기울여 인류의 새로운 무기를 만들었지만 결국 정신이 극도로 피폐해져 가고 있다는 것이었다. 유럽은 전 세계를 얻었지만 그것으로 인해 영혼을 잃어버리게 되리라는 것이다.

이러한 문제에 대해서도 특정한 희망이나 구원론을 믿는 사람들과 신봉자들이 있었다. 또 유럽을 개종시키려는 불신자가 있었고, 톨스토이를 믿는 사람, 그리고 그 밖의 다른 신봉자들이 있었다. 우리와 가장 가까운 사람들은 그들의 이야기를 들으면서 그들의 이론을 단지 상징적인 것으로만 받아들였다. 우리들 표식을 단 사람들은 미래가 어떻게 형성될 것인지를 걱정하지 않았다. 우리에게 있어 모든 신앙과 모든 종교 이론은 이미 죽은 것이고 소용없는 것으로 보였기 때문이다. 우리가 의무와 운명으로 여겼던 유일한 것은 바로, 각자 완벽하게 자기 자신이 되어 우리 속에 존재하는 자연의 씨앗을 올바르게 싹트게 하고, 우리가 지니고 갈 수 있는 불확실한 미래가 우리에게 가져오는 모든 것에 대해 준비를 하며 살아야 한다는 것이었다.

왜냐하면 그것을 입 밖에 꺼내든 말든, 새로운 탄생과 멸망이 지금 이미 느낄 수 있을 만큼 가까이 왔다는 것을 우리 모두는 확실하게 깨닫고 있었기 때문이다. 데미안은 가끔 내게 이렇게 말했다.

"무엇이 올 것인지는 생각할 수 없어. 유럽의 영혼은 오랫동안 묶여 있었던 짐승과 같아. 거기서 풀려났을 때 최초의 반응은 그리 좋은 것은 아닐 거야. 하지만 지금까지 계속해서 기만당하고 마비되었던 영혼의 고난의 진실이 벗겨질 수 있다면, 그 길이든 돌아가는 길이든 상관이 없을 거야. 그러면 우리의 날이 오게 돼. 그리고 우리는 지도자 또는 새로운 법칙을 만드는 사람—새로운 법칙을 우리는 더 이상 경험하지 않겠지만—이 아니라, 오히려 의지를 지닌 사람으로서 운명이 부르는 곳이면 어디든 달려가 서 있을 준비가 되어 있는 사람이 될 거야. 잘 봐, 모든 사람은 만약 자신의 이상이 위협을 받게 된다면 믿기 힘든 일을 할 준비가 되어 있어. 하지만 그 누구도 새로운 이상이, 새롭지만 어쩌면 위험하고 흉측할 수도 있는 성장의 움직임이 노크하기를 기다리지 않아. 우리는 그때까지 함께 있다가 갈 몇 안 되는 사람들이 될 거야. 그래서 우리는 표식을 달고 있는 거야. 마치 카인이 공포와 증오심을 불러일으켜 그 당시의 인류를 좁은 전원에서 위험한 광야로 쫓아버리기 위해 표식을 달고 있었던 것처럼 말이야. 인류의 진행에 영향을 끼쳤던 모든 사람은 어떤 차별 없이도 운명을 받아들일 준비가 되어 있었기 때문에 힘이 있고 영향력이 있었던 거야. 이런 건 모세, 부처, 나폴레옹, 비스마르크

같은 이들에게 해당되는 이야기지. 어떤 흐름에 따를 것인지, 어떤 극에 의해 조종될 것인지는 우리가 선택할 수 없어. 만약 비스마르크가 사회당원들을 이해하고 그들의 편에 섰다면, 그는 영리한 지배자는 되었겠지. 하지만 운명의 남자는 되지 못했을 거야. 나폴레옹, 카이사르, 로욜라, 그리고 다른 사람들도 마찬가지야! 우리는 이것을 항상 생물학적이고 발달사적으로 생각해야 해. 지구의 표면에 거대한 변화가 일어나 물짐승이 지상으로, 지상의 동물이 물로 던져졌을 때, 이런 새롭고 예상하지 못했던 일을 수행하고 자신의 종족을 새로운 곳에 적응시킨 운명적인 본보기들이 있었어. 이 본보기들이 그들의 종족에서 보수적이고 부양하는 성향을 지니고 있었는지, 아니면 오히려 별종이고 혁명가들이었는지 우리는 알 수 없어. 하지만 그들은 준비가 되어 있었고 그래서 새로운 발전 단계를 넘어서 그들의 종족을 구원할 수 있었던 거야. 우리는 그걸 알고 있어. 그렇기 때문에 이렇게 준비를 해야 하는 거야."

우리가 이런 대화를 할 때 에바 부인도 자주 우리와 함께 있었지만 그녀는 자신의 생각을 이런 식으로 말하지 않았다. 그녀는 우리 중 누군가가 자기 생각을 말할 때면 귀를 기울였고 모두의 이야기를 믿고 이해했는데, 이러한 그녀의 태도는 마치 메아리처럼 모든 생각이 그녀로부터 나와 다시 그녀에게 돌아가는 것 같은 느낌을 주었다. 그녀 가까이에 앉아서 때때로 그녀의 목소리에 귀를 기울이고 그녀 주변의 성숙과 영혼의 분위기를 느끼는 것이 나에게는 행복이었다.

그녀는 나의 내면에서 어떤 변화, 우울함 또는 새로움이 일어나면 바로 그것을 감지했다. 내 생각에는 내가 잠을 자면서 꾸는 꿈 역시 그녀의 영향을 받는 것 같았다. 나는 그녀에게 자주 내 꿈에 대해 이야기했다. 그녀는 내 꿈을 모두 이해했고, 자연스럽게 여겼다. 그녀의 명확한 감각으로도 따라갈 수 없는 특별한 일은 없었다. 나는 얼마 동안 우리가 낮에 나누었던 대화를 그대로 베낀 것 같은 꿈을 꾸었다. 전 세계에 소동이 일어났고, 나는 혼자서, 아니 데미안과 함께 긴장된 상태로 운명을 기다리고 있었다. 운명은 가려진 채 있었지만 어딘가 모르게 에바 부인의 모습을 하고 있었던 것 같다. 그녀에 의해 선택을 받든가, 내던져지든가, 그것이 바로 운명이었다.

때때로 그녀는 웃으며 말했다.

"당신의 꿈은 완전하지 않아요, 싱클레어. 당신은 최고의 것을 잊고 있어요."

그러면 다시 생각이 났고, 나는 내가 어떻게 그것을 잊었는지를 이해할 수 없었다.

때때로 나는 만족하지 못했고, 어떤 욕구 때문에 괴로웠다. 나는 그녀를 두 팔로 안지도 못하면서 가까이에서 보기만 하는 것은 더 이상 참을 수 없다고 생각했다. 그녀도 곧 그것을 알아차렸다. 한번은 내가 여러 날 방문하지 않다가 혼란스러운 마음으로 다시 그 집을 찾아가자 그녀가 나를 한쪽으로 데려가서 말했다.

"당신 자신도 믿지 못하는 소망에 자신을 맡기지 마세요. 나는 당신이 무엇을 원하는지 알고 있어요. 당신은 이 소망을 버리거나 완전하고 정확하게 바라지 않으면 안 돼요. 그 소망을 빌 수 있는 능력이 있다면, 그리고 확실히 이루어질 수 있다고 믿는다면, 그것은 실현될 거예요. 하지만 당신은 바라면서도 다시 후회하고 또 불안해하고 있잖아요. 그 모든 것을 극복해야 해요. 내가 동화 하나를 들려줄게요."

그러면서 그녀는 별과 사랑에 빠진 한 청년에 대한 이야기를 들려주었다. 그는 바닷가에 서서 팔을 쭉 뻗어 별을 위해 기도했고, 별을 꿈꾸고, 자신의 생각이 별에 닿기를 원했다. 하지만 그는 별을 인간의 품 안에 안을 수 없다는 것을 알고 있었다. 아니, 적어도 알고 있다고 생각했다. 그는 실현될 희망도 없이 별을 사랑하는 것이 자신의 운명이라 생각했고, 이러한 생각을 통해 체념과 침묵과 충실한 고통을 노래하는 인생의 시를 지었다. 이것이 그를 더 낫게 만들고 맑게 해줄 것이라고 믿었다. 그러나 그의 꿈은 모두 별을 찾아갔다. 어느 날 밤 그는 다시 바닷가의 높은 바위 위에 서서 별을 바라보며 별에 대한 사랑으로 불타올랐다. 그리고 동경이 커진 그 순간에 뛰어들어 별을 향해 허공으로 몸을 내던졌다. 하지만 뛰는 그 순간에 어떤 생각이 번개처럼 그의 머리를 스쳤다. 아, 이것은 불가능한 일이구나! 결국 그는 해안가 아래로 떨어져 산산조각이 나고 말았다. 그는 사랑하는 법을 몰랐던 것이다. 그가 영혼의 힘을 가지고 뛰어든 그 순간에 사랑의 실

현을 굳게 믿었다면 그는 하늘로 올라가 별과 하나가 되었을
지도 모른다.

"사랑은 구걸해서는 안 돼요." 그녀가 말했다. "또한 요구
해서도 안 되지요. 사랑은 자신의 내면의 확실성에 도달할 힘
을 지니고 있어야 해요. 그러면 사랑은 이끌려 가는 것이 아
니라 이끄는 것이 됩니다. 싱클레어, 당신의 사랑은 나에게
이끌려 오고 있어요. 만일 그 사랑이 나를 이끈다면 나는 따
라가겠어요. 나는 선물이 되기보다 쟁취되고 싶어요."

하지만 그녀는 다음번에 또 다른 동화를 들려주었다. 아무
희망 없이 사랑을 하는 한 남자가 있었다. 그는 완전히 자신
의 영혼에 빠져 있었고 사랑 때문에 자신이 타버린 것처럼 느
꼈다. 이 세계는 그에게 이미 사라진 것이었다. 그는 더 이상
푸른 하늘과 숲을 보지 않았다. 시냇물의 흐름도 그에게는 들
리지 않았으며 하프 소리도 그에게 울리지 않았다. 모든 것이
사라져 그는 불쌍하고 비참한 사람이 되고 말았다. 하지만 그
의 사랑은 점점 자랐고, 그는 자신이 사랑하는 여자를 소유하
지 못하느니 차라리 죽는 것을 택하고 싶었다. 그때 그는 사
랑이 자신의 내면에 있는 다른 모든 것을 태워버렸다는 것을
깨달았다. 그의 사랑은 막강해져 그녀를 끌어당겼고, 그녀는
따라오지 않을 수 없었다. 마침내 그녀가 오자 그는 그녀를
안으려고 두 팔을 벌렸다. 그런데 그녀가 그의 앞에 섰을 때,
그녀는 달라졌다. 그는 자신이 잃어버렸던 전 세계를 자신 쪽
으로 끌어당겼음을 알고는 놀랐다. 전 세계가 그의 앞에 서서

그에게 모든 것을 맡기고 있었다. 하늘, 숲, 시냇물, 이 모든 것이 새로운 색채를 갖고 그에게 신선하고 화려하게 다가오고 있었다. 그가 말하는 것은 곧 그의 것이 되었다. 그는 단 한 명의 여자를 얻는 대신에 전 세계를 가슴에 품게 된 것이다. 하늘의 모든 별이 그의 마음속에서 빛났고 그의 영혼을 지나며 쾌락의 불꽃을 피웠다. 그는 사랑했고 동시에 자기 자신을 발견한 것이다. 하지만 대부분의 사람들은 사랑을 하면서 자기 자신을 잃어버린다.

에바 부인에 대한 나의 사랑은 내 인생의 유일한 내용인 것처럼 보였다. 그러나 그녀는 매일 다르게 보였다. 때때로 나는 나의 본질이 이끌려고 애쓰는 것이 그녀의 본성이 아니라 나의 내면의 상징에 불과하며 나를 더욱 깊은 곳으로 이끌고 가려는 것이라고 분명히 느꼈다. 종종 나는 그녀의 말이 나를 흔드는 시급한 문제에 대한 나의 무의식의 대답이라는 생각이 들었다. 그녀 옆에서 관능적인 욕망에 불타 그녀가 만졌던 물건에 키스를 하는 그런 순간도 있었다. 그리고 점점 관능적인 사랑과 비관능적인 사랑, 현실과 상징이 서로서로 뒤섞였다. 내가 내 방에 앉아 조용히 마음속으로 그녀를 생각할 때, 그녀의 손이 내 손을 잡고 그녀의 입술이 내 입술 위에 있는 것 같은 느낌이 들 때도 있었다. 또 어떤 때는 그녀와 함께 있으면서 그녀의 얼굴을 보고 그녀와 이야기하고 그녀의 목소리를 들으면서도 그녀가 실제로 거기 있는 것인지 아니면 꿈인지도 알 수 없을 때가 있었다. 나는 어떻게 사랑을 유지하고 어떻게 불멸의 것으로 소유할 수 있는지를 예감하기 시작했다. 책을 읽다가 새로운 인식을 발견했는데, 이것은 에바 부인에게서 키스를 받은 것과 같은 느낌이었다. 그녀가 내 머리를 쓰다듬고 성숙하고 따뜻한 향기의 미소를 내게 지어 보일 때, 나는 마치 무슨 진척이라도 있었던 것 같은 느낌을 받았다. 나에게 있어서 중요하고 운명적으로 여겨지는 모든 것은 그녀의 모습을 하고 있었다. 그녀는 내 모든 생각 속에서 변할 수 있었고 나 또한 그녀 안에서 변할 수 있었다.

부모님과 함께 보낼 크리스마스가 다가오는 것이 나는 두려웠다. 그것은 2주 동안 에바 부인과 떨어져 있어야 하는 고통을 의미하기 때문이었다. 하지만 그것은 고통이 아니었다. 집에서 그녀를 생각하는 것도 멋진 일이었다. H 시로 돌아왔을 때, 나는 이틀 동안 밖을 나가지 않았다. 이 안정감과 그녀의 관능적인 현재로부터 떠나 있음을 즐기기 위해서. 또한 그녀와 나의 결합이 새로운 비유적 형식으로 이루어지는 꿈을 꾸었다. 그녀는 바다였고 나는 그 안으로 흘러들어 갔다. 그녀는 별이었고 나 역시도 별이 되어 그녀에게 가서 우리는 만났다. 우리는 서로에게 이끌림을 느끼며 나란히 서 있었고 계속해서 서로의 근처에서 서로의 소리를 들으며 행복하게 지냈다. 다시 돌아와 처음으로 그녀를 방문했던 날 나는 꿈 이야기를 했다.

"꿈이 아름답네요." 그녀가 조용히 말했다. "그 꿈을 실현시켜보세요!"

내가 결코 잊지 못할 어느 이른 봄이었다. 나는 현관으로 걸어갔다. 열린 창문으로 따스한 공기가 들어와 히아신스의 무거운 향기를 온 방 안에 퍼뜨리고 있었다. 아무도 보이지 않기에 계단을 올라가 막스 데미안의 서재에 들어섰다. 나는 가볍게 노크를 한 다음 늘 그랬듯이 대답을 기다리지 않고 방 안으로 들어갔다.

방은 어두웠고 커튼이 모두 내려져 있었다. 막스가 화학 실험실로 쓰는 옆방으로 가는 작은 문이 열려 있었다. 그곳으로부터 비구름 사이로 비치는 봄의 밝고 하얀 햇살이 새어 들어오고 있었다. 나는 그곳에 아무도 없다고 생각하고 커튼을 젖혔다.

그러나 커튼이 젖혀진 창문 근처의 의자에 막스 데미안이 앉아 있었다. 그의 웅크린 모습이 어딘가 좀 이상해 보였다. 번개처럼 이런 느낌이 들었다. 넌 예전에 이런 모습을 본 적이 있어! 그는 팔을 힘없이 축 늘어뜨리고 두 손을 무릎 위에 놓은 채로 앉아 있었다. 앞으로 얼굴을 조금 숙인 그의 눈빛은 초점이 흐렸고 눈동자에 비친 조그맣고 반짝이는 빛의 반사는 마치 구리 조각처럼 생기가 없었다. 창백한 얼굴은 자신 속에 가라앉았으며 굳어진 표정 말고 다른 표정은 찾아볼 수 없었다. 마치 사원의 현관에 걸린 아주 오래된 동물의 가면 같았다. 그는 거의 숨을 쉬지 않고 있는 것 같았다.

나는 기억이 떠올라 놀랐다. 그래, 나는 그의 이런 모습을 본 적이 있었다. 벌써 수년 전, 내가 아직 어린 소년이었을 때였다. 그때도 그는 이렇게 멍하게 허공을 바라보며 두 손을 힘없이 나란히 놓고 있었고, 파리 한 마리가 그 위를 기어 다니고 있었다. 아마도 6년 전이었던 것 같다. 그때도 지금처럼 나이 먹고 또 지금처럼 시간을 초월한 것처럼 보였으며 얼굴의 주름도 지금과 다른 것이 없었다.

갑자기 공포가 엄습해 와 나는 조용히 방을 나와 계단을 내려갔다. 현관에서 에바 부인을 만났는데, 그녀는 내가 지금까지 그녀에게서 한 번도 본 적 없는 창백하고 피곤한 모습을 하고 있었다. 그림자가 창문을 스쳐 지나가자 눈부시게 하얗던 햇살이 갑자기 사라졌다.

"막스에게 갔었어요." 나는 재빠르게 속삭였다. "무슨 일이 있었나요? 그가 잠을 자고 있는 건지, 아니면 무언가를 생각하고 있는 건지 모르겠어요. 예전에도 한 번 그런 모습을 하고 있는 것을 본 적이 있어요."

"그 애를 깨우지는 않았지요?"

그녀는 다급히 물었다.

"네, 그는 제 소리를 듣지 못했어요. 저는 곧 다시 밖으로 나왔고요. 에바 부인, 말씀해주세요. 그에게 무슨 일이 생겼는지요."

그녀는 손등으로 이마를 닦았다.

"진정하세요, 싱클레어. 아무 일도 일어나지 않았어요. 그냥 생각에 잠겨 있는 것뿐이에요. 오래 걸리지 않을 거예요."

그녀는 비가 내리기 시작했는데도 불구하고 일어서서 정원으로 나갔다. 나는 직감적으로 함께 나가서는 안 된다는 것을 느꼈다. 그래서 나는 거실을 이리저리 오가면서 히아신스의 마비시킬 듯한 향을 맡았고, 문 위에 걸린 나의 새 그림을 바라보았다. 그리고 이날 아침 이 집을 가득 채우고 있는 이상한 그림자의 불안을 감지했다. 이것은 무엇일까? 무슨 일이 일어난 것일까?

에바 부인이 곧 돌아왔다. 빗방울이 그녀의 검은 머리카락 위에 매달려 있었다. 그녀는 안락의자에 앉았다. 피곤함이 그녀 위에 놓여 있었다. 나는 그녀 옆으로 다가가 몸을 구부리고 그녀의 머리카락에 맺힌 빗방울에 입을 맞추었다. 그녀의 눈은 밝고 평온했으나 빗방울에서는 눈물 맛이 났다.

"그에게 가볼까요?"

나는 속삭이듯 물었다.

그녀는 희미한 미소를 지었다.

"어린애같이 굴지 마세요, 싱클레어!" 그녀는 마치 자신의 마력을 깨뜨리기라도 할 듯 나에게 큰 소리로 경고했다. "지금은 돌아가세요. 그리고 나중에 다시 오세요. 지금은 당신과 아무것도 얘기할 수 없어요."

나는 그곳에서 나와 시내를 지나 산으로 갔다. 비스듬히 날리는 가느다란 빗방울이 얼굴에 닿았다. 구름은 무엇에 억눌린 듯 공포에 사로잡힌 듯 낮게 흘러가고 있었다. 아래쪽에는 바람이 거의 불지 않았지만 위쪽은 폭풍이 이는 것 같았으며, 태양은 빛나는 회색 구름 사이로 창백하고 날카롭게 여러 번 모습을 드러냈다.

그때 하늘에는 황금빛 구름이 흘러가고 있었다. 구름은 회색빛 벽에 부딪혔고, 바람은 짧은 시간 동안 황금색과 푸른색으로 된 하나의 형상을, 거대한 새의 모습을 만들어냈다. 그 새는 푸른색의 혼란으로부터 떨어져 나와 넓은 날개를 펄럭이며 하늘로 날아갔다. 그러고 나서 폭풍우가 쏟아졌다. 비가 우박과 함께 쏟아져 내렸다. 천둥이 짧지만 엄청나게 크고 무서운 소리로 젖은 풍경 위에 떨어졌다. 곧 다시 태양이 그 위로 모습을 드러냈고, 근처 산의 갈색 숲 위에서는 비현실적으로 새하얀 눈이 엷게 빛나고 있었다.

내가 몇 시간 뒤에 잔뜩 젖고 바람에 흐트러진 모습으로 돌아왔을 때, 데미안이 직접 문을 열어주었다. 그는 나를 자신의 방으로 데리고 올라갔다. 실험실에는 가스램프가 빛나고 있었고 종이가 여기저기에 흩어져 있었다. 그는 뭔가를 공부하고 있었던 것 같았다.

"앉아." 그가 권했다. "피곤하지. 지독한 날씨야. 밖에 오래 있었나 보구나. 차를 가져올게."

"오늘 좀 이상해." 내가 주저하면서 말하기 시작했다. "단지 평범한 천둥은 아닌 것 같아."

그가 나를 살피듯이 바라보았다.

"뭘 보았니?"

"응, 구름 속에서 잠깐 동안 분명한 형상을 봤어."

"무슨 형상?"

211

"새."

"매였니, 그거? 네 꿈의 새?"

"맞아, 나의 매였어. 노란빛에 아주 거대했고 곧 검푸른 하늘로 날아올랐지."

데미안은 크게 숨을 쉬었다.

노크 소리가 났다. 늙은 하녀가 차를 가져왔다.

"좀 마셔, 싱클레어. 난 네가 그 새를 우연히 본 게 아니라고 생각해."

"우연? 그런 것도 우연히 볼 수 있니?"

"아니, 우연히 볼 수 없어. 그것은 무언가를 의미해. 그게 뭔지 아니?"

"몰라. 그냥 어떤 흔들림이라는 것, 그리고 운명에 한발 다가섰다는 걸 느낄 뿐이야. 나는 그게 우리 모두와 관련이 있을 거라고 생각해."

그는 힘차게 여기저기를 서성였다.

"운명으로의 한 걸음!" 그가 큰 소리로 외쳤다. "나도 어젯밤에 그와 같은 꿈을 꿨어. 그리고 어머니도 어제 그런 예감이 들었다고 하셨어. 내 꿈은 내가 사다리로 나무인가 탑을 올라가는 꿈이었어. 꼭대기에 올라갔을 때 나는 땅 전체를 볼 수 있었어. 그것은 커다란 평야였고 도시와 시골 모두가 불타고 있었지. 나는 아직 전부를 설명할 수 없어. 아직 모든 것이 분명하지 않거든."

"너는 그 꿈이 네게 무슨 의미가 있다고 생각하니?"

나는 물었다.

"나에게? 물론 의미가 있지. 그 누구도 자신과 관련이 없는
꿈을 꾸지는 않으니까. 하지만 그것은 나에게만 해당되는 일
은 아니야. 네 말이 맞아. 나는 나 자신의 영혼의 움직임을 보
여주는 꿈과 다른 꿈, 매우 드문 일이긴 하지만, 인간의 운명
전체를 암시하는 그런 꿈들을 아주 정확하게 구분할 수 있어.
그런 꿈을 꾸는 일은 거의 없어. 게다가 그것이 예언이라거나
실현되었다고 말할 수 있는 꿈은 단 한 번도 꾼 적이 없어. 해
석이 너무나 불확실해. 하지만 확실하게 말할 수 있는 건 내가
나 혼자에게만 관계된 것이 아닌 꿈을 꾸었다는 사실이야. 그
꿈은 예전에도 꾸었고 앞으로도 꾸게 될 다른 꿈들에 속하는
거지. 내가 이미 말한 적 있었지. 예감을 지니는 일은 이러한
꿈에서 시작되는 거야. 우리의 세계가 아주 부패했다는 것을
우리는 알고 있어. 하지만 그것이 세계의 몰락이나 그 비슷한
것을 예언할 이유가 되지는 않을 거야. 나는 몇 년 전부터 꿈
을 꾸었고 그 꿈에서 결론을 얻었어. 아니, 느끼고 있다고 해
야 할까. 옛 세계의 붕괴가 다가오고 있다는 거야. 처음에는
아주 약하고 먼 예감이었어. 하지만 점점 뚜렷해지고 강해졌
지. 아직도 나는 나와 관계된 어떤 거대하고 끔찍한 일이 다
가오고 있다는 것밖에 알지 못해. 싱클레어! 우리는 우리가 때
때로 이야기했던 것을 경험하게 될 거야! 세계는 새로워지려
고 하고 있어. 죽음의 냄새가 나. 죽음 없이 새로운 것은 오지
않아. 그건 내가 생각했던 것보다 훨씬 더 끔찍한 것일 거야."

나는 깜짝 놀라 그대로 그를 바라보았다.

"네 꿈의 나머지 부분을 이야기해줄 수 없어?"

나는 조심스럽게 부탁했다.

그는 고개를 흔들었다.

"안 돼."

문이 열리고 에바 부인이 들어왔다.

"너희 여기 있었구나! 혹시 슬퍼하고 있었던 건 아니지?"

그녀는 새로워 보였고 더 이상 피곤해 보이지도 않았다. 데미안은 그녀에게 웃음 지었다. 그녀는 마치 불안해하는 아이들에게 다가오는 어머니처럼 우리에게 다가왔다.

"슬프지 않아요, 어머니. 우리는 단지 이 새로운 징조에 대한 수수께끼를 풀어보았을 뿐이에요. 하지만 그것에 대해 아무것도 발견하지 못했어요. 와야 하는 것이라면 갑자기라도 올 것이고, 그렇게 되면 우리는 우리가 알아야 하는 것을 알게 되겠죠."

나는 기분이 썩 좋지 않았다. 작별 인사를 하고 홀로 현관을 지나가면서 맡은 히아신스의 향기가 시들고 무미건조한 시체 냄새처럼 느껴졌다. 이미 하나의 그림자가 우리 위에 내려앉은 것이다.

결말의 시작

나는 여름 학기에도 H 시에 머무르는 데 성공할 수 있었다. 우리는 집에 있는 대신 거의 대부분 강가의 정원에 있었다. 어쨌든 권투 시합에서 진 일본인은 떠났고 톨스토이 숭배자도 없었다. 데미안은 말을 구해 매일매일 끈기 있게 승마를 했다. 그 때문에 나는 자주 그의 어머니와 단둘이 있었다.

때때로 나는 내 인생의 평화에 대해 놀랐다. 너무나 오랫동안 외로이 지내는 것과 괴로움과 싸우는 것에 익숙해져 있었기에 H 시에서 보낸 이 몇 달은 마치 꿈의 섬에서 보내는 것처럼 느껴졌다. 나는 마법에 걸린 듯 그저 아름답고 편안한 일들과 감정 속에서만 살 수 있었다. 나는 이것이 우리가 생각했던 저 새롭고 더 높은 사회의 서막이라는 것을 예감하고 있었다. 그리고 점점 이 행복 위에 더 깊은 슬픔이 엄습해 왔다. 이 생활이 오래 지속될 수 없으리라는 것을 잘 알고 있었기 때문이다. 나에게는 풍요로움과 안락을 누리는 것이 허락되지 않았다. 내게는 고통과 광분이 필요했다. 나는 감지하고 있었다. 언젠가 이 아름다운 사랑의 환상으로부터 깨어나 다시 혼자, 완전히 혼자 이 차가운 세계에 놓이게 되리라는 것을. 그곳에는 고독과 투쟁만이 있을 것이며 평화도 공존도 없을 것이다.

그래서 나는 두 배의 애정을 가지고 에바 부인의 곁에 머물러 있었다. 내 운명이 아직 이 아름답고 조용한 성향을 지니고 있다는 것을 기뻐하면서 말이다.

여름이 너무나 빠르고 쉽게 지나가 버렸다. 학기는 벌써 끝나가고 있었다. 그와 동시에 이별도 다가왔다. 나는 그것을 생각해서는 안 되었고 생각하지도 않았다. 대신 꽃에 앉은 나비처럼 이 아름다운 날들에 매달려 있었다. 이것은 나의 행복의 시간이었고, 내 인생의 첫 번째 실현이며, 유대감의 소속이었다. 다음에 나는 어떻게 될 것인가? 나는 나 자신과 투쟁해나가야 하고, 동경으로 괴로워하고, 꿈을 꾸며, 고독해질 것이다.

이러한 날들의 어느 날, 나에게 그런 감정이 너무나 강력하게 엄습해 와서 에바 부인에 대한 나의 사랑이 갑자기 고통스럽게 불타올랐다. 세상에, 곧 나는 그녀를 더 이상 보지 못할 것이며 그녀의 곧고 선한 걸음 소리를 듣지 못할 것이고 그녀가 내 책상 위에 놓은 꽃을 더 이상 보지 못할 것이다. 그렇다면 나는 무엇을 실현한 것인가? 나는 그녀를 얻는 대신, 그녀를 얻기 위해 투쟁하는 대신, 그녀를 내 곁에 잡아오는 대신 그저 꿈만 꾸고 안락을 느끼기만 했던 것이다. 그녀가 일전에 내게 했던 진정한 사랑에 대한 이야기들이 머릿속에 떠올랐다. 그것은 세세한 수백 가지의 충고이자 수백 가지의 조용한 유혹이었고, 어쩌면 약속의 말이었는지도 모르겠다. 그렇지만 그것으로 나는 무엇을 할 수 있었단 말인가? 아무것도 하지 못했다. 아무것도!

나는 방 한가운데 서서 내 온 정신을 모아 에바 부인을 생각했다. 그녀가 나의 사랑을 느끼도록 하기 위해, 그녀를 나에게로 끌어오기 위해 내 영혼의 힘을 하나로 모으고 싶었다. 그녀는 나에게 와야 했고 나의 포옹을 열망해야 했고 나의 키스는 그녀의 사랑스러운 입술을 탐욕스럽게 파헤쳐야 했다.

나는 선 상태로 손과 발끝이 차가워질 때까지 몸을 긴장시켰다. 몸에서 힘이 빠져나가는 것이 느껴졌다. 잠시 동안 내 안에서 뭔가 밝고 차가운 것이 강하게 모이는 것 같았다. 순간 가슴에 수정 결정체를 품고 있는 듯한 느낌을 받았다. 나는 그것이 나의 자아라는 것을 알았다. 냉기가 내 가슴 위까지 올라왔다.

내가 그 무시무시한 긴장감으로부터 깨어났을 때, 나는 무언가가 다가오는 것을 느꼈다. 나는 죽고 싶을 정도로 체력이 고갈되었지만 에바 부인이 방 안으로 들어오는 것을 보기 위해 두근거리는 마음과 황홀한 기분으로 준비를 했다.

말발굽 소리가 먼 곳에서부터 울려와 아주 가까이에서 들리더니 갑자기 멈췄다. 나는 창가 쪽으로 다가갔다. 데미안이 말에서 내리고 있었다. 나는 아래로 뛰어갔다.

"무슨 일이니, 데미안? 어머니께 무슨 일이 있는 건 아니지?"

그는 내 말을 듣지 않았다. 그는 매우 창백해 보였다. 이마에서 뺨으로 두 줄기의 땀이 흘러내리고 있었다. 그는 말의 고삐를 정원 울타리에 매고 내 팔을 잡아끌더니 길을 걸어 내려갔다.

"소식 들었니?"

나는 아무것도 몰랐다.

데미안은 내 팔을 누르고 어둡고 동정 어린, 좀 이상한 눈빛으로 나를 쳐다보았다.

"그래, 싱클레어, 드디어 시작되었어. 러시아와의 긴박한 상황은 너도 알고 있었겠지."

"뭐라고? 전쟁이 일어났다고? 진짜 생각 못 했어."

그는 주위에 아무도 없는데도 불구하고 조용하게 말했다.

"아직 선포되지는 않았어. 하지만 이미 전쟁은 일어난 거야. 나를 믿어. 나는 그날 이후로 이 일로 너를 성가시게 하지 않았어. 하지만 그때부터 나는 세 가지 징조를 봤어. 그것은 세계 멸망이나 지진, 혁명 같은 것이 아니었어. 그것은 전쟁이었어. 너도 전쟁이 얼마나 파괴적인지 보게 될 거야. 어떤 사람들에게는 황홀한 일이겠지. 누군가는 이미 전쟁이 일어나기를 즐겁게 기다리고 있었을 테니까. 그들에게는 인생이 너무나 무의미한 거야. 하지만 싱클레어 너도 알다시피 이건 시작에 불과해. 이것은 어쩌면 엄청난, 아주 큰 전쟁이 될지도 몰라. 하지만 그것조차도 시작에 불과하지. 새로운 것이 시작될 거야. 새로운 것은 낡은 것에 매달리는 사람들에게는 엄청난 일이 되겠지. 너는 어떻게 할 거니?"

나는 깜짝 놀랐다. 그것은 내게 너무나 낯설고 비현실적인 일이었다.

"모르겠어. 너는?"

그는 어깨를 움츠렸다.

"곧 군사가 동원되면 참전하려고 해. 난 소위거든."

"네가? 그런 줄 전혀 몰랐는데."

"맞아, 그것도 나의 적응력 중의 일부야. 너도 알겠지만 나는 남들 눈에 띄는 걸 좋아하지 않아. 그래서 항상 올바르기 위해 너무 많은 일을 해왔어. 나는 아마 일주일 안에 전선에 뛰어들게 될 거야."

"맙소사."

"싱클레어, 너무 감성적으로 받아들이지 마. 물론 살아 있는 인간에게 총탄을 쏘는 건 나에게도 그리 유쾌한 일은 아니야. 하지만 중요하긴 하지. 모든 사람은 거대한 수레바퀴 속으로 휩쓸려 들어가게 될 거야. 너도 마찬가지야. 네게도 군사 영장이 전달될 거야."

"그럼 네 어머니는 어떻게 되는 거니, 데미안?"

그제야 나는 15분 전의 일이 다시 생각났다. 세계는 얼마나 달라질까? 나는 달콤한 형상을 불러 모으기 위해 내 온 힘을 하나로 집중했다. 그런데 지금 운명이 갑자기 위협적이고 무서운 새 가면을 쓰고 나를 바라보고 있다.

"우리 어머니? 아, 어머니에 대해서는 걱정할 필요 없어. 어머니는 안전해. 아마 이 세상 누구보다도 안전하실 거야. 너 우리 어머니를 그렇게 많이 사랑하니?"

"알고 있었어, 데미안?"

그는 밝고 경쾌한 웃음을 지었다.

"야, 물론 알고 있었지. 어머니를 사랑하지 않고 에바 부인이라고 부르는 사람은 없었거든. 어쨌든 어떻게 된 거야? 너 오늘 나나 어머니를 불렀지? 그렇지?"

"맞아, 그랬어. 에바 부인을 불렀어."

"어머니는 그것을 느끼셨어. 갑자기 네게 가보라고 하셨거든. 나는 그때 어머니에게 러시아 소식을 전하고 있었고."

우리는 길을 돌아왔다. 하지만 더 이상 아무 말도 하지 않았다. 그는 말의 고삐를 풀고 올라탔다.

나는 내 방에 올라와서야 그가 전해준 소식과 그 전에 느꼈던 긴장이 나를 얼마나 피곤하게 만들었는지를 실감했다. 하지만 에바 부인은 나의 소리를 들었다. 나는 마음속의 내 생각으로 그녀에게 도달한 것이다. 그녀가 직접 왔더라면. 하지만 오지 않았다 해도 이 모든 것이 얼마나 특별하고 아름다운 일인가! 전쟁은 곧 일어날 것이다. 그리고 이제 종종 우리가 이야기했던 것을 보게 될 것이다. 데미안은 그것에 대해 얼마나 많은 것을 알고 있었던 것일까. 이제부터 세계의 흐름이 더 이상 우리를 그냥 지나치지 않는다는 사실은 얼마나 기묘한가. 세계의 흐름이 갑자기 우리 가슴의 중심을 지나간다는 것, 모험과 거친 운명이 우리를 부른다는 것, 세계가 우리를 부르는 그 순간이 곧 다가온다는 것, 그리고 세계가 변하는 순간이 다가온다는 것은 얼마나 이상한가. 데미안이 맞았다. 이것은 감상적으로 받아들일 일이 아니다. 더 특이한 것은 내가 고독하게 바라왔던 이 '운명'을 이토록 많은 전 세계의 사람들과 함께 경험해야 한다는 것이다. 어쨌든 좋다!

나는 준비가 되어 있었다. 저녁에 시내를 걸으면서 거리의 구석구석에 흥분이 몰아치고 있음을 보았다. 어디에서나 '전쟁'이라는 말이 들리는 것 같았다.

나는 에바 부인의 집에 가서 정원에서 함께 식사를 했다. 내가 유일한 손님이었다. 우리 중 누구도 전쟁에 관해 말하지 않았다. 단지 내가 떠나기 바로 직전에 에바 부인이 말했다.

"싱클레어, 당신은 오늘 나를 불렀어요. 내가 직접 가지 않은 이유를 당신도 알 거예요. 그러나 잊지 마세요. 당신은 이제 부를 수 있다는 것을. 그리고 표식을 단 누군가가 필요하다면 다시 부르세요!"

그녀는 일어서서 어둠이 스며들고 있는 정원을 걸어 나갔다. 위대한 비밀로 가득한 그녀는 말 없는 나무 사이를 품위 있게 지나갔다. 그녀의 머리 위에는 작고 사랑스러운 많은 별들이 빛나고 있었다.

내 이야기는 거의 결말에 도달했다. 상황은 급박하게 돌아
갔다. 곧 전쟁이 시작되었다. 낯선 회색 외투와 군복을 입은
데미안은 떠났다. 나는 그의 어머니를 집으로 바래다주었다.
얼마 안 있어 나도 그녀와 이별했다. 그녀는 내 입술에 키스
를 하고 잠깐 동안 나를 안아주었다. 그녀의 커다란 두 눈은
내 눈 가까이에서 불타고 있었다.

모든 사람이 마치 형제가 된 것 같았다. 그들은 조국과 명
예를 생각했다. 하지만 이는 우리 모두가 잠시 얼굴이 드러난
운명을 본 것이었다. 젊은이들은 막사에서 나와 기차를 탔고,
많은 사람의 얼굴에서 나는 표식을—우리의 표식이 아니라—
사랑과 죽음을 의미하는 놀랍고 아주 신비한 표식을 보았다.
나는 한 번도 본 적 없는 사람들에게 포옹을 받았고, 나 또한
그것에 기꺼이 응했다. 사람들은 무아지경에 빠져 그런 행동
을 했다. 분명 운명의 의지는 아니었지만 그 무아지경은 성스
러웠다. 그들 모두는 잠깐 동안 흔들리는 시선으로 운명의 눈
을 보았던 것이다.

내가 전쟁터에 도착했을 때는 겨울이었다. 처음에 나는 총
격전의 흥분에도 불구하고 마음속이 환멸로 가득했다. 예전
에 나는 이상을 위해 사는 인간이 왜 그토록 드문지에 대해
깊이 생각해본 적이 있었다. 하지만 지금 나는 많은 사람이,
아니 모든 사람이 이상을 위해 죽을 수 있음을 보았다. 그것

은 단지 개인적이거나 자유롭거나 선택한 이상은 아니었다. 어찌 됐든 그것은 떠맡겨진 공동의 이상이었다.

시간이 지나면서 나는 내가 인간을 과소평가했었다는 것을 깨달았다. 그렇게 많은 일과 공동의 위험이 그들을 획일화했음에도 불구하고 많은 사람이, 살아 있는 자들과 죽어가는 자들이 운명의 의지에 아주 훌륭하게 다가가는 것을 보았다. 많은, 아주 많은 사람이 공격 때뿐만 아니라 다른 때에도 아주 확고하고 조금은 광기에 사로잡힌 듯한 눈빛을 하고 있었는데, 그들은 마치 자신의 목적을 잃은 채 거대한 것에 완전히 헌신하는 것처럼 보였다. 그들이 무엇을 믿고 무슨 생각을 하든지 간에 그들은 이미 준비가 되어 있었으며 또한 간절히 필요한 존재였다. 바로 그들에 의해 미래가 만들어지고 있었다. 세계가 전쟁, 영웅주의, 명예, 그리고 다른 이상향에 매달릴수록, 비현실적인 인류의 목소리가 들릴수록 그것은 전쟁의 외적이고 정치적인 목적에 대한 문제처럼 표면적인 것으로 남을 뿐이었다. 깊은 곳에서 무언가가 만들어지고 있었다. 그것은 일종의 새로운 인간성 같은 것이었다. 나는 많은 사람을 볼 수 있었고, 대다수의 사람들이 내 옆에서 죽어갔다. 그들이 자신들의 적에게 증오나 분노, 살해, 파괴의 감정을 느끼지 않는다는 것을 나는 느낄 수 있었다. 그들에게 목적과 목표는 그저 우연적인 것이었다. 가장 야만적인 감정조차도 적에게 향하지 않았다. 그들의 피비린내 나는 과업은 그저 내면의 발산이었다. 새로 태어날 수 있기 위해 광분하고 죽이는,

파괴하고 죽으려는 산산조각 난 영혼의 발산이었다. 새는 알에서 나오기 위해 투쟁해야 했다. 그 알은 세계이고 세계는 파괴되어야 했다.

이른 봄, 나는 우리가 점령한 한 농가 앞에서 보초를 서고 있었다. 약한 바람이 불어오고 플랑드르의 하늘에는 구름이 흘러가고 있었다. 어딘가에 살짝 달이 숨어 있는 것 같았다. 나는 하루 종일 불안했다. 어떤 근심이 나를 괴롭히고 있었다. 나는 어두운 초소에서 지금까지의 내 인생과 에바 부인, 그리고 데미안을 생각했다. 나는 포플러나무에 기대서서 흘러가는 구름을 바라보았다. 은밀하게 흔들리는 하늘의 밝은 빛이 곧 커다래지고 어떤 형상들이 솟아올랐다. 이상스레 약하게 뛰는 맥박과, 바람과 비 때문에 무감각해진 나의 피부와, 내면의 번뜩이는 각성에 의해 나는 지도자가 내 옆에 와 있음을 깨달았다.

구름 속에서 거대한 도시가 보였다. 그 도시에서 수백만 명의 사람들이 쏟아져 나와 드넓은 풍경으로 무리를 지어 흩어졌다. 그들 가운데 에바 부인과 같은 표정의, 산처럼 거대한 반짝이는 별을 머리에 단 여신의 모습이 보였다. 사람들은 마치 거대한 동굴 속으로 들어가듯 그녀에게 빨려들어 가 사라졌다. 여신은 몸을 낮게 구부렸는데 그녀의 이마 위에서 한 점이 빛나고 있었다. 꿈 하나가 그녀에게 힘을 행사하고 있는 것 같았다. 그녀는 눈을 감았고 그녀의 거대한 얼굴은 고통으로 일그러졌다. 갑자기 그녀가 소리를 크게 지르자 그녀의 이

마에서는 수천 개의 빛나는 별들이 쏟아져 나와 장엄한 곡선
과 반원을 그리며 어두운 하늘로 날아갔다.

그 별들 중 하나가 날카로운 소리를 내며 나에게 날아왔다.
나를 찾는 것 같았다. 별은 포효하며 수천 개의 불빛으로 부
서지더니 나를 끌어당기고는 다시 나를 바닥에 내팽개쳤다.
내 위에서 세계가 천둥처럼 무너졌다.

나는 포플러나무 옆에서 몸 여기저기에 흙이 묻고 상처가
난 상태로 발견되었다.

나는 지하실에 누워 있었다. 포탄이 내 위에서 굉음을 냈
다. 나를 실은 화물차는 텅 빈 들판 위를 달렸다. 나는 대부분
의 시간을 잠을 자거나 의식이 없는 상태로 보냈다. 하지만
내가 깊이 자면 잘수록 무엇이 나를 끌어당기고 있고, 나를
끄는 그 힘을 내가 따라가고 있다는 것을 느꼈다.

정신을 차려보니 나는 마구간의 짚 위에 누워 있었다. 그곳
은 어두웠고 누군가가 내 손을 밟는 것이 느껴졌다. 하지만
나의 내면은 더 먼 곳으로 가기를, 더 강력한 힘이 나를 끌어
가기를 원했다. 나는 차에 다시 실렸고 나중에는 들것인지 사
다리인지 모를 것에 실려 갔다. 나는 점점 강하게 어디론가
끌려갈 것을 명령받고 있는 것 같았다. 결국 그곳에 다다르려
는 충동 외에는 아무것도 느끼지 못했다.

드디어 나는 목적지에 닿았다. 밤이었다. 나의 의식은 완전
히 깨어 있었다. 나의 내부로부터 생겨난 끌림과 갈망이 강하
게 느껴졌다. 나는 어떤 곳에 누워 있었는데, 내가 부름을 받

은 곳이 이곳이라는 것을 알 수 있었다. 주위를 둘러보니 내 침대 바로 옆에 또 다른 침대가 놓여 있고 그 침대 위에 누군가가 있었다. 그 사람이 몸을 앞으로 숙여 나를 바라보았다. 그는 이마에 표식을 달고 있었다. 그는 막스 데미안이었다.

나는 말을 할 수 없었다. 그도 할 수 없었다. 아니면 하지 않으려 했던 것인지도 모르겠다. 그는 그저 나를 바라볼 뿐이었다. 그의 머리 위 벽에 걸린 등이 그를 비추었다. 그가 나를 향해 웃었다.

영원처럼 긴 시간 동안 그는 계속 내 눈을 들여다보고 있었다. 그는 천천히 움직여 얼굴이 거의 스칠 만큼 가까이 다가왔다.

"싱클레어!"

그가 속삭였다.

나는 그의 말을 알아들었다는 뜻으로 눈빛을 보냈다.

그가 다시 웃었다. 거의 동정심에 찬 미소였다.

"이봐!"

그는 웃으면서 말했다.

그의 입은 내 귀 아주 가까운 곳에 있었다. 나지막이 그는 계속 말을 이었다.

"아직도 프란츠 크로머가 생각나니?"

그가 물었다.

나는 그에게 눈빛으로 대답했고 그가 웃었다.

"싱클레어! 내 말 잘 들어! 나는 떠나야 해. 언젠가 넌 다시 내가 필요해질지도 몰라. 크로머나 다른 일로 인해 말이야. 하지만 그때는 네가 나를 불러도 내가 말을 타거나 기차를 타고 와줄 수가 없어. 그때는 너 자신의 목소리에 귀를 기울여야 해. 그러면 네 마음속에 내가 있다는 것을 알게 될 거야. 무슨 말인지 알겠니? 그리고 하나 더! 에바 부인이 언젠가 네가 좋지 않은 상황에 놓이면 너에게 키스를 해주라고 했어. 자신이 해주는 거라고 일러달라면서 말이야. 자, 눈을 감아!"

나는 그의 말대로 눈을 감았다. 데미안이 전혀 멈출 것 같지 않은 피가 계속 흐르고 있는 내 입술에 가볍게 입을 맞추는 것을 느꼈다. 그리고 나는 잠이 들었다.

다음 날 눈을 떴다. 나는 붕대를 감아야 했다. 마침내 정신을 차렸을 때, 나는 재빨리 몸을 돌려 옆의 침대를 보았다. 거기에는 한 번도 본 적 없는 다른 사람이 누워 있었다.

붕대를 감는 것은 고통스러웠다. 그리고 그 이후에 나에게 일어난 모든 일이 고통스러웠다. 하지만 나는 때때로 열쇠를 찾아 나 자신 속, 어두운 거울 속에서 운명이 아른거리는 그곳으로 깊숙이 내려가기만 하면, 그 어두운 거울 위로 몸을 구부리기만 하면, 거기에 비친 나의 모습을 볼 수 있었다. 그것은 나의 친구이자 지도자였던 그를 똑 닮은 모습이었다.